新 潮 文 庫

チャイルド44

上　巻

トム・ロブ・スミス

田口俊樹訳

新 潮 社 版

8517

両親に

チャイルド44

上巻

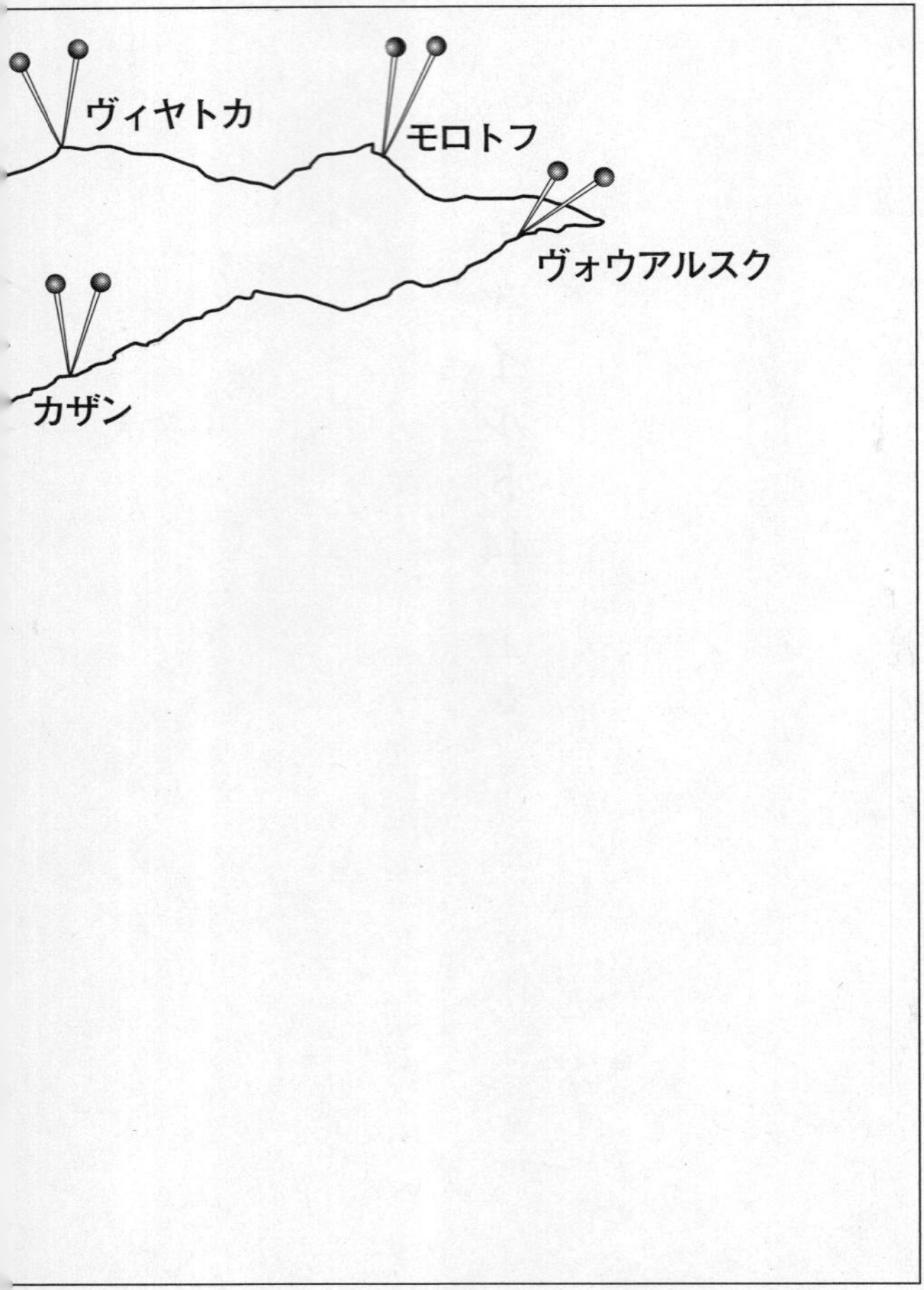

地図製作　CUBE

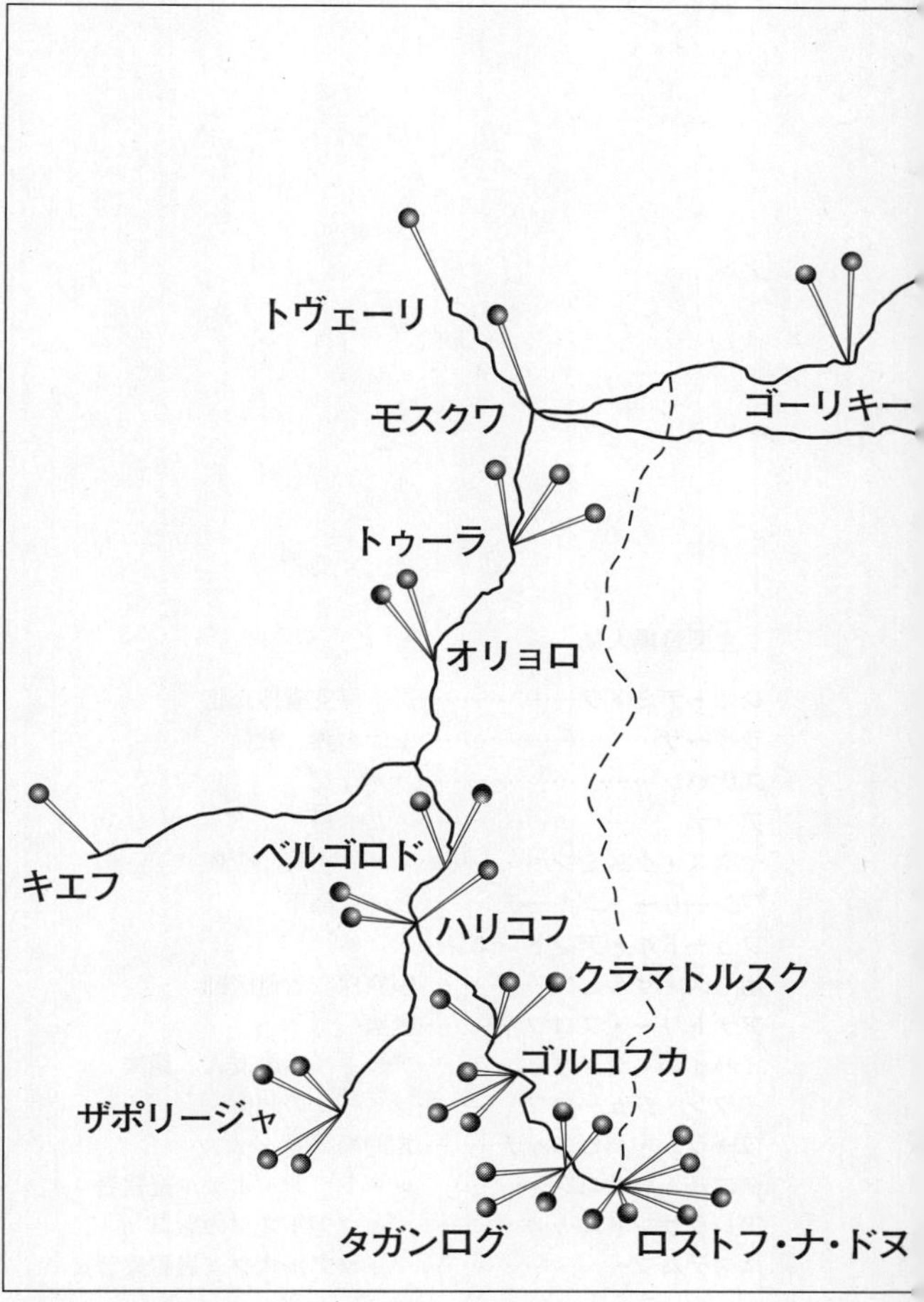

トヴェーリ
モスクワ
ゴーリキー
トゥーラ
オリョロ
キエフ
ベルゴロド
ハリコフ
クラマトルスク
ゴルロフカ
ザポリージャ
タガンログ
ロストフ・ナ・ドヌ

主要登場人物

レオ・デミドフ…………………国家保安省捜査官
ライーサ…………………………レオの妻。教員
ステパン…………………………　〃　父
アンナ……………………………　〃　母
ヤヌズ・クズミン………………　〃　上司。少佐
ワシーリー・ニキーチン………　〃　部下
フョードル・アンドレエフ…　　〃
ボリス・ザルビン………………国家保安省付医師
アナトリー・ブロツキー………獣医
ミハイル・ジノヴィエフ………アナトリーの友人。農夫
イワン・ジューコフ……………ライーサの同僚
ワーラム・バビニッチ…………知的障害者
ダニル・バサロフ………………レストラン・ホテル経営者
アレクサンドル…………………ヴォウアルスクの駅員
ネステロフ………………………ヴォウアルスク人民警察署長

ソヴィエト連邦
ウクライナ
チェルヴォイ村
一九三三年一月二十五日

マリアが死を決意したときから、彼女の猫は自分で自分の身を守らなければならなくなった。すでにマリアは猫を飼うことの意味をはるかに超えて世話をしていた。野ネズミも家ネズミもみんな村人に捕まえられ、食べられて久しいのだから。ネズミがいなくなってからは、すぐに家畜やペットが姿を消した。このマリアの猫以外は。彼女がこっそり伴侶《はんりょ》にしてきたこの猫以外は。どうして殺さなかったのか。それはマリアにしても生きるようすが必要だったからだ。生きつづけるには、自ら守る何か、愛せる何か、心の支えとなる何かが必要だったからだ。だから、彼女は自分にすら食べるものが確保できなくなるまでは、餌《えさ》を与えつづけることを猫に約束したのだった。が、とうとうそのときがやってきた。もう革のブーツも細長く切って、イラクサとビートの種と一緒に煮てしまっていた。ミミズも掘り尽くしていた。樹液も吸い尽くしていた。今朝は熱にうかされ、歯茎にとげが刺さるまで、台所の椅子《いす》の脚を齧《かじ》りつづけた。そんな彼女を見て、猫は逃げ出し、ベッドの下に隠れ、彼女が膝《ひざ》をついて名前を呼んでなだめすかしても、なかなか出てこようとはしなかった。彼女が死を決意したのはそのときだ。食べるものが底を突いただけではなく、愛する相手もいなくなったことを悟ったのだった。

夜の帳《とばり》が降りるのを待って、彼女は玄関のドアを開けた。夜陰にまぎれれば、誰にも見られることなく、森まで逃がしてやれるかもしれない。村人の誰かに見られたら、まちがいなく捕まえられてしまうだろう。自らがこれほど死に近づきながらも、自分の猫が殺されることを考えただけで、マリアは気が変になりそうだった。しかし、初めから無理と決まったものでもない。彼女はそう自分に言い聞かせた。アリや昆虫の卵が含まれていることを期待して大の男が土くれを噛《か》み、消化されなかった穀物の殻を探して子供が馬糞《ばふん》を漁《あさ》り、骨一本の所有権を主張して女が争っている村で、まだ猫が生きていたなど誰も信じるわけがない。それだけは確信できた。

パーヴェルは自分の眼が信じられなかった。緑の眼に黒ぶちの毛。痩《や》せて奇妙に見えたが、見まがいようがなかった。猫だ。彼は薪《たきぎ》を拾っていたのだが、そのときマリア・アントノーヴナの家からその生きものが飛び出し、雪に覆《おお》われた道を横切り、森に向かうのが眼に飛び込んできたのだ。彼は息を止め、あたりをうかがった。ほかには誰も気づいていない。あたりには誰もいなかった。窓に明かりがともっている家もない。人が生きている証《あか》しと言えば、半数に満たない家の煙突からか細い煙が立ち昇っているだけだ。村全体が豪雪に押しつぶされ、命を示唆《しさ》するものはすべて消し去られているかのように見えた。一面の雪は手つかずのまま、人の足跡さえあるかないかで、ただ一本の道も雪掻《ゆきか》きされていなかった。昼も夜と変わらないほどひっそりとし、起きて働こうとする者などひとりもいない。パーヴェルの友達も誰ひとり遊んでいない。みな家族とともにベッドに横になり、落ち窪《くぼ》んだ眼を大きく見開いて、ただ天井を見つめている。大人は子供のように見え、子供は大人のように見える。たいていの者がもはや食べものを探すことさえあきらめていた。そのような状況下で猫を見かけるというのは、奇跡としかほかに言いようがなかった――絶滅したと久しく思われていた生物がふたたび姿を現わしたかのような奇跡としか。

パーヴェルは眼を閉じ、最後に肉を食べたのがいつだったか思い出そうとした。眼を開けると、唾《つば》が口の中に溜《た》まっていた。それは涎《よだれ》となって顎《あご》を伝った。彼は心を躍らせて手の甲で涎を拭《ぬぐ》い、集めた薪をその場に放り出し、急いで家に駆け戻った。このとびきりの知らせを母親、オクサーナに伝えに。

オクサーナは毛布にくるまり、床を見つめていた。じっと動かず、エネルギーを温存して、家族を生き永らえさせる方途を考えていた。そのことだけしか考えられなかった。起きているあいだも、恐ろしい夢の中でも。彼女はまだあきらめていない数少ないひとりだった。決してあきらめまいと思っていた。息子がいるかぎり。しかし、そうした決意だけではもちろん充分といえず、常に注意を怠らないよう気をつけている必要があった。誤った努力は体力の消耗を意味し、体力の消耗は避けようのない死を意味する。隣人で友人のニコライ・イワノヴィッチは、前後の見境をなくしたのだろう、数ヵ月前、国の穀物庫に盗みにはいり、還《かえ》らぬ人となった。翌朝、オクサーナはニコライの妻とふたりで彼を探しに遠くまで歩き、道端に仰向《あおむ》けに倒れていた彼の死体を見つけた。まさに骸骨《がいこつ》だった。ただ、腹だけがぽっこりとふくらんでいた。死ぬまぎわに穀物を生《なま》のまま食べたのだろう。涙に暮れるニコライの妻を尻目《しりめ》に、オクサーナは残っていた穀物を彼のポケットから取り出し、ふたりで分けた。村に戻る道すがら、ニコライの妻は誰彼なくこの悲報を伝えた。人々はみな彼女に同情するかわりに、彼女が持っている一握りの穀物のことを思って羨《うらや》んだにちがいない。なんと馬《ば》鹿正直《かしょうじき》な人だろう、とオクサーナは思った。これでふたりともよけいな危険にさらされることになった、と。

彼女の思いは誰かが駆けてくる音にさえぎられた。重要な知らせでないかぎり、今では誰も走ったりしない。恐怖に駆られ、彼女は立ち上がった。パーヴェルが勢いよく飛び込んできて、息を切らして言った。

「母さん、猫を見た」

彼女はまえに出ると、息子の両手をつかんだ。息子が幻覚を見たわけではないことをまず確かめる必要があった。飢餓はいろいろな悪さをする。が、息子の顔に譫妄《せんもう》の気配はなかった。視線もしっかりしており、表情は真剣そのものだった。まだ十歳ながら、すでに立派な大人だった。子供のままでいることを状況が許してくれないわけだが。父親は死んだも同然だった。まだ死んでいなかったとしても同じことだった。食べものを求めてキエフに向かったきり、行方知れずになっていた。もう戻ってこないことは、言われなくても、慰められなくても、パーヴェルにはわかっていた。そんなこともあり、オクサーナは誰よりパーヴェルを頼りにしていた。パーヴェルが母親を頼りにしているのと同じくらいに。ふたりは今やパートナーで、そんなパーヴェルが、父親のしくじりを取り戻せると、家族を少しでも生き永らえさせられると、声高に言っているのだ。

オクサーナは息子の頰に手を触れて言った。

「捕まえられる？」

パーヴェルは得意げな笑みを浮かべた。

「骨があれば」

池は凍っていた。オクサーナはまず雪を掘って石を探し、よけいな音をたてて注意を惹《ひ》きたくなかったので、その石をショールでくるんでから、打ちおろして氷盤に小さな穴をあけた。そして、凍りつくような黒い水に向けて身構え、その冷たさに息を止めて腕を差し入れ、感覚がなくなるほんの数秒前まですばやく手を動かした。底には達したものの泥以外は何もつかめなかった。どこにいったのか。パニック寸前になり、彼女はさらに身を屈《かが》めて腕のつけ根まで水に浸《つ》け、感覚を失いながらも手を右に左に動かした。指先がガラスに触れた。ほっとして、彼女は壜《びん》をつかんで引き上げた。

まるで殴打《おうだ》されたかのように皮膚が青くなっていた。が、そんなことは少しも気にならなかった。探していたものはちゃんと見つかったのだから——タールで封をした壜。彼女はその側面についた汚泥《おでい》を拭《ふ》き取り、中身を透かして見た。ガラス壜の中には小さな骨が何本かはいっていた。

家に駆け戻ると、パーヴェルはすでに火を焚《た》いていた。彼女はタールを炎にかざして温めた。タールが溶けだし、木の燃えさしの上にねばついた塊となって落ちた。パーヴェルは母親の青ざめた肌に気づき、血行をよくしようと彼女の腕をさすった。彼は常に母親の役に立つことを考えていた。タールがすっかり溶けると、オクサーナは壜を逆さにして振った。数本の骨が壜の開口部に引っかかった。彼女はそれをひとつひとつ指でつまみ出し、息子に差し出した。パーヴェルはその骨をじっと見てから、表面をこすってひとつひとつにおいを嗅《か》ぎ、一番いい骨を選ぶと、すぐに行きかけた。そこで母親に呼び止められた。

「弟も連れていきなさい」

それはよくない、とパーヴェルは思った。彼の弟は不器用でのろかった。それに、と彼は思った。これはそもそも自分の猫ではないか。自分が見た以上、自分で捕まえる。これは自分の勝利だ。彼の母親は彼にもう一本骨を渡して繰り返した。

「アンドレイも連れていきなさい」

八歳の誕生日をひかえたアンドレイは兄を誰より慕っていた。が、めったに外に出ることはなく、一日の大半を奥の部屋で過ごしていた。三人が寝ている部屋で。三人がカード遊びをする部屋で。そのカードは四角く切った紙を何枚か貼《は》り合わせたもので、父親がキエフに出かける際、置き土産のように置いていったものだ。アンドレイはそんな父の帰還をまだ待っていた。待ってもしかたがないとは誰にも言われなかったから。父のことが恋しくなると、よくカードを取り出しては種類ごとに分けて数字の順に並べた。それができれば、父親が帰ってくると信じていた。父親がカードを置いていったのはそのためではないか。もちろんそんなことをするより、兄のパーヴェルとカードで遊ぶほうがよほど愉《たの》しかったが、パーヴェルにはもうそういうことをしている時間がないのだった。母親を手助けすることにいつも忙しくしており、夜寝るまえにしか相手をしてくれなかった。

兄が部屋にはいってくると、アンドレイは遊んでくれることを期待して微笑《ほほえ》んだ。が、パーヴェルは屈むと、カードを集めた。

「しまうんだ。今から出かける。おまえの長靴はどこだ?」

それは質問ではなく命令であることを理解し、アンドレイはベッドの下にもぐり込んで、自分の長靴を取り出した。トラクターのタイヤとぼろ布を切ってひもで結んで、間に合わせの長靴にしたものを。パーヴェルはひもを結ぶのを手伝いながら弟に、言われたとおりちゃんと仕事をしたら、今夜は肉にありつけるかもしれないと言った。

「父さんが帰ってくるの？」

「父さんは帰ってこない」

「いなくなっちゃったの？」

「そう、いなくなった」

「だったら誰が肉を持ってきてくれるの？」

「自分たちで手に入れるんだ」

兄がすぐれたハンターであることはアンドレイもよく知っていた。実際、パーヴェルは村のどの子供より多くのネズミを捕まえていた。そのような大切な作戦にアンドレイが誘われるのはこれが初めてのことだった。

だから、外に出ると、雪の中、転ばないように、アンドレイは細心の注意を払った。実際、彼には世界がぼやけたものにしか見えず、よく足をすべらせては転ぶのだった。顔のすぐそばにまで近づけないと何もよく見えない。誰もがそんな彼を不器用に思っている一方、アンドレイのほうは、みんなも自分と同じようにしか世界が見えていないはずなのに、と思っていた。なのに、遠くの人間を見きわめることができるというのは——彼にはただのぼやけた人影にしか見えないのに——頭がいいからか、経験があるからか、あるいは自分にはまだ備わっていない能力のせいだろうと結論づけていた。それでも、今夜はなんとしても転びたくなかった。自分を物笑いの種にしたくなかった。兄に自分を誇らしく思わせたかった。それはアンドレイにとって、肉が食べられるより重要なことだった。

パーヴェルは森のへりで立ち止まると、しゃがんで雪に残された猫の足跡を探した。アンドレイは獲物を見つける兄の技を大変な才能と思っており、畏《おそ》れ敬うように自分もしゃがみ、兄が足跡のひとつに触れるのを見守った。獲物のあとをつけることについても、狩り自体についても、アンドレイは何も知らなかった。

「これが猫の足跡？」

パーヴェルはうなずき、森に眼を凝らした。

「薄いけどな」

兄を真似《まね》て指で足跡をなぞりながらアンドレイは言った。

「それはどういうこと？」

「猫は痩せてるということだ。おれたちはそんなにたくさんの肉は食べられないかもしれない。でも、もし腹をすごくすかしてるようなら、それだけ餌に食いつきやすいってことだ」

アンドレイは兄に言われたことを咀嚼《そしゃく》しようとした。が、すぐに別な思いがそれに勝《まさ》った。

「兄さん、カードになるなら、何がいい？　エースがいい？　キングがいい？　スペードがいい？　ハートがいい？」

パーヴェルはため息をついた。兄の不興を買い、アンドレイは不意に涙が出そうになった。

「それに答えたら、もうずっと黙ってるって約束するか？」

「約束する」

「おまえがしゃべって、猫を怖がらせてしまったら、もう捕まえられないからな」

「もうしゃべらない」

「おれはジャックがいいな。ナイトだ。剣を持ってるやつだ。約束だぞ。もうしゃべるな、ひとことも」

アンドレイは黙ってうなずいた。パーヴェルは立ち上がった。ふたりは森の中にはいった。

ずいぶん長いこと歩いた。何時間にも思われた。もっとも、アンドレイの時間の感覚は視野同様、かなりぼんやりとしたものだったが。月明かりとその雪の照り返しだけの光の中でも、パーヴェルには猫の足跡を追うのがさほどむずかしいことではないようだった。ふたりともかなり森の奥まで分け入ってきていた。こんな奥まで来たのはアンドレイは初めてで、兄についていくのに何度も走らなければならなかった。脚が痛み、腹も痛くなってきた。寒くて空腹だった。家にいても空腹なのは変わりない。しかし、少なくとも脚が痛くなることはない。ぼろきれを縛ったひもがゆるみ、足の裏に雪が直接あたるのが感じられるようになった。が、アンドレイはひもを縛り直すだけのために、あえて兄に立ち止まってくれとは言い出せなかった。約束をしたのだから——ひとこともしゃべらないと。溶けだした雪が足を濡《ぬ》らし、いずれ感覚が麻痺《まひ》してくるのは眼に見えていた。足の冷たさをまぎらわせようと、彼は若木の枝を折って、樹皮を噛《か》みはじめた。舌と歯に渋みが感じられる柔らかな塊になるまで噛んだ。木の皮を噛むと空腹感がまぎれるというのを聞いたことがあり、彼はそのことばを信じていたのだが、その若木の樹皮はそれが嘘《うそ》ではなかったことを証明していた。

だしぬけにパーヴェルが立ち止まるよう合図した。アンドレイは樹液に歯を茶色に染めて、踏み出した足を止めた。パーヴェルはしゃがみ込んだ。アンドレイも真似をしてしゃがみ、兄が見つけたものを自分も見ようと森に眼を凝らした。木々に眼の焦点を合わせた。

パーヴェルは猫を凝視していた。猫のほうもその小さな緑の眼で彼を見返しているように見えた。何を考えているのだろう？　どうして逃げようとしないのだろう？　マリアの家に今まで飼われていたということは、人間を恐れなければならないことをまだ学んでいないのかもしれない。パーヴェルはナイフを取り出して指先を切り、母親に与えられた鶏の骨に自分の血を塗った。アンドレイの餌――ネズミの頭の骨――にも同じことをした。自分の血を使ったのは、指を切ったら弟は声を出すかもしれず、猫に逃げられてしまうかもしれないと思ったからだ。ひとことも交わすことなく、兄弟はそれぞれ反対方向に向かった。あとで話さなくてもいいように、パーヴェルは家を出るときに、弟に作戦の詳細を説明していた。猫の両側に分かれ、ある程度の距離ができたところで、それぞれ骨を雪の上に置いた。パーヴェルは弟のほうをちらっと見やった。まだヘマはしていない。

アンドレイは長いひもをポケットから取り出した。ひもは一方の端に細工がしてあり、引っぱれば閉じる輪になっていた。その輪をネズミの頭の骨を囲むように置けばいい。アンドレイは言われたとおりそうしてから、ひもが許すかぎりうしろにさがった。そして、腹這《はらば》いになって雪の中に身を沈め、待った。雪の上にはもう囮《おとり》の骨しか見えなかった。それもどうにか見える程度でぼやけていた。突然、アンドレイは怖くなった。猫が兄の囮のほうに行ってくれることを祈った。パーヴェルは絶対に失敗しない。パーヴェルならしっかり猫を捕まえてくれる。それで家に帰って、三人で肉が食べられる。緊張と寒さから手が震えだした。彼はその震えを努めて抑えつけた。そのとき何かが見えた。黒い何かが彼のほうに向かってきていた。

息が顔のまえの雪を溶かし、冷たい水が彼のほうに流れ、服の下を這っていた。彼は猫が反対方向に――兄の罠《わな》のほうに――向かってくれることを必死に祈った。が、ぼんやりとした黒い影はどんどん近づいており、猫が彼のほうを選んだことはもう見まがいようがなかった。もちろん――とアンドレイは思った――ぼくが猫を捕まえることができたら、パーヴェルはもっとぼくを可愛《かわい》がってくれるだろう。もっとカード遊びの相手もしてくれ、もう二度と怒ったりもしなくなるだろう。そう思うと、急に嬉《うれ》しくなった。不安から期待へと気持ちが一変した。そう、ぼくが捕まえるのだ。ぼくが猫を殺すのだ。それでトロい弟ではないことを証明するのだ。さっきパーヴェルになんと言われたのだったか。猫を驚かせてしまったことだ。慌《あわ》ててひもを引かないことだ。猫を驚かせてしまったら、すべて台無しになる。そう思ったことと、猫がどこにいるのかはっきりしなかったことから、アンドレイは待つことにした。念には念を入れて。黒い毛と四本の脚にほぼ眼の焦点が合った。もう少し、もう少し……そのとき兄の叫び声が聞こえた。

「今だ！」

アンドレイはその声に慌てた。何度も聞いたことのあるその兄の声音に。それはアンドレイが何かヘマをしでかしたことを意味する声音だった。彼は眼を凝らし、猫が輪の真ん中にいることを確かめると、すぐさまひもを引いた。が、遅すぎた。猫はすばやくそこから跳ねた。罠ははずれていた。それでもアンドレイはなんの手応《てごた》えもないひもを引っぱった。万にひとつ、その先に猫がかかっていることを必死に祈って。手元に輪だけが戻ってきた。恥ずかしさに顔が真っ赤になったのがわかった。怒りに圧倒され、彼は立ち上がり、猫を追いかけ、捕まえ、首を絞め、頭を叩《たた》き割ろうと思った。が、実際には動かなかった。兄がまだ地面に腹這いになったままなのに気づいたのだ。兄のすることに倣《なら》うこと。それはアンドレイがとっくの昔に学んだ教訓だった。今もその教訓に従った。そして、眼を凝らした。ぼんやりとした黒い影が今は兄の罠のほうに向かっていた。

猫の軽率さに対する興奮が弟の無能さに対する苛立《いらだ》ちに取って代わった。背中の筋肉がこわばっているのがパーヴェルには自分でもわかった。あの猫は血の味を知っているのだ。だから、飢えが警戒心に勝《まさ》ったのだ。猫は片方の前足を宙に浮かせて立ち止まった。まっすぐパーヴェルのほうを見ていた。パーヴェルは息を止めた。ひもをきつく指にからませて待った。必死に猫を急《せ》かして胸につぶやいた。

頼む。頼む。頼む。

猫は歩を進めると、口を開けて骨をくわえた。パーヴェルは完璧《かんぺき》なタイミングですばやくひもを引いた。輪が猫の足にからみつき、前足をとらえた。パーヴェルは飛び出した。ひもを引っぱりながら輪をきつく締めながら。猫は逃げようとした。が、逃げようとすればするだけよけいに輪がきつくなった。パーヴェルはひもを引っぱって猫を地面に叩きつけた。鳴き声が森を満たした。もっとずっと大きな獣が生きるために必死に戦っているかのような鳴き声に聞こえた。雪を蹴《け》り、背をまるめ、猫はひもに食いつこうとしていた。パーヴェルはひもがちぎれることを恐れた。ひもは細く、猫が歯を立てたところがほつれはじめた。近づこうとすると、猫はそのぶん遠ざかった。パーヴェルの手の届かないところまで。彼は弟に向かって呼ばわった。

「殺せ！」

アンドレイはへまを繰り返したくなくて、まだ身じろぎひとつしていなかった。が、今、指示が出た。すばやく立ち上がり、走った。そのとたん足がもつれ、顔から倒れた。雪から顔を起こすと、前方に猫が見えた。怒り狂って、鳴き声をあげ、跳ねまわり、身をくねらせていた。ひもが切れたら、猫は逃げていき、自分はパーヴェルに死ぬまで嫌われることになる。しゃがれて狂気じみたパーヴェルの叫び声がした。

「殺せ！　殺せ！　殺せ！」

アンドレイはよろよろと立ち上がると、自分が何をしようとしているのか、はっきりとした考えもなく、暴れまわる猫の上にやみくもに身を投げ出した。その衝撃で死んでくれることを期待したのだ。が、猫が死んでいないのは明らかだった。腹の下でまだ生きていた。身悶《みもだ》えしていた。穀物袋を縫い合わせた彼のジャケットを死にもの狂いで引っ掻《か》いていた。逃げられないように腹で猫を地面に押しつけながら、アンドレイは肩越しに振り向き、眼で助けを求めた。

「まだ生きてる！」

パーヴェルは走り寄ると、膝《ひざ》をついて弟の体の下に手を差し入れた。そのとたん猫に嚙まれた。指を嚙まれた。思わず手を引っ込めた。が、指から出る血など少しも気にならなかった。今度は逆方向から手を入れ、弟の腹の下にすべり込ませた。しっぽに手が届いた。そこから猫の背骨に沿って指を這わせた。真うしろからの攻撃に対してはどんな動物も無力だ。

アンドレイはじっと体を動かさずに耐えた。腹の下での攻防だけが感じられた。兄の手が徐々に猫の首に近づくのが感じられた。その手が死を意味することを悟った猫は、恐怖に狂ったようになって、ところかまわず嚙みつきはじめた――アンドレイのジャケットを、雪を。アンドレイはその恐怖の振動を腹に感じながら、兄を真似て叫んだ。

「殺せ！　殺せ！　殺せ！」

パーヴェルは猫の首の骨を折った。しばらくふたりとも何も言わなかった。深い息をついて、ただ寝そべっていた。パーヴェルは両手で猫の首をきつく握ったまま、頭をアンドレイの背中にあずけた。それからようやく弟の腹の下から手を引き抜いて立ち上がった。アンドレイはすぐには立とうとしなかった。あえて動こうとは思わなかった。

「もう立ってもいいぞ」

その声でいっぺんに立つ気が起きた。今なら兄と並んで立つことができる。それも誇らしく。ぼくは兄を失望させたりはしなかった。ヘマもしたりはしなかった。彼は手を伸ばし、兄の手をつかんで立ち上がった。ぼくがいなければパーヴェルも猫を捕まえることはできなかった、とアンドレイは思った。ひもがどこかできっと切れていただろう。それで猫に逃げられてしまっていただろう。アンドレイは笑みを浮かべた。笑い声まで出た。手を叩き、その場でダンスを踊りだした。これまで生きてきた中で今が一番幸せに思えた。ふたりはチームを組んだのだ。兄に肩を抱かれ、アンドレイは獲物を見た。痩《や》せた猫が自らの亡骸《なきがら》を押しつけるようにして雪の上に横たわっていた。

誰にも見られずに獲物を村に持って帰るのには細心の注意を要した。これほどのもののためなら、人は争って殺し合いさえしかねない。さっきの鳴き声がすでに誰かの関心を惹《ひ》いてしまっているかもしれない。パーヴェルはどんな危険も冒したくなかった。猫を隠す袋を持ってきていなかったので、彼は薪の下に隠すことをとっさに思いついた。家に帰る途中、誰かに出くわしても薪を集めた帰りのように見えれば、何も訊《き》いてはこないだろう。パーヴェルは雪の上から猫を拾い上げて言った。

「猫はおれが薪の下に隠して持って帰る。誰にも見られないように。だけど、ほんとうに薪を集めてたのなら、おまえも持ってないとおかしい」

アンドレイは兄のぬかりのなさに感心した——自分はとてもそこまで頭がまわらないと思いながら、すぐに薪を拾いにかかった。が、あたり一帯はどこも雪に覆《おお》われていて、落ちている枝を探すのは容易なことではなかった。凍った地面を素手で搔かなければならなかった。雪を搔き分けるたびに彼は指をこすり合わせ、息を吹きかけた。鼻水が垂れて、鼻の下で凍りついた。が、今夜は気にならなかった。とびきりの成功を手にしたあとでは。彼は父親がよく口ずさんでいた歌をハミングしながら、雪を搔きつづけた。

パーヴェルもまた何も道具を持ち合わせなかったので、弟からいくらか離れたところに移動しなければならなかった。離れ離れになってしばらく経《た》ったところで、さらに少し離れたところに、枝を四方八方に突き出して木が倒れているのが見えた。彼はそこまで走り、猫を雪の上に置いて、枯れた枝を根元から折りはじめた。薪は充分あった。ふたりでも持ちきれないほどあった。パーヴェルはアンドレイを探してあたりを見まわし、その名を呼びかけた。が、そこで息を吞《の》んだ。物音がしたのだ。すばやく振り返って見た。森は鬱蒼《うっそう》として暗かった。彼は眼を閉じて耳をすました——リズミカルな音がした。サク、サク、サクと雪を踏む音だ。その音が徐々に早く、徐々に大きくなっていた。アドレナリンが体内を駆けめぐった。彼は眼を開けた。闇《やみ》の中、はっきりと動きが見て取れた。男だ。走っている。太くて重そうな枝を持っている。大きな歩幅で、まっすぐにパーヴェルのほうに向かってきていた。彼らが猫を殺したときの音を聞きつけて、獲物を横取りしにきたのだ。そんなことをさせるつもりはパーヴェルには毛頭なかった。母親を飢えさせるつもりなどさらさらない。父親と同じ失敗をするつもりも。パーヴェルは猫を隠そうと雪を蹴った。

「薪を集めてただけだよ……」

と言いかけた彼のことばはそのままとぎれた。男は太い枝をかざして木々のあいだから突進してきた。男のすさまじい形相と狂った眼を見て、ようやくパーヴェルも悟った。男のめあては猫ではなかった。パーヴェル自身だった。

パーヴェルがまた口を開きかけたのと、太い枝が振り下ろされたのがほぼ同時だった。枝の先端がパーヴェルの頭頂部をとらえた。パーヴェルには何も感じられなかった。自分がもう立っていないことだけがわかった。気づいたときにはもう片膝をついていた。頭を傾《かし》げて男を見上げた。血が垂れて片方の眼にはいった。男がまた枝を振りかざしたのが見えた。

アンドレイはハミングをやめた。今、パーヴェルの声がしなかっただろうか。パーヴェルの策略に叶《かな》うほど薪はまだ集められてはいなかった。アンドレイは兄に怒られたくなかった。ここまでこんなにうまくやれたのに。手を雪の中から引き抜いて立ち上がると、あたりの木々に眼を凝らした。すぐ近くの木さえぼやけたものにしか見えなかった。

「パーヴェル？」

返事はなかった。もう一度呼んだ。これは何かのゲームなのだろうか。いや、ちがう。パーヴェルはそんなことはしない。もうそんな遊びはしない。アンドレイは最後に兄を見かけたほうに歩いた。が、何も見えなかった。馬鹿《ばか》げている。自分がパーヴェルを探すなんて。探すのはパーヴェルのほうでなければならないのに。何かがおかしい。彼はもう一度兄の名を呼んだ。今度はより大きな声で。どうして何も答えてくれないのか。アンドレイはごわごわになったジャケットの袖《そで》で鼻を拭《ぬぐ》って思った。これはテストなのだろうか。こういった状況に置かれたらパーヴェルはどうするだろう？　そう、パーヴェルなら雪の上の足跡を追うだろう。アンドレイは集めた枝を放り出すと、四つん這いになって雪を調べた。兄と別れたところまで自分の足跡がついていた。アンドレイは得意になって、次に兄の足跡を探した。立ち上がると足跡はもう見えなくなるので、四つん這いになったまま、腕を伸ばした長さしか鼻を地面から離さず、臭跡を追う犬のように雪の上を進んだ。

木が倒れているところまでたどり着いた。あたりには枝が散乱しており、いたるところに足跡があった――そのいくつかは大きく深かった。雪がところどころ赤くなっていた。その雪をつかんで握りつぶすと、指のあいだから赤い血が垂れた。

「パーヴェル！」

彼は咽喉《のど》が嗄《か》れて痛くなり、声が出なくなるまで叫んだ。べそをかきながら兄に言いたいと思った。獲物の分け前をもらう権利は自分にもあると。それよりなによりパーヴェルに帰ってきてほしかった。が、そんなことを思ってもなんにもならない。兄は彼を置いてどこかに行ってしまったのだ。アンドレイを森にただひとり残して。

オクサーナは、トウモロコシの茎の粉と、アカザと、ジャガイモの皮をすりつぶしたものを入れた小さな袋をレンガのかまどのうしろに隠しており、査察があると、いつもかまどに火を入れた。穀物の隠匿《いんとく》を調べにくる査察官も火の奥まで調べようとはしなかった。もっとも、彼らが彼女を信用していないことに変わりはなかったが。まわりの村人はみな病気にかかっているのに、どうしておまえだけ健康なのか。まるで健康であることが犯罪でもあるかのように彼らは言ったが、いずれにしろ、彼女の家から食べものは何も見つからなかった。彼女を富農呼《クラーク》ばわりすることは彼らにもできなかった。そのため、彼女をただちに処刑するかわりに放置して死なせることを選んだのだった。力では彼らに敵《かな》わない。オクサーナはそのことをすでに学んでいた。数年前、教会の鐘が供出させられることに反対して、村でレジスタンスを組織したときに。国家は鐘を溶かしたがっていた。それを阻止しようと、彼女は四人の女たちとともに鐘楼に立てこもり、鐘を鳴らしつづけた。この鐘は神さまのものだと訴えたのだ。その場で撃ち殺されていてもおかしくなかった。が、鐘の供出を指揮していた男は女たちを罪に問うことはせず、ドアを打ち壊したあと、鐘を供出させることだけが自分の受けた命令で、金属は国家の産業革命に不可欠なのだと説明した。彼女は地面に唾《つば》を吐いてそれに応えた。食料は国家に属するもので、村人たちのものではないと言われ、村人たちの食べものが奪われたときにも彼女は学んだ。力には力で応じるのではなく、服従のふりをすることを。レジスタンスはひそかにやることを。

そんな彼女の家も今夜ばかりはご馳走《ちそう》だ。彼女は雪の塊を溶かし、沸騰《ふっとう》させ、それにトウモロコシの茎の粉を混ぜて、とろみをつけた。さらに壜《びん》の中に残っていた骨を加え、煮立つのを待って、骨をすりつぶした。先走りしていることは自分でもわかっていた。パーヴェルが必ず猫を捕まえて帰ってくると決まったものでもない。が、彼女には確信があった。神さまは試練もお与えになったが、孝行息子も授けてくださった。たとえパーヴェルが手ぶらで帰ってきても、決して怒ったりしないことを彼女は心に決めていた。森は大きくて猫は小さい。それに、怒ったところでただエネルギーを浪費するだけのことだ。失望に対する心の準備はできていた。それでも、肉とジャガイモのボルシチが食べられるかもしれないと思っただけで、どうしても心が浮き立った。

アンドレイが戸口に現われた。顔に切り傷をつくり、ジャケットには雪がつき、鼻水と鼻血を垂らしていた。長靴はもう完全にばらばらになっており、爪先《つまさき》が見えていた。オクサーナは思わず駆け寄った。

「パーヴェルは？」

「パーヴェルに置き去りにされた」

アンドレイは泣きだした。兄がどこに行ってしまったのか、彼にはわからなかった。何があったのかもわからなかった。説明できなかった。母親に嫌われることだけがわかっていた。自分は何もかもうまくやったのに自分のせいにされることも。勝手にいなくなったのは兄のほうなのに。

オクサーナは一瞬息ができなくなった。アンドレイの脇《わき》をすり抜け、外に出て森に眼を凝らした。どこにもパーヴェルの姿はなかった。たぶん転んで怪我《けが》をして、誰かの助けを必要としているのだろう。たぶん。必死に答を求めて家に駆け戻った。が、アンドレイがスプーンをくわえて、ボルシチのそばに立っていただけだった。口からポテトスープのしずくを垂らし、現行犯を見つけられた気弱な犯罪者のようなおずおずとした笑みを浮かべていた。怒りに——死んだ夫に対する怒りに、いなくなった息子に対する怒りに——駆られて、彼女はまえに突進してアンドレイを突き倒すと、木のスプーンをアンドレイの咽喉の奥まで差し込んだ。

「わたしがこのスプーンをおまえの口から出したら言いなさい。何があったのか」

しかし、スプーンを引き抜かれても、アンドレイにできたのは咳《せ》き込むことだけだった。なおも怒りに駆られ、彼女はスプーンを息子の咽喉へと押し戻した。

「この役立たず！　この馬鹿者。わたしの息子はどこなの？　どこにいるの？」

そう言ってスプーンをまた引き抜いた。が、アンドレイは咽喉をつまらせ、泣くばかりだった。話すことができなかった。泣きつづけ、咳き込みつづける息子を彼女は叩《たた》いた。その小さな胸を叩きつづけた。ボルシチが鍋《なべ》から吹きこぼれそうになるのに気づいてやっと叩くのをやめ、立ち上がると、鍋を火からおろした。

アンドレイは床の上でまだ泣いていた。そんな息子を見下ろし、彼女の怒りも和らぎはじめた。アンドレイがいかにも小さく見えた。この子がどれほど兄を慕っていたか。彼女はしゃがむとアンドレイを立たせ、椅子《いす》に坐《すわ》らせ、毛布でくるんでから、ボルシチをボウルに入れた。いつもよりはるかに多い量を気前よく入れ、スプーンを持って息子に食べさせようとした。が、アンドレイは口を開けようとしなかった。彼はもう母親を信じていなかった。彼女は彼にスプーンを持たせた。彼は泣くのをやめ、食べはじめ、すぐにたいらげた。彼女はさらに入れて、ゆっくり食べるように言った。彼はそのことばを無視して、がつがつと二杯目もたいらげた。何があったのか、できるかぎりおだやかに彼女は尋ね、息子の説明を聞いた。雪に点々と落ちていた血の痕《あと》のことも、薪が散乱していたことも、パーヴェルの姿はどこにも見えなかったことも、大きくて深い足跡のことも。聞きおえると、オクサーナは眼を閉じて言った。

「おまえの兄さんはもう死んでしまった。今頃はもう誰かに食べられてる。わかるかい？　おまえたちが猫を狙《ねら》ったように、誰かがおまえたちを狙ってたのよ。わかるかい？」

アンドレイは黙ったまま、母親の涙をただじっと見つめた。ほんとうのところ、彼にはわかっていなかった。母親が立ち上がり、家を出ていくのをただ見ていた。すぐに母親の声が外から聞こえてきた。彼は戸口に駆け寄った。

オクサーナは雪の上に膝《ひざ》をつき、満月を見上げていた。

「神さま、お願いです。息子を返してください」

パーヴェルを家に帰すことはもう神さまにしかできない。でも、これはそれほど法外な望みだろうか。神さまはそんなに忘れっぽいお方なのだろうか。わたしは命を賭《と》して神さまの鐘を守ろうとした女だ。そんな女がただ息子を返してほしいと願っているのだ。生きるよすがを返してほしいと。

それぞれの家の戸口から顔を出した隣人が何人かオクサーナを見ていた。彼女の嘆きを聞いていた。しかし、彼女の嘆きは物珍しいものでもなんでもなかった。だから、隣人が彼女を見ていたのはそう長いあいだのことではなかった。

二十年後

モスクワ
一九五三年二月十一日

雪玉がジョーラの後頭部をとらえた。耳のまわりで雪が弾《はじ》け、彼は驚いた。背後のどこかから弟の笑い声が聞こえてきた。大声で笑い転げていた——ただ一回のまぐれあたりなのに得意げに。ジョーラはコートの襟から雪を払った。が、そのうちのいくらかはすでに背中にはいり込んでしまっていた。肌に触れて雪が溶け、冷たい水が背中をなめくじのように這《は》う感触があった。彼はシャツの裾《すそ》をズボンの中から出すと、伸ばせるだけ手を伸ばし、背中にくっついた氷の粒をこそげ落とした。

対戦相手のいる場所を確認するかわりに、シャツの裾を出したりしている兄の無頓《むとん》着《ちゃく》ぶりを意外に思いながらも、アルカージーはその隙《すき》を利用して、雪玉をつくった。一度まるめた上にさらに雪を重ね、まるめて固めた。大きすぎると、役立たずの雪玉になってしまう。投げるのがむずかしく、スピードも出ず、狙《ねら》った的からそれてしまいやすい雪玉になってしまう。アルカージーはこれまでよくそういう失敗をしていた。大きすぎる雪玉をつくってしまうと、あたればより大きなダメージを相手に与えられるが、たいていは空中分解してしまって、的に届きさえしなくなる。ジョーラとアルカージーの兄弟はよく雪の上で遊んでいた。ほかの子供たちが加わることもたまにあったが、ふたりだけで遊ぶことのほうがはるかに多かった。ふたりの雪合戦はいつも何気なく始まり、雪玉が互いにあたるにつれてより競争めいてくる。が、アルカージーのほうは、誰が見ても勝利と言えるほどの勝利を収めたことがまだ一度もなかった。兄のスピードとパワーに圧倒され、ゲームはいつも決まった終わり方をした。アルカージーに欲求不満と敗北感と困惑を残して。悪いときには泣いて逃げだすようなこともあった。いつもいつも負けることがアルカージーはいやでならず、そのことがひどく腹立たしく思えることもあった。にもかかわらず、彼がゲームを続けている理由はただひとつ、今日はいつもとちがうかもしれない、今日は勝てるかもしれないという楽観的な思いがあるからだった。その今日がとうとうやってきた。今こそ絶好のチャンスだ。彼は少しずつ兄との距離をつめた。が、つめすぎないように気をつけた。明確な得点となる一撃を与えたかった。近づきすぎると、得点とは認められない。ジョーラにはそれが見えた。白い塊が弧を描いて宙を飛んでくるのが。大きからず小さからず。彼自身がつくる雪玉の大きさだった。どうすることもできなかった。両手とも背中にまわしてしまっていた。これだけは認めてやらなければならない——弟は覚えが早い。

雪玉は彼の鼻をかすめ、まともに眼にあたった。そのかけらが鼻の穴にも口にもはいった。顔じゅう雪だらけにして、彼はうしろによろめいた。完璧《かんぺき》な一撃だった。それでゲームセットになるような。まだ五歳にもならない弟にしてやられたのだ。初めて敗北を喫してジョーラは勝利の大切さを理解した。弟はまだ笑っていた。遠慮会釈《えしゃく》なく笑い転げていた。雪だらけになった顔ほど可笑《おか》しなものも世の中にないと言わんばかりに。しかし、ジョーラのほうはこれほど得意になったこと——アルカージーが今、示しているような態度を取ったこと——はこれまで一度もなかった。あそこまで笑ったことも、勝利からあそこまで満足を搾《しぼ》り取ったことも。アルカージーは負けっぷりのよくない敗者以上に勝ちっぷりの悪い勝者だった。ここはこいつに教訓を与えなければ、とジョーラは思った。ちょっとは鼻をへし折ってやらなければ。ただ一度のゲームに勝っただけのことなのだから。それもまぐれで。どうということのないゲームに。百回、いや、千回でただ一度。なのに、こいつはまるで自分たちが対等みたいな態度を取っている。いや、悪くすれば自分のほうが勝《まさ》っているかのような。ジョーラはしゃがむと、雪を掘り起こした。雪の下の凍土が顔をのぞかせた。彼は凍った泥と砂利と石を一握りつかんだ。

兄が雪玉をつくっているのを見て、アルカージーはすぐさま逃げだした。兄が持てる力を総動員して投げる仕返しの一撃を受けるつもりなどさらさらなかった。ここは逃げれば安全だ。とにかく遠く離れてしまえば。どれほどうまくつくられた雪玉も、どれほど正確な一投も、的に届くまえに空中分解するだろう。たとえ届いて命中したとしても、離れてさえいれば、痛くも痒《かゆ》くもない一撃にしかならない。投げるだけ無駄のような。逃げれば、うきうきした気分のままゲームを終えることができる。アルカージーはこの勝利を覆《くつがえ》されたくなかった。兄のすばやい連続攻撃に勝利を汚《けが》されたくなかった。冗談じゃない。逃げて勝利を宣するのだ。ゲームを終わらせるのだ。明日はまた負けるかもしれないけれど、今日はずっとこの気分を愉《たの》しむことができる。明日は明日だ。今日はとにもかくにも勝つのだ。

兄が名前を呼んでいるのが聞こえた。アルカージーは走りながら振り向き、笑みを浮かべた――ここまで離れればもう大丈夫だ。

その衝撃は顔面を拳《こぶし》で殴られたのと変わらなかった。弾かれたように顔が横を向き、足が地面から離れ、一瞬、体が宙に浮いた。また足が地面に着いても、膝《ひざ》の力が抜けており、その場に倒れた。頭がぼうっとして、手を出すことができず、雪に突っ伏した。何が起こったのかもわからず、しばらくそのまま動けなかった。唾《つば》を吐くと、砂利と泥が混じっていた。口の中に血が溜《た》まっていた。ミトンをはめた手を恐る恐る口にやった。まるで砂を無理やり食べさせられたかのように歯がざらざらしていた。隙間ができていた。歯が一本折れていた。涙が出てきた。唾を吐き、みじめに横たわったまま、なくなった歯を探した。なぜかそのことしか考えられなかった。そのことだけしか考えることができなかった。歯を見つけなければ。どこにある？　見つからなかった。白い雪の中で白い歯を探すのはむずかしかった。なくなってしまったのだ。痛くはなかった。ただ、兄の不正行為にひたすら腹が立った。自分は一回も勝たせてもらえないのか。ズルしないで勝ったのに。ジョーラにはそれさえ許せないことなのか。

ジョーラは弟の倒れたところに駆け寄った。泥と砂利と石と氷の塊が手を離れたときにはもう後悔していた。だから、弟の名を呼んだのだ。自分が放った雪玉をよけてくれることを願って。アルカージーはそうするかわりに振り向いた。その拍子にまともに顔にあたってしまった。助けようと思ってしたことが、悪意に満ちた陽動作戦になってしまった。倒れている弟に近づくと、雪の上に血が見えた。ジョーラは気分が悪くなった。こんなことを自分はしてしまったのだ。自分たちのゲームを——なにより愉しんできたゲームを——どうしようもなくひどいものにしてしまったのだ。どうして弟に勝たせてやることができなかったのか。明日はまた勝つのに。その次の日もまたその次の日も。ジョーラは自分を恥じた。

雪の上に膝をついて弟の肩に手をかけた。アルカージーはその手を振り払い、涙にあふれた赤い眼でジョーラを見上げた。口から血を流しながら。獰猛《どうもう》な獣のように。何も言わなかった。怒りに顔がこわばっていた。どこかしら頼りなげに立ち上がった。

「アルカージー?」

返事のかわりに、アルカージーは口を開いて、犬の吠《ほ》え声のような叫び声をあげた。ジョーラに見えたのは泥で汚れた歯だけだった。アルカージーは兄に背を向けると、いきなり走りだした。

「アルカージー、待て!」

アルカージーは待たなかった。立ち止まりもしなかった。兄の謝りのことばなど聞きたくもなかった。できるだけ速く走った。前歯にできた隙間を舌で探り、見つかると、舌の先で歯茎に触れた。兄の顔などもう二度と見たくなかった。

二月十四日

レオは、灰色のコンクリートのずんぐりとした低層住宅、第十八アパートメント・ビルを見上げた。午後の遅い時間、すでにあたりは暗くなっていた。不快で面白味もない仕事に丸一日を費やしてしまっていた。民警の事故報告によれば、少年の年齢は四歳十ヵ月、鉄道の線路上で死体で発見されていた。夜中に線路の上で遊んでおり、列車に轢《ひ》かれたのだった。車輪に胴体をまっぷたつにされて。二十一時ヤロスラヴリ発ハバロフスク行きの列車の運転士は、駅を出た直後、線路上に人か何かの影が見えたと、最初の停車駅に着いたときに報告していた。その列車が少年を轢いたのかどうかについてはまだ特定されていなかった。運転士にしても子供を轢いたとは思いたくなかったのだろう。いずれにしろ、誰かが責めを負わなければならないような事故ではなかった。悲劇とはいえ、そもそも問題になってはいけない、初めから解決しているような出来事だった。

通常なら、レオ・ステパノヴィッチ・デミドフのような前途有望な国家保安省《MGB》（訳注 旧ソ連の国家秘密警察。KGBの前身）の捜査官が関わる類《たぐ》いの事故ではなかった。そもそも何をすればいいのか。息子を亡くすというのは家族にとっても親戚《しんせき》にとっても悲しい出来事だ。が、遠慮なく言えば、国家レヴェルでは無意味なことだ。不注意な子供というのは――言論に関して不注意というのでないかぎり――国家保安省が関わる対象ではない。しかし、今回の事故には思いのほか込み入った事情があった。両親の嘆きが意外な形で表明されたのだ。両親にしてみれば、息子（レオは報告書を見て少年の名を記憶にとどめた――アルカージー・フョードロヴィッチ・アンドレエフ――）が自ら招いた死なのに、その事実を受け容《い》れることができなかったのだろう。息子は殺されたのだと触れまわったのだ。誰に殺されたのか。そこのところは両親にもわからなかった。なぜ？　それもわからなかった。どうしてそのようなことが起こりえたのか？　それまたわからなかった。しかし、論理的で妥当な説明などなくとも、彼らにはいわば感情的な説得力とでも言うべきものがあった。騙《だま》されやすいほかの人々――隣人にしろ、友人にしろ、赤の他人にしろ、聞く耳を持つ者なら誰も――が彼らの話に説得されてしまう可能性が充分にあった。

事態をさらに悪化させている要因に、少年の父親、フョードル・アンドレエフが国家保安省の下級捜査官で、たまたまレオの部下だったということがあった。もっと分別を働かせてしかるべきなのに、フョードルは根拠のない自分の主張にもっともらしさを与えようとして、なけなしの権威を利用し、国家保安省に悪評をもたらそうとしているのだった。それは明らかに一線を越えた行為だ。フョードルは感情に負けて、健全な判断力を失ってしまったのだろう。事態が沈静化しなければ、この父親を逮捕するのがレオの仕事になってしまう。不始末きわまりないことになってしまう。そのため、レオは国家保安省本来の任務を一時解かれ、事態の収拾を任されたのだった。フョードルと対面するのはおよそ愉しい仕事とは言えず、レオはゆっくり時間をかけて階段をのぼった。のぼりながら考えた。だいたいどうして自分は今ここにいるのか——彼のような職務に就いている者なら誰しも考えることだろうが。そもそも彼には国家保安省に入省するつもりはなく、彼の現在は兵役の延長上にあった。大祖国戦争（訳注　第二次世界大戦の旧ソ連での呼称）中にOMSBON——独立特別任務自動車化狙撃《そげき》旅団——に徴用されたのだが、OMSBONの第三、第四大隊の兵士は中央体育専門学校の学生から選抜され、彼は当時そこの学生だったのだ。身体能力に特にすぐれた者が候補となり、選ばれるとモスクワのすぐ北のムイティシチにある訓練キャンプに送られ、近接戦闘、火器取り扱い、低空降下、爆発物使用の訓練を受けた。キャンプは国家保安省がMG

Ｂという呼称になるまえ、秘密警察として知られた人民内務委員会《NKVD》に属しており、部隊は軍ではなく、人民内務委員会の直属で、その任務もそのことを反映していた。すなわち、敵の背後にまわって、軍事施設を破壊し、情報を集め、暗殺もおこなうというもので、彼らは文字どおり特殊奇襲隊だった。

彼はそうした作戦の独立性を享受《きょうじゅ》した。そのことは注意深く自分の胸にだけしまっていたが。自分の命運は自分が握っているという事実、あるいはその感覚が好ましかったのだ。そんな彼の活躍はめざましく、第二級スヴォロフ勲章も受けた。さらに、眉目秀麗《びもくしゅうれい》で冷静沈着なところ——とりわけ祖国を信じる揺るぎない彼の信念——が彼をドイツ軍占領地解放のイメージキャラクターにも仕立て上げた。これは喩《たと》えではない。煙のくすぶる村を背景に、彼とあちこちの部隊の兵士の一団がまだ燃えているドイツ軍の戦車を取り囲み、勝利の笑みを満面に浮かべ、死んだドイツ兵を足元に、銃を高々と掲げているところが写真に撮られたのだ。破壊と死と勝利の笑顔——歯並びがきれいで、肩幅の広いレオは一番まえに出させられた。一週間後、その写真は〈プラウダ〉の一面を飾り、レオは見知らぬ者からも部隊の人間からも市民からも祝福された。みな握手を求めてきて、彼を抱きしめたがった。勝利のシンボルを。

戦争が終わると、彼はＯＭＳＢＯＮから人民内務委員会そのものに転属になったのだが、それはすこぶる自然な転身に思えた。だから自分のほうからは何ひとつ尋ねることもなく、彼は頭を高くして上司が敷いたレールの上を歩いた。祖国から何かを求められたら、どんなことにでも進んで応じる覚悟ができていた。請《こ》われれば、コルイマ山地の極寒のツンドラ地帯にある強制収容所の所長にでもなっていただろう。彼の唯一《ゆいいつ》の願いはいかにも一般的なものだった。祖国に尽くすことだ。ファシズムを打倒した国に。人民に無償の教育と保健医療を施している国に。労働者の権利を高々と世界に宣した国に。彼の父親——軍事工場の組立てラインで働く工員——に立派な資格のある医師と同等の給料を払っている国に。国家保安省の職務が不快な仕事になるのはしばしばだったが、彼はその職務の必要性をしっかりと理解していた。自分たちの革命を国の内外の敵——革命を阻害しようとする輩《やから》、革命を失敗させようとする輩——から守る必要性だ。この目的のためなら、彼は自らの命を賭《と》すことができた。他人の命を賭すことも。

今日の任務はそうしたヒロイズムとも軍事訓練とも無縁のものだった。ここに敵はいない。ここにいるのは同僚にして友人にして悲しみに打ちひしがれた父親だ。それでも国家保安省には決まりがあり、悲しみの父親もそれには従わなければならない。レオとしても慎重にことを運ぶ必要があった。悲しみに盲《めしい》た父親と同じ感情に左右されてはならなかった。つまるところ、ヒステリックな悲しみがこのよき家族を危険にさらしているのだ。事実無根の殺人の噂《うわさ》が雑草のように放恣《ほうし》にコミュニティにはびこり、人心を掻《か》き乱し、人々が新しい社会のひとつの基盤を疑うようになったら……

この社会に犯罪は存在しないという基盤を。

このことを百パーセント信じている者はむしろ稀《まれ》だろう。新しい社会にも瑕疵《かし》はある。実際、新しい社会は今も発展しており、まだ完成はしていない。国家保安省捜査官の義務として――義務と言えば、人民すべての義務だが――レオはレーニンの著作を学習し、社会の不行跡である犯罪は貧困と欠乏がなくなれば消滅することを知っていた。ただ、まだその段階までは来ていない。物が盗まれることもあれば、酔っぱらいの口論が暴力的なものになることもある。ウルキ――犯罪組織――もある。しかし、人は自分たちが存在として、よりよい段階に向かっていることを信じなければならない。だから、今回の事故を殺人――幼児殺し――と呼ぶことは、前進している社会を大きく逆戻りさせてしまうことになる。レオは上司で師でもあるヤヌズ・クズミン少佐から一九三七年の裁判のことを教えられていた。彼らは信念を失った、とスターリンが被告たちを断じた裁判のことだ。

信念を失った……

共産党の敵は単に破壊工作員やスパイや産業破壊者だけではない。党の方針を疑う者、自分たちを待っている社会を疑う者も敵だ。その鉄則に従えば、レオの友人で部下のフョードルも敵ということになる。

レオの任務は根拠のない推測を封じ込めることだった。彼らを危険な淵《ふち》から連れ戻すことだった。殺人というのは夢見がちなタイプの人間にはなんとも魅力的な自然なドラマだ。その点に関しては厳然と事実を伝えなければならない。少年は自ら過《あやま》ちを犯し、その過ちを自らの命で償ったのだと、はっきり言わなければならない。少年の不注意のためにほかの人間が罰せられることはない。それは行きすぎというものだ。そこまで発展することはないだろうが。如才なく処理できるだろう。彼らは動転している。ただそれだけのことだ。そんな彼らには寛大に対処すべきだ。今はまともにものが考えられなくなっているだけなのだから。事実を提示しさえすればいい。彼らを脅しにきたのではないのだから。少なくとも今は。むしろ彼らを助けにきたのだ。彼らが信念を取り戻す手助けをしにきたのだ。

ドアをノックすると、フョードルがドアを開けた。レオは軽く会釈《えしゃく》して言った。

「残念なことになって、ほんとうに悔やみのことばもないよ」

フョードルはうしろにさがった。レオは中にはいった。

すべての椅子《いす》に誰かが坐《すわ》っていた。混み合っていた。まるで村の集会がその部屋で開かれているかのようだった。年配者も子供もいた。一族郎党が集まっていた。このような雰囲気の中で、人の感情が煽《あお》られるというのは容易に想像できた。幼い少年の命は謎《なぞ》の力によって奪われた——彼らは互いに刺激し合って、その思いを強くしているのだろう。そう思ったほうが喪失感と折り合いをつけやすいからだ。少年に線路に近づかないように教えなかったことで、彼らが罪悪感を覚えているということも大いに考えられた。レオの見知った顔がいくつかあった。フョードルの仕事仲間で、みな自分がこの場にいることをレオに見つかり、決まり悪そうな顔をしていた。どうすればいいのかわからず、みなレオと眼が合うのを避けていた。帰りたくても帰れない。そんな顔をしていた。レオはフョードルのほうを向いて言った。

「ふたりだけで話したほうが話しやすそうな気がするが」

「いえ、ここにいるのはみんな私の家族です。みんなあなたがなんとおっしゃるか聞きたがってます」

レオは部屋を見まわした。二十ほどの眼がじっと彼に向けられていた。レオがなんと言うか。そのことは彼らにもうわかっていた。そのためにレオを憎んでいた。みな自分たちの少年が死んだことに腹を立てており、その心の痛みをそのような形で表明していた。レオはそんな彼らの怒りの標的になっていた。それはレオとしても認めないわけにはいかなかった。

「幼い子供が死ぬことほど悲しいこともない。私はきみと奥さんが息子さんの誕生を祝ったときにもそばにいたきみの同志であり、友人だ。きみを祝福したのを覚えている。それが今きみを慰めることになるなんて、こんな悲しいことはない」

いくらか硬い口調になってしまったが、レオは心を込めて言っていた。が、返ってきたのは沈黙だった。レオは次のことばを慎重に選んだ。

「子供を亡《な》くす悲しみがどんなものか、私は経験したことがないのでわからない。自分がどのようになってしまうかもわからない。それでも、誰かのせいにしたくなるんじゃないかとは思う。日頃から嫌っている誰かのせいにでも。しかし、アルカージーの件に関するかぎり、議論の余地はない。事故報告書を持ってきた。よかったらそれは置いていくよ。それと、みんなのどんな疑問にも答えるのが、ここに遣わされた私の役目だ」

「アルカージーは殺されたんです。だから、われわれはあなたに捜査をしてほしいんです。あなた個人にはできないということなら、国家保安省から検察官に圧力をかけてほしい。これを犯罪として取り上げるように」

レオは初めから対決姿勢を見せたりしないように黙ってうなずいた。が、実際のところ、考えうる最悪の展開だった。アルカージーの父親は一歩も退《ひ》かない構えだった。彼らの立場は揺るぎなかった。ウゴローヴノエ・ジェロ——刑事事件——として正式な捜査がおこなわれることを要求している。犯罪と正式に宣せられなければ、民警は動かない。つまり、彼らは不可能なことを要求しているのだった。レオは職場で見かける顔を見まわした。その顔を見れば、ほかの者はいざ知らず、〝殺された〟ということばがこの部屋にいる全員の名誉を傷つけたことが、彼らにはちゃんとわかっていることが容易に知れた。レオは言った。

「アルカージーは列車に轢《ひ》かれて死んだ。彼の死は事故によるものだ。悲惨な事故に」

「だったら、どうしてあの子は裸だったんです？　どうして口の中に泥が詰め込まれてたんです？」

レオは今言われたことの意味を考えた。少年は裸だった？　それは初耳だった。彼は報告書を開いた。

少年は着衣のまま発見。

その一行を今読み返してみると、奇妙な契約条項のように見えた。どうしてわざわざそんなことが書かれているのか。しかし、書かれていることは事実だ。少年は着衣のまま発見、と。彼はさらにその先にも眼を走らせた。

地面の上を引きずられた際、口の中に泥がはいった模様。

彼は報告書を閉じた。全員が待っていた。

「息子さんは着衣のまま発見されている。確かに、口の中に泥がはいっていたようだが、それは地面の上を列車に引きずられたからだ。それで口にはいったんだろう」

ひとりの年配の女性が立ち上がった。加齢によって背中は曲がっていたが、その眼はすこぶる鋭かった。

「それはわたしたちが言われてることとちがう」

「残念なことだけれど、あんたたちは誤った情報を知らされてるんだよ」

老女は引き下がらなかった。この老女こそ根も葉もない噂の原動力になっているのではないか。レオはそう直観した。

「アルカージーの遺体を見つけた清掃員、タラス・クプリンという男だけれど、ここから通りを二本へだてたところに住んでる。そのタラスが言ってるんです、アルカージーは裸だったって。わかります？　何ひとつ身に着けてなかったって。列車に轢かれても服は脱げたりしないよ」

「確かに、そのクプリンという男が遺体を見つけた。彼の供述書もこの報告書の中にはいってる。で、見つけたとき、遺体は線路上にあって、服を着たままだったと言っている。はっきりとね。ここに明確に書かれてる」

「だったら、どうしてわたしたちには別の話をしたんです？」

「それは私にはわからないけれど、きっと頭が混乱してたんだろう。でも、供述書にはちゃんと本人の署名がはいってる。それがこの報告書の中にある。今、私が彼に質問をすれば、供述書どおりの話をすることだろう」

「あんたはアルカージーの遺体を見たんですか？」

レオはその質問にいささか虚を突かれた。

「私はこの事故の調査をしているわけじゃない。それは私の仕事じゃない。しかし、たとえそうだとしても、今回のことで調べなければならないことは何もない。これは悲惨な事故だ。私はそのことを言いにきたんだ。みんなの頭が不必要に混乱しているのではないかと思い、事実を伝えにきたんだ。お望みなら、報告書の全文をここで読み上げてもいい」

老女は言った。

「それは嘘《うそ》の報告書だよ」

全員に緊張が走った。レオは押し黙り、気持ちを昂《たか》ぶらせないようにした。彼らにしてもわかりそうなものではないか。交渉の余地がないことぐらい。幼い少年の死は不運な死だった。彼らにしてもその事実を受け容《い》れるべきではないか。おれが来たのはみんなの利益のためだということも。レオはフョードルのほうを向いて、彼が老女をたしなめるのを待った。

フョードルはまえに出てきて言った。

「新しい証拠があるんです。今日わかったんです。ある女性が——アパートメントの住人です——アルカージーが誰か男と一緒に線路の上にいたところを見てるんです。

それ以上のことはわからないけれど。私らの親しい人じゃないんで。会ったこともない人です。でも、彼女は殺人の噂を聞いて――」

「フョードル……」

「私の息子のことをその女性が聞いたらしくて、話によれば、その女性にはその男がどういう男だったかわかるそうです。顔を見ればわかると言ってるんです」

「その女性はどこに？」

「今、みんなで待ってるところです」

「ここに来る？　その女性がどんな話をしてくれるか、これは大いに愉《たの》しみだ」

レオは椅子を勧められたが、手を振って断り、立ちつづけた。

しばらく誰も口を開かなかった。誰もがドアがノックされるのをじっと待っていた。

レオは椅子を断ったのを後悔した。無言のまま一時間近くが経《た》とうとしたところで、ドアをノックするかすかな音がした。フョードルがドアを開け、自己紹介し、女を中に招き入れた。神経質そうな大きな眼。やさしそうな顔。三十歳前後の女性だった。

女性が大勢の人間に驚いたのを見て、フョードルがなだめた。

「ここにいるのはみんな家族と友人ばかりです。ご心配なく」

しかし、女はフョードルのことばを聞いていなかった。ひたすら制服姿のレオを見つめていた。

「私はレオ・ステパノヴィッチ。国家保安省の捜査官だ。今回の事故の担当者だ。きみの名前は？」

レオはメモ帳を取り出して、新しいページを広げた。女は答えようとしなかった。レオは眼を上げた。それでも女はまだ何も答えようとしなかった。レオがもう一度同じ質問をしようとしたところでやっと答えた。

「ガリーナ・シャポリナ」

ほとんど囁《ささや》いているような声だった。

「それできみは何を見たんだね？」

「わたしは……」

彼女は部屋を見まわし、床を見つめ、最後にまたレオを見た。が、また黙り込んでしまった。フョードルが明らかにせっぱつまった声音で促した。

「男を見たんでしょ？」

「ええ、見ました」

フョードルは彼女の脇《わき》に立ち、ドリルのような視線を彼女に向けていたが、いかにもほっとしたような吐息をついた。彼女は続けた。

「男の人が……鉄道の人だと思いますけど……線路の上にいました。それが窓から見えたんです。とても暗かったけど」

レオは鉛筆でメモ帳を叩《たた》きながら言った。

「その男が少年と一緒にいたんだね？」

「いいえ、少年なんていません」

フョードルは口をあんぐりと開けた。そのあとことばがほとばしった。

「あんたは男が幼い男の子の手を引いてるところを見た。われわれはそう聞いてる」

「いえ、いえ。男の子なんていません。その男の人は鞄《かばん》を持ってました。たぶん道具を入れた鞄だと思います。ええ、そうです。その男の人は線路で仕事をしてたんです。たぶん補修かなんかしてたんでしょう。よくは見えなかったけど。ちらっと見ただけだし。それだけです。わたしはほんとうはここに来るべきじゃなかったんです。息子さんのことはほんとうにお気の毒だと思いますけど」

レオはメモ帳を閉じて言った。

「ありがとう」

「もう質問はないんですか？」

レオが答えるまえに、フョードルが女の腕を取って言った。

「あなたは男を見た」

女は腕を振りほどくと、部屋を見まわした。全員の眼が彼女に向けられていた。女はレオのほうを向いて言った。

「あとでわたしのところに質問にきたりします？」

「いや。もう帰ってもいい」

ガリーナはうつむき、床を見たまま小走りにドアに向かった。が、ドアにたどり着くまえに老女が彼女を呼び止めた。

「あんたという人はそこまで勇気のない人なのかい？」

フョードルが老女のまえまで慌《あわ》てて駆け寄って言った。

「坐《すわ》ってくれ。頼むから」

老女はうなずいた。が、言われたとおりにはしなかった。といって、嫌悪《けんお》をあらわにしたわけでもなかった。

「アルカージーはおまえの息子だったんだよ」

「そんなことはわかってる」

レオの立っているところからはフョードルの眼は見えなかった。このふたりのあいだでどんなコミュニケーションがなされたのか。それがなんであれ、老女も最後には坐った。その間にガリーナはこっそりといなくなっていた。

レオはフョードルがあいだにはいってくれたことを喜び、これが彼らにとっても分岐点になってくれることを願った。ゴシップや噂《うわさ》を掻《か》き集めても誰のためにもならない。フョードルが彼のそばに戻ってきて言った。

「母の無礼を赦《ゆる》してください。今度のことで母もひどく取り乱してるものだから」

「だから私が来たんじゃないか。この部屋の中だけで解決できるように。ただ、私がここを出たあとも同じ話が続くようなことだけはないように。誰かに息子さんのことを尋ねられても、殺されたなどということだけは言わないように。でも、いいかい、フョードル、それは私がそう命じたからではなく、事実じゃないからだ」

「わかりました」

「フョードル、明日は休暇を取るといい。それはもう認められている。私にできることがほかにもあればなんなりと……」

「ありがとうございます」

アパートメントの戸口でフョードルはレオの手を握って言った。

「私らはみんなひどく取り乱してた。騒ぎを起こしてすみませんでした」

「今度のことはどんな記録にも残らない。ただし、さっきも言ったように、この件はもうこれで終わりだ」

フォードルは一瞬表情をこわばらせたものの、うなずいてから苦汁を搾《しぼ》り出すようにことばを吐いた。

「息子の死は悲惨な事故によるものでした」

レオは深く息をつきながら階段を降りた。フォードルのアパートメントの雰囲気はあまりに重苦しすぎた。が、とにもかくにも片がついて、レオはほっとしていた。事態を収拾できたことが単純に嬉《うれ》しかった。フォードルは善人だ。息子の死と折り合いがつけられれば、真実を受け容れることもたやすくなるはずだ。

そこで彼は立ち止まった。背後で物音がしたのだ。振り向くと、男の子が立っていた。歳《とし》は七歳か八歳といったところだろうか。

「おじさん、ジョーラといいます。アルカージーの兄です。お話ししてもいいですか？」

「もちろん」

「ぼくのせいなんです」

「きみのせいって何が？」

「弟が死んだこと。ぼくが雪玉をあいつにぶつけたんです。石とか泥とか砂利とか混ぜた雪玉を。それでアルカージーは怪我《けが》をしたんです。顔にあたって。それで逃げたんです。きっと頭がぼうっとしてたんです。だから列車が見えなかったんです。口の中に泥がはいってたのもぼくのせいなんです。ぼくが悪いんです。ぼくが雪玉をぶつけたんです」

「きみの弟は事故で亡《な》くなった。そのことをきみがうしろめたく思うことなんか何もない。でも、よくほんとうのことを話してくれた。さあ、お父さんとお母さんのところへ戻りなさい」

「ぼくは泥と砂利と石を混ぜた雪玉のことは誰にも話してないんです」

「それはもう誰も知らなくてもいいことだ」

「きっとすごく怒ると思う。そのとき弟を見たのが最後だったんです。おじさん、ぼくたちはいつもはとっても仲よく遊んでたんです。だからまた仲よく遊べたのに。またもとに戻れたのに。ほんとに。でも、もう仲直りできない。ごめんねって言うことも」

レオは男の子の懺悔《ざんげ》をしばらく黙って聞いていた。この男の子は赦しを求めているのだ。すでに泣きだしていた。どうしていいかわからず、レオは男の子の頭を撫《な》でながら、子守歌のようにただつぶやきつづけた。

「誰も悪くない、誰も」

キモフ村
モスクワの北百六十キロ
同日

アナトリー・ブロツキーはもう三日も寝ていなかった。疲労のあまり、きわめて単純な作業にさえことさら注意を要した。眼のまえにある納屋《なや》のドアには錠前がかかっていた。それをこじ開けなければならないのは彼にもよくわかっていた。わかっていながら、できそうもないように思えた。それだけのエネルギーが自分に残っているかどうか。雪が降りはじめていた。彼は夜空を見上げた。心があちこちを勝手にさまよっていた。自分が今どこにいるのか、何をしなければならないのか思い出したときには、顔に雪が積もっていた。唇についた雪を舐《な》め、納屋の中にはいらなければ死んでしまうことを思い出した。意識を集中してドアを蹴《け》った。蝶番《ちょうつがい》が震えただけでドアは閉まったままだった。もう一度蹴った。板にひびがはいった。その音に勇気づけられ、彼はなけなしの力を振り絞り、錠前を狙《ねら》って三度《みたび》蹴った。板が割れ、ドアが内側に開いた。彼は戸口に立って、闇《やみ》に眼を凝らした。納屋の右手に仕切りがあり、その中に牝牛《めうし》が二頭入れられていた。もう一方の側に道具類が置かれ、干し草が積まれていた。彼はごわごわした麻袋をいくつか凍った地面に敷き、コートのボタンをかけて横になり、腕を組んで眼を閉じた。

ミハイル・ジノヴィエフは寝室の窓から外を見た。納屋のドアが開いていた。風に吹かれて前後に揺れ、雪が納屋の中に吹き込んでいた。彼は振り向いた。ベッドの妻は眠っていた。妻を起こさないように気をつけ、彼はそっとコートを羽織り、フェルトのブーツを履いて外に出た。

風が強さを増しており、地面に積もった雪が吹き上げられ、ミハイルの顔に吹きつけた。彼は手を顔にやって眼を守った。納屋に近づいて、眼を覆《おお》った指の隙間《すきま》から見ると、錠前が壊され、ドアが蹴破られているのがわかった。月影の射《さ》さない納屋の中の闇に眼を慣らして見ると、干し草を積んだそばに人が横たわっているのが見えた。自分が何をしようとしているのかはっきりとしないまま、彼は納屋にはいると、三叉《みつまた》の熊手《くまで》を手に取り、寝ている人影に近づいた。そして、いつでも突き刺せるように男の腹の上に熊手の先を持っていった。

アナトリーは眼を開けた。顔から数センチと離れていないところに、雪をかぶったブーツが見えた。仰向《あおむ》けになり、すぐそばに立っている男を見上げた。熊手の先端が彼の腹のすぐ上で細かく揺れていた。ふたりとも動かなかった。吐く息がふたりの顔のまえで白い霧になってはすぐに消えた。アナトリーは熊手をつかもうとはしなかった。逃げようともしなかった。

凍りついたタブローのようなその状態がしばらく続いた。が、それもミハイルが自らを深く恥じ入るまでのことだった。まるで見えないパンチにみぞおちを殴打《おうだ》されたかのように喘《あえ》ぎ、彼は熊手を力なく地面に落とし、くずおれるように膝《ひざ》をつくと言った。

「すまない。赦してくれ」

アナトリーは上体を起こした。アドレナリンが体じゅうを駆けめぐっていたが、それでも体じゅうが痛んだ。どれぐらい寝たのだろう？　長い時間ではない。充分長い時間ではない。彼の声は嗄《か》れ、咽喉《のど》はからからに渇いていた。

「いや、わかるよ。私はここに来るべきじゃなかった。きみに助けを求めたりしちゃいけなかったんだ。きみにはまず第一に考えなければならない家族がいるんだから。

私はきみを危険にさらしてしまった。赦しを乞《こ》わなければならないのはこっちのほうだ」

ミハイルは首を振って言った。

「怖かったんだ。ただただ動転してしまったんだ。赦してくれ」

アナトリーは雪の降りしきる闇を見やった。今すぐ出ていくわけにはいかなかった。自殺行為に等しい。外ではとても眠ることなどできない。どうしても避難所は必要だ。

ミハイルは彼の答を待っていた。赦されるのを待っていた。

「私のほうから赦すことなんて何もない。きみは何も悪くないんだから。私だって同じことをしただろう」

「でも、あんたはおれの友達だ」

「そうとも。私はきみの友達で、これからもずっと友達だ。聞いてくれ。今夜のことは忘れてくれ。私が来たことは忘れてくれ。私がきみに助けを求めたことも。以前の私たちのことだけ覚えていてくれ。私たちは無二の親友だったことだけを。今言ったことをきみが忘れないでいてくれたら私も忘れない。朝一番の光が射したら出ていくよ。約束する。きみは朝起きて、普段と変わらない生活を始めればいい。私がここに来たことは誰も知らない。私は誰にも話さない」

ミハイルは頭を垂れていた。泣いていた。アナトリーのためならなんでもするだろう、と彼は自らを信じていた。今夜という夜が来るまでは。しかし、それは偽りだった。実際には、自分の忠実さも勇気も友情も、紙のように薄いものだったことを思い知らされただけだった——最初の試練でもろくも砕けてしまったのだった。

その日の夕刻、思いがけずアナトリーの訪問を受けたときには、ミハイルもさすがに驚いた。アナトリーは事前に何も知らせず、いきなり村にやってきたのだ。それでもミハイルはもちろん歓待した。食べものと飲みものとベッドを友に温かく提供しようと思った。が、北のフィンランド国境をめざしていると聞かされ、突然の訪問のわけを即座に理解した。国家保安省——秘密警察——に追われているとはアナトリーは言わなかった。言う必要もないことだった。フィンランドの国境をめざしていると言われただけで、ミハイルにも彼の妻にもアナトリーが逃亡者であることはすぐにわかった。その事実が明らかになるや、温かい歓迎ムードは雲散霧消した。逃亡者を幇助《ほうじょ》すれば極刑に処される。そんなことはアナトリーにももちろんわかっていた。それでも、そうした危険をミハイルなら冒してくれるのではないかと期待したのだ。もしかしたら、一緒に北に向かってくれるかもしれないとさえ。国家保安省はふたりづれを追っているわけではなかったから。それになにより、ミハイルにはレニングラードまでの町々に——カリーニンにもゴーリキーにも——知り合いがいる。求めるには大きすぎる好意ではあった。が、アナトリーは一度ミハイルの命を救ったことがあるのだった。そのことをいつかは返してもらう必要のある貸しだなどと思ったことは、もちろんこれまで一度もなかった。しかし、それはそういう必要に迫られるときが来るなどとは、思いもよらなかったからでもあった。

話すうち、ミハイルにそれだけの危険を冒す覚悟のないことは明らかになった。実際、ミハイルにはどんな危険も冒すつもりはなかった。ふたりが話し合っているあいだ、ミハイルの妻は夫とふたりだけで話をさせてくれとひっきりなしに割ってはいった。そして、そのたび敵意もあらわにアナトリーを睨《にら》んだ。用心と警戒なしには夜も日も明けない。それが彼らを取り巻く環境なのに、アナトリーは親友の家族を――愛する親友の家族を危険にさらそうとしている。それは疑いようのないことだった。アナトリーは期待の度合いを機敏に下げると、納屋で一晩寝させてくれるだけでいいと申し出た。朝になったら出ていくと。来たときと同様、近くの鉄道の駅まで歩いていくと。加えて納屋のドアを蹴破るというのも彼の考えだった。捕まることはないだろうが、万一の場合、それでミハイルたちは侵入者があったことに朝まで気づかなかったふりをすることができる。そういう用心をしておけば、彼らは何も心配せずにすむ。

そういう手筈《てはず》だったのだが……

友の泣き顔を見ることに耐えられず、アナトリーはミハイルに近づいて言った。そういうことだ」

「うしろめたく思うことなど何もない。誰だって生き延びなきゃならない。そういう

ミハイルは泣くのをやめ、顔を起こして涙を拭《ふ》いた。顔を見るのはこれが最後になることを互いに悟り、ふたりは抱き合った。

うしろにさがり、ミハイルは言った。

「あんたはいつもおれよりいい人間だった。幸運を祈る」

そう言って立ち上がり、納屋を出ると、慎重にドアを閉め、不自然に見えないよう雪を蹴ってドアにかけた。それから納屋に背を向け、風の中を家まで歩いた。アナトリーを殺し、不法侵入者として届け出れば、それで彼の家族の安全は保証されたのだが、これで運を天に任せることになった。祈らなければならなくなった。彼は自分を臆病者《おくびょうもの》と思ったことはこれまで一度もなかった。戦争中、自分の命が危険にさらされたときにも臆病者の振る舞いをしたことはない。実際、勇気があると言われたことさえある。が、家族を持ってからは――自分の死よりはるかに恐ろしいことを想像できるようになってからは――いつしか恐れやすい人間になっていた。

家に戻ると、ブーツとコートを脱いで、寝室に向かった。ドアを開け、窓に人影を見て驚いた。妻が起きて窓から納屋を見つめていた。彼が戻った音を聞いて妻は振り向いた。その小さな体からは、家族を支えるために、持ち上げ、運び、切り、一日に十二時間働く力が彼女にあるとは、とても想像できなかった。そんな彼女にとってアナトリーが夫の命の恩人であることなどどうでもいいことだった。夫とアナトリーにどのような過去があろうと。ふたりがどのような友情で結ばれていようと。忠義も貸し借りも抽象的なものだ。アナトリーは今、彼らの安全な暮らしの脅威になっている。それは具体的なことだ。彼女としてはアナトリーにはできるだけ遠いところに行ってほしかった。今このときでさえ彼女はアナトリーを憎んでいた――かつては客として彼女自身、心から歓待したことのあるこのおだやかで紳士的な夫の友を。今はこの世の誰より憎んでいた。

ミハイルは妻にキスをした。彼女の頬は冷たかった。彼は妻の手を取った。妻は顔を起こし、夫がそれまで泣いていたことに気づいた。

「外で何をしてたの？」

ミハイルには妻の意気込んだ質問の意味するところがよくわかった。彼がなすべきことをしたことを期待しているのだった。家族のことを第一に考え、あの男を殺してくれたことを。たぶんそれこそが正しいことなのだろう。

「納屋のドアが開け放しになっていた。あれでは人に見られてしまう。だから閉めてきた」

彼につかまっていた妻の手から力が抜けた。彼には妻の失意がひしひしと感じられた。情けない男と思ったことだろう。自らもそのとおりだと思った。友達を殺す強さも助ける強さもないのだから。彼は慰めのことばを探して言った。

「何も心配することはない。彼がここにいることは誰も知らないんだから」

モスクワ
同日

テーブルは叩《たた》き壊されていた。ベッドはひっくり返されていた。床板は剝《は》がされていた。マットレスも枕《まくら》もずたずたに切り裂かれていた。それでも今のところ、家捜しから得られたものは何もなかった。アナトリー・ブロツキーの行方を示す手がかりとなるようなものは、まだ何ひとつ見つかっていなかった。レオはしゃがんで、暖炉の中を調べた。紙を燃やした跡があった。手紙を束ねて火をつけたような灰の跡だ。焼け残っているものはないかと、レオは銃の先端で灰をつついた。灰はすべてもろくも崩れた。どれも真っ黒に焼けてしまっていた。反逆者はすでに逃げたあとだった。レオの失態だった。レオはこの男に、この見も知らぬ男に疑念を抱かなかったのだ。無実と思い込んでしまったのだ。それは捜査の初心者がよく犯す過《あやま》ちだった。

ひとりのスパイに逃げられるより、十人の無実の人間を苦しめるほうがどれほどかましなことだ。

レオは自らの職務の大原則を無視してしまったのだ――そもそも疑ってかかれという大原則を。

自分の責任は責任として受け容《い》れていたが、それでもレオとしては思わずにはいられなかった。事故死した少年のために丸一日つぶされるということがなかったら、果たしてアナトリー・ブロツキーに逃げられていたかどうか。少年の親類縁者に会って、冷静さを欠いた彼らがふれまわる噂《うわさ》を揉《も》み消すなどというのは、国家保安省の上級捜査官のやることではない。なのに、彼は監視態勢の手をゆるめ、一時的にしろ、自分をその仕事からはずすことに同意してしまったのだった。私事に毛が生えた程度のことにけりをつけるために。どう考えても、イエスと言うべきではなかった。このブロツキーという男が秘めていた脅威を過小評価しすぎていた。入省して以来初めての失態だった。二度の失態が赦《ゆる》される捜査官など皆無に等しい。それぐらい彼にもよくわかっていた。

そもそも彼は今回のことを軽く見すぎていた。アナトリー・ブロツキーはきちんとした教育を受けた男だ。英語が堪能《たんのう》で、日常的に外国人と接していた。確かにそれは警戒の対象にはなることだろう。しかし、調べた結果わかったことだが、ブロツキーは市《まち》でも数少ない熟練した獣医で、まわりからも敬意を払われている男だった。外国の外交官も自分たちの犬や猫を誰かに診てもらわなければならない。さらに、ブロツキーは赤軍の野戦軍医として奉仕した人物であり、その経歴に翳《かげ》りはどこにもなかった。軍歴によれば、彼は志願して入隊しており、医師としての資格はなく、専門は傷ついた動物の治療ながら、いくつかの野戦病院で働き、その功によって二度も受勲していた。すなわち、容疑者は何百もの人命を救った男だったということだ。

クズミン少佐は、レオの失態の背景には世話を受けた者への遠慮があったのではないかと即座に思った。従軍していた折、戦場ではレオも野戦軍医の世話に何度もなっていたはずだ。その仲間意識がレオの気持ちに隙《すき》を与えたのではないか。そう思い、クズミンはレオに、感傷が人の眼を曇らせることがあることを思い出させた。最も信用されそうな者ほど疑う必要がある。レオにはそれがスターリンの有名なアフォリズムのもじりであることがすぐにわかった——。

信用しろ、しかし、確かめろ。

実際、スターリンのこのことばは長く次のように解釈されてきた。

自分たちが信用する者たちこそ調べるべきだ。

信用されている者たちも信用されていない者たちも同じ熱心さで調べられれば、それで少なくとも平等は守られるというわけだ。捜査官の義務は有罪の地肌が現れるまで無罪の覆《おお》いをこそげ落とすことだ。有罪の地肌が現れなければ、それはこそげ落とし方がまだ足りないということだ。ブロツキーの場合、外国の外交官が彼に会っていたのは彼が獣医だからなのかどうか、ということが問題なのではなかった。むしろ、この容疑者は外国の外交官と公然と会えるように獣医になったのではないのか、ということが問題なのだった。そうでなければ、どうして彼はアメリカ大使館まで歩いていける場所に開業したのか。そうでなければ、どうして彼が開業してまもなく、アメリカ大使館の職員数名がペットを飼うようになったのか。あまつさえ、どうして外国の外交官はモスクワの一般市民より頻繁にペットをこの獣医に診せているのか。レオがこの疑念の滑稽《こっけい》さを指摘すると、まず最初に同意してくれたのがクズミンだった。が、いかにも人を安心させるこの状況こそ、クズミンの気持ちをざわつかせたものでもあった。なんの心配も無用のように見えるこの状況こそ、巧みなカムフラージュに思えたのだ。スパイたちが陰で国家保安省を嘲《あざ》笑《わら》っているような気さえした。スパイたちが陰で国家保安省を嘲笑うこと――それより重大な犯罪はもう数えるほどしかない。

レオは上司であり師でもあるクズミンのこの意見を尊重し、また自らも判断して、容疑者をただちに逮捕するのではなく、しばらく監視することにした。この市民がスパイなのだとしたら、この市民ひとりだけでなく、相手側のスパイも一網打尽にできるいい機会だと自分に言い聞かせて。ただ、口に出すことこそなかったが、レオは大した証拠もなしに市民を逮捕することには、居心地の悪さを覚える捜査官だった。もちろん、それはこの仕事を続けるかぎり、逃れることのできないうしろめたさではある。それでも、彼はこれまでそのうしろめたさとどうにか折り合いをつけ、ただ誰かに疑われたという事実だけで、名前と住所しか知らない市民を何人も逮捕してきた。容疑者は容疑者になったとたん、その容疑は現実のものとなる。証拠などというのは尋問しているあいだに出てくればいいものだ。しかし、今のレオはただ命令に従うだけの従僕ではなかった。自らの判断に基づいて自らの権力を行使するようになっていた。それはほかの捜査官とはいくらか異なるやり方だったが、捜査官である以上、彼は適正な捜査がしたいのだった。アナトリー・ブロツキーを逮捕できるかどうかということに不安はほとんどなかったが、なにより証拠が欲しかったのだ。ただの推測ではない確たる有罪の証《あか》しが。簡単に言ってしまえば、うしろめたさを覚えることなく、ブロツキーを逮捕したかったのだった。

監視作戦では日中のシフトを担当して、三日間、朝の八時から夜の八時までブロツキーを尾行したのだが、変わったところは特になかった。ブロツキーは仕事をし、昼食は外で食べ、仕事が終わればまっすぐ家に帰っていた。いかにもノーマルで健全な市民の暮らしぶりだった。もしかしたら、そのなんの変哲もない様子がレオの感覚を鈍らせたのかもしれない。だから今朝、苛立《いらだ》ったクズミンに脇《わき》に呼ばれ、フョードル・アンドレエフの一件——死んだ少年とその死に対するヒステリックな反応の件——に関するブリーフィングを受け、事態をただちに収拾するよう命じられたときにも、あえて異を唱えようとは思わなかったのだ。自分にはもっと重要な任務があると言って踏みとどまろうとしなかったのだ。今にして思えば、なんと愚かなことをしてしまったことか。死んだ少年の親戚《しんせき》を相手にしたり、死んだ少年の兄をなだめたりしているあいだに、反逆罪の容疑者にまんまと逃げられ、嘲笑われるというのは、なんと腹立たしいことか。彼のかわりに容疑者を見張っていた捜査官は愚かなことに、丸一日ひとりの顧客も現れなかったことを少しも奇異に思わなかった。暗くなって、やっと不審に思い、顧客のふりをして診療所にはいったときには、中はもう蛻《もぬけ》の殻だった。裏の窓がこじ開けられていた。容疑者はいつでも逃亡できたわけだ。たぶんそれはその朝出勤してすぐのことだっただろう。

ブロツキーは逃亡した。

その知らせを受けたとき、レオは気分が悪くなりさえした。それでもすぐにクズミンを自宅に訪ね、これで有罪の証拠は得られたものの、肝心の容疑者がいなくなったと報告した。驚いたことに、クズミンは満足げだった。容疑者の取った行動は彼の推理が正しかったことを証明していたからだ。なんといっても、彼らの仕事は人を疑うことなのだから。密告にたった一パーセントの真実しか含まれていなくても、すぐには却下せず、百パーセントの真実の可能性を考えるのが彼らの仕事なのだから。レオはなんとしてもその容疑者を捕まえるよう命じられた。眠ることも食べることも休むことも許されなかった。容疑者を捕まえるまでは何をすることも許されなかった。そのあとクズミンはおつにすましてつけ加えた。ほんとうなら三日前に捕まえていてもよかった男なのだから、と。

レオは眼をこすった。胃のあたりがこぶのように硬くなっていた。よくて経験不足、悪くすれば無能。そんな状態だった。相手を見くびっていた。いきなり激しい怒りに駆られ、彼らしくもなく、テーブルを蹴飛《けと》ばしたくなった。もちろん思いとどまったが。彼は自らの考えや感情に鍵《かぎ》をかける訓練を受けた男だった。下級捜査官が慌《あわ》てて部屋にはいってきた。見るからにレオの役に立ちたがっていた。献身的なところを精一杯示そうとしていた。レオは手を振って追いやった。今はひとりでいたかった。ゆっくりと気を静め、市《まち》に降り注いでいる雪を窓越しに眺めた。煙草《たばこ》に火をつけ、窓ガラスに煙を吹きかけた。それにしても、何がまずかったのか。容疑者は尾行されていることに気づいて逃亡を考えたのか。手紙を燃やしているというのは、自分の諜報《ちょうほう》活動にしろ、逃亡先にしろ、何かを隠そうとしたことにまちがいはない。ブロツキーは逃亡計画を持っていた。国外に出る計画だ。その計画の断片でもいい。何か手がかりを見つけなければ。

容疑者の隣人はともに引退した七十代の夫婦で、ふたりの子供がいる息子夫婦と住んでいた。寝室がふたつのアパートメントに六人家族。珍しいことではない。その全員が自分たちの家のキッチン・テーブルに並んで坐《すわ》っていた。彼らの背後には下級捜査官が立っている。威嚇《いかく》するために。他人の犯罪に巻き込まれてしまったことを彼らがよく理解していることは容易に見て取れた。彼らの恐怖も。レオは、彼らは無関係だろうという思いを捨て──すでに一度感情に負けてしくじっている──テーブルに近づいて言った。

「アナトリー・ブロツキーは反逆者だ。どんな形にしろ、そんな男を助けるような行動を取ったら──その行動には口を閉ざすということも含まれる──全員共犯者として扱われることになる。今こそきみたちの国家への忠誠心が問われている。きみたちの有罪を証明するのがわれわれの仕事ではない。きみたちのことは当然、無実と考えている、今のところは」

祖父と思われる年配の男──明らかに百戦錬磨の生存者──がまっさきに持てる情報をすべてさらけ出した。レオが選んだことばに倣《なら》い、反逆者はその朝いつもの帽子にいつものコートという恰好《かっこう》で、いつもの鞄《かばん》を持って、いつもよりいくらか早く仕事に出ていった、と言った。さらに、非協力的に見えることを恐れたのだろう、この反逆者が現在いると思われるところを自分の考えとして何個所かつけ加えた。レオにはそのどこもがただのあてずっぽうのような気がした。祖父は、自分たち家族全員がどれほどブロツキーを嫌っていたか、信用していなかったか訴え、ブロツキーのことが好きだったのは階下《した》に住んでいる女、ジーナ・モロソヴナだけだと言って、供述を締めくくった。

ジーナ・モロソヴナは五十代半ばの女性で、煙草を吸って押し隠そうとしていたが、子供のように震えていた。暖炉のそばに立っており、暖炉の上には有名なスターリンの肖像——すべらかな肌に抜け目のない眼——の安っぽい複製画が堂々と飾られていた。おそらく彼女はその絵が自分を守ってくれると思ったのだろう。レオはわざわざ自己紹介もせず、身分証明書も見せず、だしぬけに質問をして彼女の虚を突いた。

「アナトリー・ブロツキーのことはこのアパートの誰もが嫌い、信用していなかったのに、あんただけ彼と仲がよかったというのはどういうことなんだ？」

レオの狙《ねら》いどおり、ジーナは不意を突かれ、分別を忘れて、思わずレオのことばの嘘《うそ》を正した。

「このアパートの人たちはみんなアナトリーのことが好きでした。彼はいい人でした」

「ブロツキーはスパイだった。それでもいい人なんだろうか？　裏切りは美徳なんだろうか？」

遅ればせながら自らの過《あやま》ちに気づき、ジーナは自分のことばを取りつくろって言い直した。

「わたしが今言ったのは、彼はとてもうるささに寛大で、一見礼儀正しい人だったということです」

しどろもどろで支離滅裂になっていた。レオは彼女のことばを無視した。メモ帳を取り出すと、彼女が誤って選んだことばをわざと大きな字で書いた。


彼はいい人だった。


なんと書かれたのか彼女にもよく見えるようにはっきりと書いた。そう書くことで、彼は彼女の今後十五年間を消し去ったのだった。そのことばは彼女を共犯者と断ずるに充分すぎるものだった。政治犯として彼女には長い刑が宣告される。年齢から考えると、彼女が強制労働収容所で生き延びられる可能性はきわめて少なかったが、そのことをわざわざ口にして彼女を脅すまでもなかった。脅し——それはこの国では共通貨幣のようなものだ。

ジーナは部屋の隅に引き下がり、煙草の火を揉《も》み消した。が、すぐに後悔した。震える手でまた一本取り出した。

「アナトリーはどこに行ったのか。それはわかりません。でも、彼には家族がいなかった。それは知ってます。奥さんは戦争で亡《な》くなったんです。息子さんは結核で亡くなったそうです。人もめったに訪ねてきませんでした。わたしが知ってるかぎり、友達もあまりいなかったようです……」

彼女はそこでことばを切った。彼女自身はアナトリーの友達だった。ふたりは食べて飲んでよく一緒に夜を過ごした。実際のところ、彼女には彼が自分に恋心を抱いてくれないかと期待した時期さえあった。彼のほうにはそんなつもりはまったくなかったのだが。戦争で亡くした妻のことが忘れられないのだった。知らず知らず思い出にひたっていることに気づいてわれに返り、彼女はレオを見やった。レオは彼女の感傷になど興味はなかった。

「私が知りたいのは今彼はどこにいるかということだ。彼の死んだ妻や息子のことにはなんの興味もない。彼の人生にもね。それが彼の現在の居場所を示唆《しさ》するというなら話は別だが」

ジーナの人生は今大きな分岐点に置かれていた——生き延びる道はただひとつ。しかし、愛した男をどうして裏切れる？ 彼女は逡巡《しゅんじゅん》した。が、結論は驚くほど早く出た。彼女が自ら期待したよりはるかに早く。

「アナトリーは秘密主義の人でした。でも、手紙をよく出したり受け取ったりしてました。それで時々、手紙を出すのを頼まれたんですけど、キモフという村にいる人によく出してました。モスクワの北のどこかにある村だと思います。そこに友達がいるんだということも聞いたことがあります。名前までは覚えてませんが、ほんとうのことです。わたしが知っているのはそれだけです」

罪悪感に咽喉《のど》を締めつけられたような声になっていた。顔にはどんな感情も表われていなかったが、レオは彼女が秘密を暴露していることを直観し、彼女の有罪を決定づけるページをメモ帳から破り取って、彼女に手渡した。彼女は裏切りの報酬としてそのページを受け取った。その眼には明らかに侮蔑《ぶべつ》の色が浮かんでいた。が、彼は気にもしなかった。

モスクワの北にある村の名前だけでは有力な手がかりとは言えない。ブロツキーがほんとうにスパイ活動をしていたのなら、今頃はすでに相手国の人間に庇護《ひご》されている可能性が多分にある。外国の情報機関が隠れ家のネットワークをあちこちに張りめぐらしていることは、国家保安省としてもとっくに把握していた。外国から金をもらって活動していたスパイが個人的な友人——集団農場の農夫——を頼るというのは、容疑者がほんとうにスパイであったとすれば、いささか奇異なことだ。それでも、レオにはこれがたどるべき手がかりだという確信があった。矛盾点には眼をつぶることにした。この男を捕まえること、それが至上命令で、その唯一《ゆいいつ》の手がかりがこれなのだから。容疑の曖昧《あいまい》さを気にしすぎて、結果、失態を招いてしまうようなことはもう赦《ゆる》されない。

彼は低層住宅の外に停めたトラックまで急いで戻り、キモフという村となんらかの関連がある記述はないかと、今回の事件の報告書を読み直した。その作業は彼の捜査隊のナンバー2、ワシーリー・イリッチ・ニキーチンによってさえぎられた。ワシーリーは三十五歳、レオより五歳上で、一度は国家保安省で最も前途有望と目された捜査官のひとりだった。情け容赦がなく、競争心丸出しで、国家保安省以外、何に対しても誰に対しても忠誠心というものを持ち合わせない男だった。もっとも、レオはワシーリーのような男の忠誠心は愛国心から発したものというより、もっぱら本人の利害がそのよりどころになっていると思っていたが。ワシーリーはまた、入省してまもない頃、反スターリン的な発言をしたという容疑でただひとりの兄を告発し、国家への忠義を示した捜査官、ということでも知られていた。実際には、彼の兄はただスターリンをネタにしたジョークを言っただけのことだったようだが。自分の誕生日を祝って、彼の兄はそのとき酔っていた。それでもワシーリーは報告書を書き、その結果、彼の兄には二十年の強制労働が言い渡され、その告発劇はしばらくワシーリーの出世街道の追い風となった。が、それも三年後、彼の兄が看守を数人と収容所の医師まで殺して脱走するまでのことだった。彼の兄は結局捕まることなく、この一件は一族の恥の頸木《くびき》として、ワシーリーの首にかけられた。もしワシーリーが精力的に兄の捜索に加わらなかったら、彼のキャリアはその時点で終わっていただろう。実際にはそうはならず、ワシーリーはそれまでの勢いをまったく失いながらもどうにか生き残った。が、告発する兄がもうひとりもいない以上、別な何かを探し、なんとかしてまた出世街道に戻ろうとしているのはレオの眼には明らかだった。

ブロツキーの診療所の捜索を終えて戻ってきたワシーリーはいかにも満足げで、レオにくしゃくしゃにまるめた手紙を手渡すと、これが獣医の机の背後に落ちていたと言った。アパートメントにあったほかの手紙はすべて焼かれていた。が、慌ててこの一通だけは処分し忘れたようだった。レオは読んだ。友人がブロツキーに、いつでも来てくれと申し出ている手紙だった。差出人の住所はにじんでいたが、都市名だけははっきりと読み取れた——キエフ。レオは手紙をたたむと、副官に返して言った。

「これはブロツキーが書いたものだ。彼の友人が書いたんじゃない。わざとわれわれに見つけさせたのさ。ブロツキーはキエフには向かってない」

いかにも慌てて書いた手紙だった。統一の取れていない筆跡で、なんとも下手な偽装だった。内容も滑稽《こっけい》なほどだ。必要とあらばブロツキーはいつでもその差出人のところに身を寄せることができる——手紙を読んだ者にひたすらそのことを伝えようとしているとしか思えなかった。差出人の住所がにじんでいるところもいかにもという感じだった。すぐには差出人を特定できないようにしたとしか思えなかった。どう見ても偽装工作だ。手紙があった場所も。机のうしろというのはわざとらしすぎる。

ワシーリーは反論した。

「このキエフの手がかりを徹底して追わないと、それは職務怠慢ということになると思いますがね」

手紙が偽《にせ》のものであることにレオは確信を持っていたが、ワシーリーをキエフに遣《や》るのも悪い考えではないように思えた。それで万にひとつ手紙が本物だった場合、有力な証拠を見過ごしたという非難を免れることができる。が、彼はそこでまた思い直した。どのように捜査を指揮したかなどということはこの際なんの問題にもならない。容疑者を見つけられなければ、そこで彼のキャリアは終わる。

レオはファイルに注意を戻した。記録によれば、ブロツキーにはミハイル・スヴャトスラヴィッチ・ジノヴィエフという友人がいた。凍死しかけ、凍傷の治療を受けたものの足の指を失い、除隊となった元赤軍兵で、そのとき手術をしたのがブロツキーだった。レオはその男の現在の住所を探してページをめくった。

キモフ。

レオは部下たちのほうを向いた。ワシーリーは苦虫を嚙《か》みつぶしたような顔をしていた。レオは言った。

「出発だ」

モスクワの北三十キロ
二月十五日

モスクワからの道路は凍った腐葉土に覆《おお》われており、トラックのタイヤにはチェーンが巻かれていたが、それでも時速二十五キロ以上は出せなかった。風も雪も激しさを増し、まさに吹雪いていた。まるで風も雪もレオが目的地にたどり着けないほうに賭《か》けているかのようだった。ルーフに取り付けられたフロントガラスのワイパーは、少しでも視界をよくしようと健気《けなげ》に頑張っていたが、彼らは視界十メートル以下といった中を進まなければならなかった。そんな天候を押してでも先を急いでいるところにレオの必死さが現れていた。

トラックの運転室の座席に坐《すわ》り、彼は背を丸めて膝《ひざ》の上に広げた地図を見た。隣りにはワシーリー、その向こうに運転手が坐っていた。三人ともコートも手袋も帽子も脱がず、まるで外にいるような恰好をしていた。ガタガタと音をたてるエンジンの余熱だけが鉄製のルーフと鉄製のフロアの運転室の暖房だった。それでも、少なくとも運転室は外にさらされてはいない。ＺｉＳ１５１型トラックの荷台に乗っている重武装した九人の部下には、そんな贅沢《ぜいたく》は許されなかった。荷台のルーフは防水シートだけで、身を切るような風ばかりか、雪まで吹き込んできていた。モスクワの冬の気温は零下三十度にも下がることがあるので、薪《まき》ストーヴがＺｉＳの全車両の床に据えつけられていたが、このぽっこりとした珍妙なものから暖を取るには、手で触れられるほどそばまで来なければならず、部下たちは時間を決めて交代で火にあたっていた。レオ自身それは何度も体験したことだ。今もトラックの荷台では、ストーヴの一番そばにいたふたりが十分ごとにベンチシートの一番遠いところに追いやられ、ほかの者たちが順繰りにストーヴにせかせかと近づくということが繰り返されていた。

レオは今、そんな自分の部隊に不協和音を感じていた。そんなものを感じたのは部隊を持って初めてのことだった。が、不協和音のわけは寒さでも睡眠不足でもない。彼の部下はそういうことには慣れていた。そうではない。もっと別のものだ。部下はみんなそもそもこの作戦は避けられたものと思っているのだろう。キモフを示す手がかりに疑念を抱いてもいるのだろう。それでもレオは部下に信頼を求めた。信頼されるまえに自分のほうから求めた。が、今彼が感じているのは部下の敵意と抵抗だった。

ワシーリー以外からそういう反発を感じたのはこれまでにないことだ。そんなことを思い、些細《ささい》なことだとレオは思い直した。今は部隊における自分の人気を心配しているときではない。

自分の推理が正しければ――容疑者はキモフにいるとすれば――まずまちがいなく朝一番に行動を起こすだろう。友達の助けを借りるにしろ、単独行動を取るにしろ。それでレオは夜明けまえに村に着けるほうに賭けたのだった。最も近い都市、ザゴルスクの民警の協力を仰ごうとは思わなかった。さしたる訓練も受けておらず、捜査の技量に欠けるアマチュア集団――それが民警に対するレオの考えだった。こうした作戦には国家保安省の地元の支局もあてにならない。追われていることがわかっている以上、ブロツキーが途中で逃亡をあきらめるというのは、まず考えられないことだ。おそらく死ぬまで抵抗するだろう。が、死なせてはならない。彼からはきわめて重要な情報を訊《き》き出せるかもしれないからだ。あまつさえ、彼に逃げられたことをレオは捜査官として深く恥じており、その償いになんとしても自分の手で捕まえたかった。それはただ単にプライドの問題ではない。今後の彼の省内での前途がひとえにこの容疑者の逮捕にかかっている、というだけのことでもなかった。事態はもっと深刻だった。こうした大きなスパイ事件の捜査における失態は、指揮官が故意に捜査を怠ったという告発を招きかねないのだ。つまり、こうした逮捕に失敗すると、ただの失態ではすまなくなるのだ。指揮官自身の忠誠心が問われることになるのだ。

信頼している者こそ疑え。

このルールからは誰も逃れられない。このルールを守らせている者もその例外ではない。

ブロツキーがキモフにいなかったら——レオがまちがっていたら——ワシーリーは、自分の上官がキエフを示す有力な証拠を無視したことを証言する証人の列の一番前に並ぶだろう。レオが窮地に立たされたと見るや、ほかの中間管理職も傷ついた獲物を取り巻く獣のように集まってきて、指揮官としての資質に欠けると言ってレオを糾弾するだろう。その間、ワシーリーはレオの後釜《あとがま》に据えられるように画策するだろう。国家保安省のヒエラルキーでは、運は一晩にして変わる。ふたりにとってこの反逆者の居所はそれだけの意味を持っていた。

レオは横に坐っている副官を見やった。ワシーリーはハンサムなのに、どこかしら嫌悪《けんお》を催させる顔をしていた——腐った芯《しん》に美貌《びぼう》が糊塗《こと》されているような、下衆《げす》の性根に英雄の顔を取り付けたような。立派な外見なのに、土台のもろさが仄《ほの》見えていた。それがいくらかゆがんだ口元に表われていた。その笑みまがいの解釈を過《あやま》たなければ、美貌の底にどす黒い心が横たわっているのが手に取るようにわかる。見られていることに気づいたのだろう、ワシーリーはレオのほうを向くと、あいまいな笑みを薄く浮かべた。どこか喜んでいるように見えた。何かがおかしい。レオはそう直観した。

地図を見た。人口千人にも満たないキモフの村は、ソヴィエトというキャンヴァスの上では小さなしみみたいなものだ。運転手には道路標識を期待しないようにと言ってあった。時速十五キロのスピードでも、キモフのような村はギアチェンジをしているあいだにも、現われたかと思ったら消えているだろう。レオは地図の道路を指でなぞり、曲がらなければならない道を曲がりそこねたのではないかという気がした。そろそろ西に向かっていなければならないのに、まだ北に向かっていた。まわりを見ても位置を知る手がかりは何もない。レオは走行距離から計算した。北に来すぎている。運転手が曲がるべき道を見落としたのだ。

「Uターンしろ！」

そのレオのことばにワシーリーも運転手も驚いた様子を見せなかった。運転手がもごもごと言った。

「曲がり角はなかったですけど」

「見落としたんだ。車を停めろ！」

運転手は凍った路面をスリップしないよう何度も短くブレーキを踏んで、トラックのスピードをゆるめた。レオはすばやく外に飛び降りると、悪天候の中、うまくＵターンできるよう運転手に指示した。ＺｉＳ１５１は路幅をほとんど占めてしまっていた。半分ばかり方向転換したところで――車体が道路に直角になったところで――運転手がレオの指示を無視して急にバックした。レオは慌《あわ》てて運転室に駆け寄り、ドアを叩《たた》いたが、遅すぎた。後輪のひとつが道路からはみ出してしまい、スリップし、むなしく雪を蹴《け》り上げはじめた。レオは激しい憤《いきどお》りを覚えた。運転手のおよそありえないほどの無能ぶりには、どう見ても何か裏があるように思われた。トラックと運転手の手配をしたのはワシーリーだった。レオはドアを開け、風の音に逆らって怒鳴った。

「降りろ！」

運転手は降りてきた。その頃には、いったいどうなっているのかと、部下たちも荷台から飛び降りてきており、不服そうにレオを見ていた。これはなかなか村に着かないことに対する苛立《いらだ》ちなのか、この任務そのもの、レオの指揮に対する不満なのか。レオにはどちらとも判断がつきかねた。が、いずれにしろ、部下のひとりに運転を命じ、ワシーリーも含めてそれ以外の者には全員トラックを押すように命じた。タイヤが空まわりして、彼らの制服は雪まじりの泥水だらけになった。それでも、最後にはチェーンがどうにか雪をとらえ、トラックは前進した。レオは無能な運転手に荷台に移るように命じた。報告されてもしかたがないようなミスだった。強制労働収容所行きになってもしかたがないような。それでも何も心配することはない、とでもワシーリーは運転手に請け合ったのだろう。その保証はレオが捜索にしくじればより確実なものとなる。レオは思った、この捜索が成功するほうではなく、失敗するほうにいったい部下の何人が賭けているのだろう？　自分の部隊の中で孤立した気分を味わいながら、彼は運転席に着いた。自分で運転し、自分で道を探すつもりだった。村には自分でたどり着いてみせる。もう誰も信用できない。ワシーリーが隣りに乗ってきたが、今ここでよけいなことを言うほどレオも馬鹿《ばか》ではなかった。彼はギアを入れた。

正しい道に戻り、西に向かって走り、キモフの村に近づいた頃には、吹雪もやんでいた。弱々しい冬の太陽が昇りはじめていた。レオは疲労困憊《こんぱい》していた。吹雪の中の運転が思いのほかこたえたのだ。腕も肩も硬くこわばり、瞼《まぶた》がこらえようもなく重かった。トラックは大陸の中心部——野原や林の中を走っていた。盆地をくだりかけたところで村が見えた。道路沿いに、あるいは道路からいくらか離れて、木造の家屋が並んで建っていた。四角い土台に三角のとんがり屋根――百年変わらない光景だ。古いロシア。井戸のまわりに築かれ、昔からの神話がまだ生きているコミュニティ。そこでは家畜の健康はドゥヴォローヴォイ――農家の精霊――によって決められ、親は子供に、悪戯《いたずら》をすると精霊にさらわれ、木の皮にされてしまうと教える。親自身、子供の頃からそのように教えられ、大人になってもそのことを忘れることはなかった。ルサルキ――森の精霊――に捧《ささ》げるだけのために、今でも何ヵ月もかけて布を縫っている人がいる。ルサルキは木の中から飛び出て、思いのまま人の命を奪うことができると信じられている。もっとも、レオは都会育ちなので、そうした田舎の迷信にはなんの思い入れもなく、むしろ国のイデオロギー革命が原始的なフォークロアをいつまでも放逐できないでいることに、戸惑いすら覚えていたが。

最初の農家のまえでトラックを停め、上着のポケットからガラスの容器を取り出した。その中にはふぞろいの汚れた白い結晶がはいっていた。純度の高いメタンフェタミン。ナチスが好んで使った覚醒剤《かくせいざい》。彼の祖国が侵略者を撃退したときに覚えたものだ。捕虜と接する過程でナチスの習慣が身についてしまったのだ。休むことが許されない作戦というものがこれまで何度かあったが、この捜索もそれだった。今は国家保安省付きの医師に処方されていたが、作戦が徹夜になるときには戦争以来必ず飲んでいた。その効果は絶大だが、二十四時間後に払わされるその代償も絶大だ。途方もない疲労感に襲われ、それはさらにメタンフェタミンを摂取するか、十二時間眠らなければ解消できない。彼の場合、その副作用がすでに現れはじめていた。まず体重が落ちた。普段から表情が険しくなっていた。記憶力が低下していた。正確な詳細や名前が覚えられず、これまでの事件や逮捕が記憶の中でこんがらかり、最近は常にメモを取らなければならなくなっていた。が、彼がより偏執的な人間になったことと薬との関係を見きわめるのはむずかしい。偏執的性向は彼の仕事では必須《ひっす》条件——訓練され、洗練されて身につける美徳だからだ。メタンフェタミンのせいでそうした性向がより強くなったのだとすれば、それはむしろ好ましいことなのだった。

彼は手のひらにいくつか結晶を落とし、処方されている量を思い出せず、さらに少し増やした。少なすぎるより多すぎるほうがいいに決まっている。その量に満足し、ヒップフラスクの中身で嚥下《えんげ》した。ウォッカは咽喉《のど》を刺激するばかりで、薬のえぐ味を消してはくれず、思わず吐きそうになった。吐き気が収まるのを待って、あたりを見まわした。新雪があらゆるものを覆っていた。レオはそのことを歓迎した。キモフの村を出たら、身を隠すところはどこにもない。人の姿など数キロメートル先でも見えるだろう。足跡を追うのも容易だ。

どの農家がミハイル・ジノヴィエフの家かはわからなかったが、いずれにしろ、路上に軍のトラックを停めた以上、もう相手の不意を突くことはできなかった。レオはトラックから飛び降り、銃を抜いて一番近くの農家に向かった。メタンフェタミンの効果はまだ現れてはいなかったが、眠気はすっかり消えていた。来《きた》るべき薬の作用に脳が活性化していた。農家のポーチに近づき、武器を確かめた。

ドアをノックするまえに、なめし革のような皮膚をした老女が戸口に現れた。白い袖《そで》の青いプリント柄のワンピースを着て、刺繍《ししゅう》入りのショールを頭に巻いていた。レオのことも、銃のことも、軍用トラックのことも、一顧だにしていなかった。恐れることもなく、不快げに刻まれた眉間《みけん》の皺《しわ》を隠そうともしていなかった。

「ミハイル・スヴャトスラヴィッチ・ジノヴィエフを探してる。ここが彼の家か？　彼はどこにいる？」

まるでレオが外国語でも話しているかのように、老女は小首を傾《かし》げ、何も答えようとしなかった。老女に昂然《こうぜん》と構えられ、あからさまな侮蔑《ぶべつ》の視線を向けられるのはこれでこの二日で二度目だ。こうした老女には超然とした何かがあった。彼の社会的権威など屁《へ》とも思っていないのだろう。ふたりの膠着《こうちゃく》状態は彼女の息子によって時宜よく救われた。がっしりとした体つきの男だったが、慌てて玄関口に出てくると、どもりながら言った。

「ど、どうか、おふくろの無礼を赦《ゆる》してください。なにぶん歳《とし》をとってるもので。どういうご用件ですか？」

またしても息子が母親のことで謝っている。

「ミハイル・スヴャトスラヴィッチ。どこにいる？　彼の家はどこだ？」

捜査官が自分たちを逮捕しにきたのではないこと——自分の家族が少なくとももう一日無事に過ごせること——がわかり、息子は見るからにほっとした様子で、仲間の家を指差した。

レオはトラックに戻った。部下も全員降りてきていた。レオは部下を三つの班に分けた。ふたつの班でそれぞれ母屋《おもや》の表と裏から迫る。もうひとつの班は納屋《なや》に向かわせる。部下も全員、国家保安省の職員のために特別に考案されたオートマティック、九ミリ口径のステチキンＡＰＳを持っていた。それに加えて、一班にひとつずつＡＫ47も持たせた。抵抗にあった場合を想定して。

「反逆者は生かしてとらえる。そいつが持ってる情報が要るからだ。回避できる可能性があるかぎり——それがどれほど小さな可能性でも——絶対に撃つな」

レオはワシーリーに率いられる班に向けて、ことさら強調して繰り返した。アナトリー・ブロツキーを殺すと処罰の対象となることを。容疑者の命のほうが捜索隊の安全より優先することを。それに応《こた》えて、ワシーリーはＡＫ47を持つ役を自分に割り振って言った。

「念のために」

ワシーリーに作戦を妨害される可能性を最小限にしようと思い、レオは一番無難な場所を任せた。

「きみの班は納屋を探してくれ」

ワシーリーは行きかけた。レオはワシーリーの腕をつかんで念を押した。

「生かして捕まえるんだ」

ミハイルの家に向かう途中で男たちは三つのグループになって三方に分かれた。隣人が何人か自宅の家の窓から外をのぞいていた。すぐにまた顔を引っ込めたが。ミハイルの家まで三十歩ほどに近づいたところでレオは立ち止まり、ほかのふたつの班が所定の位置につくのを待った。ワシーリーの班は納屋を取り囲み、第三班も家の裏手にまわり、全員がレオの指示を待った。家の外には人の気配も家畜の気配もなかった。煙突から細い煙が立ち昇っているだけだった。小さな窓にはぼろ布が掛けられており、家の中は見えなかった。ＡＫ47の安全装置をはずす音以外、何も聞こえなかった。いきなり長方形の小さな小屋――母屋の裏手にある汲《く》み取り便所――から幼い女の子が飛び出してきた。ハミングをしていた。その声が雪原を渡って聞こえてきた。レオのすぐ近くにいた三人の部下がすばやく銃を構え、銃口を女の子に向けた。女の子は恐怖に凍りついた。レオは手を上げて言った。

「撃つな！」

そう言って息を止めた。マシンガンの銃声が聞こえてきたりしないことを祈って。誰も動かなかった。女の子がいきなり母屋に向かって一目散に駆けだした。母親を呼びながら。

メタンフェタミンの最初の効果が現れた。疲労が体から消えていくのが感じられた。レオはすばやくまえに進んだ。部下もあとからついてきた。輪なわの輪を狭めるように母屋に近づいた。女の子は玄関のドアを開けると、中に飛び込んでいった。レオは数秒遅れで玄関にたどり着き、肩でドアを押し開け、銃を構えて中にはいった。そこは小さなキッチンで、暖かく、朝食のにおいに包まれていた。ふたりの女の子がいた。年長のほうは十歳ぐらい、幼いほうは四歳ぐらいで、ふたりとも小さな暖炉のそばにいた。がっしりとして手強《てごわ》そうな顔をした母親がそのまえに立っていた。銃弾を口で受け止め、それを吐き出すことさえできそうな面構《つらがま》えだった。子供たちをうしろにやり、かばうようにそれぞれの胸のあたりを両手で押さえていた。四十がらみの男が奥の部屋から出てきた。レオは男のほうを見て尋ねた。

「ミハイル・スヴャトスラヴィッチか？」

「そうですけど……？」

「レオ・ステパノヴィッチ・デミドフ。国家保安省の者だ。アナトリー・タラソヴィッチ・ブロツキーはスパイだ。出頭命令が出てる。彼はどこにいる？」

「アナトリー？」

「きみの友人だろうが。どこにいる？　嘘《うそ》はつくな」

「アナトリーはモスクワに住んでるんですよ。獣医をしてるんです。もう何年も会ってません」

「彼がどこにいるのか正直に話したら、彼がここに来たことは忘れてあげよう。きみもきみの家族もそれで安心して生きていける」

妻が夫に目配せをしたのがレオにもわかった。今の申し出に惹《ひ》かれたのだろう。レオは言いようのない安堵《あんど》感《かん》を覚えた。自分は正しかった。反逆者はここにいる。答を待たず、レオは部下に家宅捜索を命じた。

ワシーリーは引き金に指をかけて銃を構え、納屋にはいると、藁《わら》がうずたかく積まれているところまで進んだ。人が隠れることができそうな場所はそこだけだった。何発かすぐに撃った。藁が細い煙のようになって吹き飛んだ。銃口から煙がたなびいた。彼の背後にいた牛が鳴き、その場から遠ざかろうと地面を蹴った。藁から血がにじんでくるようなことはなかった。納屋には誰もいなかった。ワシーリーの班はただ時間を無駄にしただけだった。ワシーリーは外に出ると、マシンガンを肩に掛けて煙草《たばこ》に火をつけた。

そして、銃声に驚いて母屋から飛び出してきたレオに呼ばわった。

「納屋には誰もいません」

薬に気持ちを昂《たか》ぶらせ、顎《あご》を引いて歯を食いしばり、レオは納屋まで走った。レオから返事のなかったことに不快げな顔をして、ワシーリーは煙草の吸い殻を雪の上に放り、雪が溶けるのを見つめた。

「納屋にはいない。牛に化けてでもいないかぎり。まあ、その場合は撃っておいたほうがいいかもしれないけれど」

ワシーリーは笑いを求めてまわりを見まわした。彼の班の者たちは笑った。ワシーリーはそれが追従笑《ついしょうわら》いであることを見逃さなかった。誰も彼のジョークを面白いと思ってはいないのに笑っているのだ。そのほうがずっといい。彼らの笑いは部隊内の力のバランスが傾きはじめていることを示していた。レオに対する部下の忠誠心が弱まっていることを。それはこのひどい旅路のせいかもしれない。逮捕すべきときにブロツキーを逮捕しなかったレオの判断ミスのせいかもしれない。が、ワシーリーは、もしかしたらフョードルとフョードルの亡《な》くなった息子と関係があるのかもしれないと思った。レオは事態の沈静化に現地に派遣された。ここにいる下級捜査官の多くはフョードルの友達だ。もしかしたら、それでレオを恨んでいるのかもしれない。そういうそぶりは誰も見せていないが。

レオはしゃがんで雪の上の足跡を調べた。新しいブーツの跡があった。いくつかは捜査隊のものだが、その下に、納屋から出て雪原に向かった足跡がはっきりと残っていた。彼は立ち上がると、納屋にはいった。ワシーリーがその背に声をかけた。

「もうそこは見ましたけど！」

そのことばを無視して、レオは壊されたドアの錠前に手を伸ばした。穀物袋が地面に広げられているのも確認できた。また外に出て、雪原を見渡した。

「三人ついてきてくれ。足の速いやつがいい。ワシーリー、きみはここに残って家宅捜索を続けてくれ」

そう言って、レオは分厚い冬用の上着を脱ぐと、ことさら剣突を食らわせることもなく、ワシーリーに手渡した。そうして身を軽くして走れるようにすると、雪原に延びている足跡を追いはじめた。

ついてくるように命じられた三人の捜査官のほうは、わざわざ上着を脱ごうとはしなかった。同僚の息子の遺体を検分しようともしなかった上司に上着を脱いで雪原を走れと命じられても、その気にはなれなかった。同僚の息子の死がまるで取るに足りないことのように扱われたのだ。彼らとしてもこんなところで肺炎になるつもりはなかった。権威の失墜しかけている上司に——自分たちの面倒をみることにはあまり関心のない上司に——盲目的に従うつもりも。それでも、少なくとも今はまだ彼らの上司だ。ワシーリーと無言で眼を合わせてから、三人は命令に従順に従っているふりをして、大儀そうに走りはじめた。すでに数百メートル先を行っているレオのあとを追った。

レオはメタンフェタミンの勢いを借りて、足を速めた。雪原には足跡以外何もない。リズムを刻み、ひたすら走った。立ち止まることもスピードをゆるめることもできなかった。衰弱することも、寒さを感じることも。ブロツキーが少なくとも一時間はさきに村を出ていたとしても、そのことはさして気にならなかった。相手はこんな近くまで追っ手に迫られていることをまだ知らない。だから、まずまちがいなく歩いているにちがいなかった。

小高い丘のてっぺんに近づき、レオはそこから見渡せば追いかけている男の姿が視野にとらえられるのではないかと思った。てっぺんにたどり着き、立ち止まって雪原を見渡した。どっちを向いても雪しか見えなかった。遠くに深い森が広がっていたが、その手前、丘を一キロほどくだったあたりに人が雪の上を苦労して歩いているのが見えた。農夫でもなければ、労働者でもない。めあての反逆者にまちがいない。レオはそのことを確信した。その人影は北に――森に向かっていた。森までたどり着かれてしまうと、身を隠す場所がいくらでもできる。レオの部隊は捜索犬を連れてきていなかった。肩越しにうしろを振り返ると、三人の部下は走っていなかった。のろのろと歩いていた。レオと彼らとのあいだのなんらかの絆《きずな》はすでにぷっつりと断たれていた。もはや彼らをあてにすることはできない。レオは自分で捕まえなければならないことを悟った。

まるで第六感が働いたかのように、ブロツキーはふと立ち止まると、振り向いた。丘を駆け降りてくる何かが見えた。人だ。それを見て、ブロツキーのほうも確信した。

国家保安省の捜査官にちがいない。彼にはこの村と自分とを結びつけるものをすべて破棄したことに自信があった。その自信が彼をいっとき立ち止まらせた。追跡者を眼にしながら半ば呆然《ぼうぜん》となり、行動が一拍遅れた。が、見つかってしまったのだ。胃がこぶのように固くなった。追跡者は死を意味する。顔がかっと熱くなった。彼は身を翻《ひるがえ》すと、森をめざし、風を食らったように駆けだした。慌《あわ》てた最初の数歩はぎこちなく、よろめき、より深い雪の中に踏み込んでしまった。すぐにコートが邪魔になっていることに気づいた。彼はコートをその場に脱ぎ捨てると、森に向かって死にもの狂いで走りはじめた。

うしろを振り返るなどという過《あやま》ちはもう犯さなかった。ひたすら前方の森をめざした。このまま行けば、追いつかれるまえに森にたどり着ける。森にはいれば姿を消す場所ができる。隠れる場所が。争うことになっても、枝や石がある森のほうがはるかにいい。武器も何も持たないまま雪原で対決するより。

レオはまるで競走用のトラックを走っているかのように速度を上げた。少しでも自分をまえに進ませることを自分に強いた。このような地勢の中、これほどまで走るスピードを上げるのは危険なことだ。心のどこかでそのことはわかっていた。が、どんなことも可能だと薬が彼を鼓舞していた。跳ぼうと思えば、反逆者のところまで一気に跳ぶことだってできると彼に囁《ささや》いていた。

そこで足がすべった。横ざまに倒れ、顔から雪に突っ込んだ。雪に埋もれ、頭がぼうっとした。仰向《あおむ》けになり、青白い空を見上げ、どこか怪我《けが》をしていないか確かめた。どこも痛くはなかった。立ち上がり、顔と手から雪をはたき落とし、手にできたすり傷を他人の傷のように冷ややかに眺めた。ブロツキーの姿を探した。すでに森のへりに吸い込まれているのではないかと思いながら。が、意外にも容疑者のほうも走るのをやめていた。じっと突っ立っていた。その姿に戸惑いながらも、レオはまた走りはじめた。わけがわからなかった。すぐにも森に駆け込めばよさそうなものを逃亡者は何もせず、手をこまねいていた。眼のまえの地面をただじっと見ていた。ふたりのあいだはもう百メートルもなかった。レオは銃を抜くと、走るのをやめて歩きはじめた。銃の狙《ねら》いを定めた。もちろんこの距離から撃つことはできない。それぐらい彼にもよくわかっていた。心臓が早鐘を打っていた。一歩歩くごとに二度鼓動していた。メタンフェタミンがさらに彼の気持ちを昂ぶらせ、咽喉《のど》がからからになっていた。薬がもたらす過剰なエネルギーのせいで指が震えていた。背中を汗が伝い落ちていた。もはやふたりのあいだは五十歩もなかった。ブロツキーが振り向いた。銃は持っていなかった。何も持っていなかった。不可解にも突然逃亡をあきらめたのだ。レオはさらに距離をちぢめた。そこで何がブロツキーを立ち止まらせたのかがわかった。雪に覆《おお》われていて、丘の上からではわからなかったのだが、森のすぐ手前に幅二十メートルほどの川が流れており、薄い氷が張っていたのだ。レオは呼ばわった。

「もう終わりだ！」

ブロツキーはそのことばの意味を悟ると、レオに背を向け、森に向かって凍った川の上に歩を踏み出した。足がすべり、見るからにおぼつかない足取りになった。彼の重みで氷にひびがはいった。とても支えきれそうになかった。が、彼は足をゆるめなかった。一歩また一歩と踏み出した。氷が割れはじめた――ぎざぎざの黒い線が氷盤に走り、彼の足の下にできた十字が一気に広がった。速く進めば進むほど黒い線が増え、その線があらゆる方向に走った。割れ目から氷のように冷たい水が沁《し》み出してきた。それでも彼はまえに進み、ちょうど川の中ほどまで行って立ち止まった。森まではあと十メートルといったところで。そこで下を向き、黒い冷水が足の下からあふれ出しているのを見つめた。

レオは川辺まで行くと、銃をホルスターに収め、手を差し出した。

「どう考えても氷は割れる。森にはたどり着けない」

ブロツキーは立ち止まると、振り向いて言った。

「森にたどり着こうとは思ってないよ」

そう言って、右足を上げると、すばやく振り下ろした。氷が割れ、穴があいた。一気に川の水が噴き上がった。ぱっくりと口を開けた川にブロツキーは自らを呑《の》み込ませた。

ショック状態に陥り、感覚はなかった。自分の体がただ沈んでいくに任せ、陽の光を見上げた。が、そこで浮力が働き、体が浮きかけた。彼は水を蹴《け》って、氷の割れ目から離れた。浮かび上がるつもりはなかった。この暗い水の中に消えていくつもりだった。肺が痛みを訴え、早くも体が彼の決断に逆らいはじめたのがわかった。下流に向けて足を掻《か》き、できるだけ光から遠ざかろうとした。できるだけ生き永らえる危険から離れようとした。それでも最後には浮力が勝り、彼の体を水面近くに押し上げた。が、彼の顔に接したのは空気ではなく、硬い氷だった。ゆるい川の流れがそんな彼の体を少しずつ下流に押し流していた。

反逆者はもう浮かび上がってはこない。氷盤にあいた穴から故意に遠ざかろうとしている。共犯者を守るために自殺しようとしているのだ。それはもう疑いようがなかった。レオは下流に向け、川岸に沿って走り、ブロツキーがいそうなあたりの見当をつけた。そして、重い革のベルトと銃を腰からはずして地面に置くと、凍った川に足を踏み出した。ブーツがすべり、すぐさま氷が悲鳴をあげた。それでも、できるだけそっと歩を運び、まえに進んだ。氷盤にひびがはいり、沈んでいくのが足の下に感じられた。それでもどうにか川の中ほどまでたどり着くと、しゃがみ、氷盤を覆っている雪を狂ったように手でどけた。ブロツキーはどこにも見えなかった。見えるのは黒い水だけだ。さらに下流に移動した。一歩進むごとに氷にひびが走り、気づくと四方すべてをひびに取り囲まれていた。水が氷盤上にしみ出てきた。ひびとひびが合わさりはじめていた。彼は空を見上げ、胸いっぱいに息を吸い込むと、氷の割れる音がしたのと同時に身構えた。

彼もまた水の中に落ちた。

メタンフェタミンで感覚が麻痺《まひ》していたせいだろう、さほど冷たくは感じられなかったが、それでもすばやく動かなければならないことだけはわかった。この水温では文字どおり一刻を争う。体を反転させた。氷が砕けたところから陽の光が射《さ》し込んできていた。それ以外は氷盤に積もった雪が光を閉ざし、真っ黒な水しか見えなかった。川底を蹴って下流に向かった。何も見えなかったが、さらに泳ぎ、右に左に手を伸ばしてやみくもに探った。体が空気を求めて叫んでいた。その返答に泳ぐスピードを上げ、より強く水を蹴り、水の中をより速く進んだ。すぐに引き返すか、ここで死ぬか。それしかなくなった。しかし、チャンスが二度与えられることはない。手ぶらで戻ることも死を意味するかもしれないのだ。彼はさらに下流へもう一掻きした。

手が何かに触れた。布。ズボンを穿《は》いた脚。ブロツキーだ。氷盤のすぐ下でぐったりとしていた。が、レオの手が触れたことで生気を取り戻したのか、もがきはじめた。レオはブロツキーの体の下にもぐり、首を抱え込んだ。胸の痛みが強まった。すぐに水面に出なければ。片腕をブロツキーの首にまわしたまま、レオは頭上の氷盤に向けて拳《こぶし》を打ち込んだ。が、あっさり撥《は》ね返されただけだった。

もがいていたブロツキーの動きが止まった。見ると、あらゆる生理的な反射作用に逆らって、口を開けていた。凍りつくような水を肺に吸い込み、死を早めようとしていた。

レオは光が射している上流を一瞥《いちべつ》すると、足を蹴り、水中でバタ足をし、光に向かって泳ぎはじめた。ブロツキーは意識を失い、ぐったりと動かなくなった。レオは頭が朦朧《もうろう》としてきて、もうこれ以上息を止めていられなくなった。最後の一蹴りで、上に体を押しやった。顔に光が感じられた。気づくと、ふたりとも水面に顔を出していた。

レオは喘《あえ》いだ。何度も何度も。ブロツキーのほうは息をしていなかった。レオは割れた氷を掻き分け、ブロツキーを川岸まで引っぱっていった。足が川底についた。ブロツキーを引き寄せながら、まず自分の体を川岸に引き上げた。ふたりとも皮膚が淡いブルーに変色していた。レオは体の震えを抑えることができなかった。それとは対照的に反逆者はぴくりとも動かなかった。レオはブロツキーの口を開け、中に溜《た》まった水を出し、彼の肺に空気を吹き込んだ。胸を押しては肺に空気を吹き込んだ。それを何度も繰り返した。

「起きるんだ！」

ブロツキーはいきなり意識を取り戻した。咳《せ》き込み、体をくの字に曲げて、胃に溜まった冷水を吐いた。が、安堵《あんど》している余裕はレオにはなかった。このままでは数分ともたず、ふたりとも低体温症で死んでしまう。立ち上がると、三人の部下が近づいてきているのが見えた。

部下たちはレオが川に飛び込んだのを見て、レオが正しかったことを悟ったのだ。それで一瞬にして、また力のバランスがワシーリーからレオに戻ったのだろう。フョードルと彼の息子の件に対する彼らの不満も今は意味をなくしていた。そうした不満を表に出しても身の安全が感じられた唯一《ゆいいつ》の理由は、レオが今回の作戦に失敗し、指揮官としての力を失うことが大いに考えられたからだ。が、どうやらそういう展開にはなりそうになかった。となると、レオはこれまで以上に力を得ることになる。三人の部下は今や全力疾走をしていた。そうすることに今度は彼らの命がかかっているのだ。

レオはブロツキーの脇《わき》に膝《ひざ》をついた。ブロツキーは眼を閉じかけており、また意識をなくしかけていた。レオは彼の顔を叩《たた》いた。眠らせてはならない。彼はまた叩いた。ブロツキーは眼を開けた。が、すぐにまた閉じかけた。レオはまた叩いた。何度も何度も何度も。時間がない。彼は立ち上がって、部下に向けて呼ばわった。

「急げ！」

思ったほど大声にはなっていなかった。抗しがたいまでの薬のパワーも薄らぎ、ようやく寒さを覚えはじめ、体からエネルギーが急速に失われているのが自分でもわかった。薬の効果はすでにピークを過ぎていた。途方もない疲労感に全身を襲われていた。部下が来るのを待って、彼は言った。

「上着を脱いで、火を熾《おこ》してくれ」

言われたとおり、三人とも上着を脱いだ。ひとりがそれをレオに着せかけ、ふたりがブロツキーの体をくるんだ。が、それで充分とは言えなかった。火を熾す必要があった。三人の部下は木を探した。遠くに杭垣《くいがき》が見えた。ふたりがそれを取りに走り、ひとりは自分の粗い木綿のシャツの袖《そで》を引き裂き、何本かの細長い布きれに変えた。レオは眠らせないようブロッキーの頰を叩きつづけた。が、彼自身、猛烈な睡魔に襲われていた。休みたかった。眼を閉じたかった。

「急げ！」

叫んだつもりだった。が、どうにか聞き取れる程度の声にしかなっていなかった。ふたりの部下が杭垣から剝《は》がした厚板を持って戻ってきた。雪を蹴り、掘り起こして焚《た》き火のためのスペースをつくり、凍った地面の上に厚板を細く割って敷いた。その上に木綿の布きれを並べると、その布きれを真ん中にして、そのまわりに厚板をさらに細く割ったものを置き、ピラミッド型に積み上げた。部下のひとりがライターを取り出し、オイルを布きれに垂らしてから火をつけた。布はすぐに燃えはじめた。木がくすぶりはじめた。が、湿っていて、燃えるまでには至らなかった。煙だけが立ち昇った。レオには熱がまるで感じられなかった。木が乾くまでにはかなり時間がかかりそうだった。彼は上着の裏地を引きちぎると、それも焚き火にくべた。これで火がついてくれなければ、ふたりとも死ぬことになる。

残されたライターはあとひとつしかなかった。部下は蓋《ふた》を開け、もがいている火の上に慎重に最後の一滴を垂らした。さらにまるめた煙草《たばこ》の箱や煙草用の薄紙の加勢を得て、炎が立ち昇った。部下は三人とも地面に膝をついていた。懸命に火を熾そうとしていた。細く割った厚板がようやくはぜはじめた。

ブロツキーは眼を開けると、眼のまえの炎をじっと見つめた。火の中で木がぱちぱちと音をたてていた。死にたいという思いとは裏腹に、ぬくもりはやはり肌に心地よかった。炎が勢いを増し、熾《お》き火が赤く光るのを見ているうち、頭を混乱させながらも、自分が生き永らえることになったことがひしひしとわかった。

レオもじっと炎の中心を見つめていた。上着から湯気が立っていた。ふたりの部下はレオに気に入られようと、せっせと薪《たきぎ》を集めていた。三人目の部下はしっかり火の守りをしていた。火が消える心配がなくなると、レオは部下のひとりにミハイルの家に戻り、モスクワに帰る準備をするように命じた。そのあとブロツキーに向かって言った。

「歩けそうか？」

「昔は息子とよく釣りにいったものだ。夜になると、こういう焚き火をして、そのそばに坐《すわ》った。息子は釣りそのものはあまり好きじゃなかったけれど、焚き火は好きだった。まだ生きていたら、今頃はちょうどあんたと同じぐらいの歳《とし》になってたはずだ」

レオは何も言わなかった。ブロツキーはつけ加えた。

「許されるなら、あと少しだけここにいたいんだが」

レオは薪をいくらか火にくべた。ふたりはあと少しだけそこにとどまった。


ミハイルの家に戻る道すがら、誰ひとり口を利《き》かなかった。レオが三十分たらずで走った距離が帰るときには二時間近くもかかった。メタンフェタミンの効果が体内から消えていくにつれ、レオには一歩一歩がひどく重く感じられた。唯一、追跡劇に成功したという事実だけが今の彼を支えていた。これで自らの能力を証明し、これまでの地位を回復して、モスクワに戻ることができる。転落のきわまで行きながら、引き返すことができる。

ブロツキーは、ミハイルの家が近づくにつれ、どうして見つけられてしまったのか、そのことが気になりはじめ、ミハイルのことをジーナに話したことを思い出した。どうやらジーナに裏切られたようだ。だからといって、恨みを覚えることはなかったが。彼女はただ生き延びようとしただけのことだ。誰にも彼女を責めることはできない。それに今はもうそれもどうでもいいことだ。なにより大切なのは、ミハイルはいっさい関係ないことをこの捜査官たちに納得させることだ。ブロツキーはレオのほうを向いて言った。

「ゆうべここに来たときのことだが、あの家族にはすぐに立ち去るように言われた。いっさい関わりたくないとね。むしろ民警に通報すると脅された。だから、私としては納屋《なや》の錠前を壊すしかなかったというわけだ。私はもうどこかへ行ってしまったと彼らは思ったんだろう。あの家族は何も悪いことはしていない。彼らは善き人たちだ。働き者の一家だ」

ゆうべほんとうは何があったのだろう、とレオは推測した。反逆者は友人に援助を求めた。が、援助は得られなかった。それではよくできた逃亡計画とは言えない。少なくとも、有能なスパイが考える逃亡計画とは。

「あんたの友達に興味はないよ」

彼らは農場の敷地のへりまでたどり着いた。納屋のドアのまえに人がひざまずかされているのが見えた。ミハイル・ジノヴィエフとその妻とふたりの娘だった。全員うしろ手に縛られ、雪にまみれて震えていた。すでにかなりのあいだ、そういう恰好《かっこう》をさせられているようだった。ミハイルは惨憺《さんたん》たる顔をしていた。つぶされた鼻から血が垂れていた。下顎《したあご》が妙な角度に曲がっていた。骨が折れているのだろう。捜査官たちはそんな彼らのまわりにゆるい輪をつくっていた。ワシーリーがジノヴィエフ一家のすぐうしろに立っていた。レオは立ち止まると、叫ぼうとした。が、それとワシーリーが腕組みを解いたのが同時だった。銃が現れた。ワシーリーはその銃口をまっすぐにミハイルの後頭部に向けて撃った。銃声が鳴り響き、ミハイルはがっくりとまえに倒れ、雪にまみれた。彼の妻も娘たちも身じろぎひとつしなかった。眼のまえの遺体をただ凝視していた。

ただひとりブロツキーが反応した。音をたてた。人間の声とも思えない音を咽喉《のど》から搾《しぼ》り出した——悲しみと怒りとが入り交じった、ことばにも声にもならない音を。ワシーリーは一歩横にずれると、今度はミハイルの妻の後頭部に銃口を向けた。レオは手を上げて叫んだ。

「銃をおろせ！　これは命令だ！」

「こいつらも反逆者でしょうが。示しをつけないと」

ワシーリーは引き金を引いた。反動で手が跳ね上がったのが見えた。二発目の銃声が轟《とどろ》き、ミハイルの妻も雪の上に——夫の横にくずおれた。腕を振りほどこうとしたブロツキーをふたりの部下が足で蹴《け》り、ひざまずかせた。ワシーリーはさらにもう一歩横に移動すると、幼い姉妹の姉の後頭部に銃の狙《ねら》いを定めた。女の子は寒さに鼻を赤くし、体をかすかに震わせながら、殺された母親をじっと見つめていた。自分も両親とともにその場で死ぬことを覚悟したかのように。レオは銃を抜くと、自分の副官に狙いを定めた。

「銃をおろせ」

いっぺんに疲労が吹き飛んでいた。が、それは薬の作用ではなかった。怒りとアドレナリンがレオの体じゅうを駆けめぐっていた。狙いは微動だにしていなかった。片眼をつぶり、慎重に狙いをつけていた。この距離ならまずはずすことはない。今撃てば、女の子は助かる。姉も妹も——虐殺《ぎゃくさつ》されずにすむ。無意識にそういうことばを選んでいた。

虐殺。

彼は撃鉄を起こした。

ワシーリーはキエフの件ではまちがっていた。ブロツキーの偽《にせ》の手紙に騙《だま》され、キモフに向かうのは時間の無駄だと部下に言いふらしていた。今度の失敗でボスが変わるだろうともほのめかしていた。そうした判断ミスはすべてレオの報告書にしっかりと書かれることだろう。ワシーリーは今、部下全員に見られているのを感じた。見苦しいほど自分の地位が下落したことも。彼の心の一部はレオに彼を撃つ度胸があるかどうか確かめたがっていた。今度のことに対するレオの反撃が容赦のないものになるのは眼に見えている。それでも、ワシーリーは馬鹿《ばか》ではなかった。心の底でははっきりとわかっていた。自分は臆病者《おくびょうもの》であり、レオはそうではないことが。ワシーリーは銃をおろすと、満足げなふりをし、ふたりの子供を示して言った。

「この女の子たちも貴重な教訓を学んだはずです。きっと両親より立派な市民になるでしょうよ」

レオはふたつの死体の脇を通り、血染めの雪に足跡を残して、自分の副官に近づいた。そして、持っていた銃をすばやく振った。銃のへりがワシーリーの頭をとらえた。ワシーリーはこめかみを手で押さえてうしろに倒れた。皮膚が裂けたところから血が垂れた。すぐには立ち上がれなかった。レオの銃がこめかみに押しつけられたのがわかった。死を待ってうつむいている姉妹を除いて、全員がふたりを見ていた。

ワシーリーはゆっくりと頭をもたげ、顎を震わせながらレオを見上げた。見るからに死ぬことを恐れていた。他人の死にはどこまでも無頓着《むとんちゃく》な男が自らの死をぶざまなほど恐れていた。レオは引き金に指をかけた。が、彼にはできなかった。冷酷なことはできない。彼はそう思った。自分はこの男の処刑人ではないのだから。罰は国家に与えてもらおう。国家を信じよう。彼は銃をホルスターにしまった。

「おまえはここに残って民警が来るのを待て。何があったのか自分で説明し、彼らに手を貸せ。どうやってモスクワに戻るか、それは自分で考えろ」

レオは姉妹に手を貸して立たせると、家の中に連れてはいった。

捜査官が三人がかりでアナトリー・ブロツキーをトラックの荷台に乗せた。生気というものをまったくなくしてしまったかのように、ブロツキーの体には力がなかった。悲しみのあまり狂ってしまったのか、意味のないことをただぶつぶつとつぶやいていた。捜査官は黙れと怒鳴った。反逆者の泣きごとなど誰も聞きたくなかった。

家の中にはいっても幼い姉妹は無言のままだった。外の雪の上に倒れているのが自分たちの両親の死体であることがまだきちんと理解できないのだろう。父親が朝食の用意をしてくれ、母親が畑から戻ってくるのを今でもまだ期待しているかのようだった。何ひとつリアルに感じられないのだろう。両親は彼女らにとって世界のすべてだったのだから。両親なしにどうして世界がありうる？

親戚《しんせき》はいないのかどうか、レオはふたりに尋ねた。ふたりともひとことも発さなかった。レオは姉のほうに荷造りをするように言った。モスクワに連れていくつもりだった。が、ふたりとも動こうとしなかった。レオは寝室にはいると、ふたりの身のまわりのものを見つけて、ふたりにかわって荷造りをした。手が震えはじめた。彼は荷造りをやめ、ベッドに腰かけて自分のブーツを見つめた。足を持ち上げ、踵《かかと》を互いに打ち合わせた。靴底に貼《は》りついていた血染めの薄い雪片が床に落ちた。

ワシーリーは道路脇《わき》に立って、最後の煙草を吸いながら、トラックが走り去るのを眺めた。自分が坐っているはずのレオの隣りの席に姉妹が坐っているのがちらっと見えた。トラックは曲がり角を曲がり、見えなくなった。彼はまわりを見まわした。近所の農家の窓に村人の顔があった。彼らも今はもうこそこそと奥に引っ込もうとはしなかった。ワシーリーは自分がまだマシンガンを持っていることを心強く思った。ミハイルの家のほうに戻った。雪の上に横たわっている死体を見やり、キッチンにはいって湯を沸かし、紅茶をいれた。濃くなったので砂糖で甘くした。小さな砂糖壺《つぼ》には一家のひと月分ほどの砂糖がはいっていた。紅茶を注いだグラスにその大半を入れ、甘すぎるもてなしを自分に施した。一口飲むと、急に疲労を覚えた。ブーツと上着を脱いで寝室にはいると、ベッドカヴァーをはぐって横になり、見る夢が選べればいいのにと思った。それが可能なら、復讐《ふくしゅう》の夢を見るのに、と。

モスクワ
二月十六日

すでに五年に及ぶ職場ながら、レオは国家保安省の国内司令本部がある建物〈ルビヤンカ〉にはいると、いつも居心地の悪さを覚える。その建物の中ではさりげない会話などまず聞かれない。屈託のない受け答えなどありえない。ここでは誰もがガードしている。ここに勤める職員の職務を考えれば、それは驚くことでもなんでもないが、レオは建物そのものに人に落ち着きをなくさせる何かがあるような気がしてならなかった。恐怖というものがそもそも設計の段階から建物に組み入れられているのではないか。もちろん設計者の意図など何も知らないわけで、自分のそんな思いにはなんの根拠もないことは彼にもわかっていたが。実際、建物自体は革命以前に建てられたものだ。ボリシェヴィキの秘密保安部隊に乗っ取られるまでは、ただの保険会社のオフィスビルだった。それでも、造りそのものが人の心を動揺させるこの建物が無作為に選ばれたとは、レオには思えなかった。高層建築ではない。といって、低層建築でもない。幅が広いわけでも狭いわけでもない。奇妙にどっちつかずなのだ。正面玄関は用心深さの権化《ごんげ》のような雰囲気をかもして、ぎゅっと押し込まれたような窓が横に並び、それが何列にも上に積み重なり、そのてっぺんでは抜け目ない隻眼《せきがん》のような時計が市《まち》を睥睨《へいげい》している。さらに、眼には見えない境界線が建物のまわりを取り囲み、通行人はみな中に引きずり込まれるのを恐れるかのように、その境界線をよけて通る。その一線を越える者はそこの職員か、有罪宣告を受けた者か、そのどちらかだからだ。この建物の中で無罪が言い渡される望みはない。この建物の中には有罪に向かう組立てラインしかない。やはり人に恐怖を与えようとしてルビヤンカが建てられたというのは考えすぎか、とレオは思い直した。建てられたのち恐怖に乗っ取られたのだ。恐怖が保険会社ビルを自らの棲《す》み処《か》にしたのだ。

レオはIDカードを差し出した。そのカードは建物にはいれることだけでなく、建物から出られることも保証している。カードを持たない者は男も女も二度と姿が見られなくなることがよくある。国のシステムによって、強制労働収容所か、ルビヤンカの裏のヴァルソノフィエフスキー通りにある国家保安省の別の建物に送られるからだ。その建物には、勾配《こうばい》をつけた床と銃弾を受けるためのログ・パネルの壁があり、血を洗い流すホースが備えられている。いったいどれほどの処刑能力があるのか、レオは正確には知らなかったが、その数がきわめて高いものであることはわかっていた。一日に何百という数であることだけは。そういった数になると、実際問題として、どれほどすばやく容易に死体を処理できるかというようなことが重要になる。

中央通路にはいり、レオは思った。上訴できる見込みもなく、助けを求められる人もおらず、この建物の地下に連れてこられるというのはどんな気分のものか。司法制度の中では事案があらゆる脇道を通って処理されることがある。床に放り出されたまま何週間も放置された囚人や、人の痛みを研究することにしか関心のない医者がいることをレオは聞いて知っていた。が、そうしたこともまた自らのために存在しているわけではないと自分に言い聞かせていた。それらもまた理由があって――より高次元の善のために――存在しているのだと。人に恐怖を与えるために存在しているのだと。恐怖というものは必要悪だ。恐怖が革命を守っている側面を見落としてはならない。恐怖がなければ、レーニンは失墜していただろう。恐怖がなければ、スターリンも失墜していただろう。そうでなければ、どうしてこの建物に関する噂《うわさ》がほかでもない国家保安省の工作員によって広められたりする？ 民衆の中にウィルスを広めるように、地下鉄や市電の車両の中で戦略のように囁《ささや》かれたりする？ 恐怖とはむしろ教化の産物なのだ。恐怖もまた自分の仕事の一部なのだ。一定のレヴェルの恐怖を持続させるには、常に民衆に恐怖そのものが供給されなければならない。

もちろんルビヤンカだけが恐怖の建物ではなかった。高い塔と、監房がぎゅっと凝縮されたようなむさ苦しい翼棟のあるブティルカ刑務所があった。そこの監房は、強制労働収容所送りになるまでマッチ棒で遊んでいるしかない被収監者であふれている。あるいはレフォルトヴォ。そこへは捜査中の事件の容疑者が尋問のために送り込まれ、彼らの叫び声は近くの通りからでも聞こえる。それでも、ルビヤンカは人々の心の特別な場所を占めている、とレオは思っていた。反ソヴィエト扇動運動や、反革命的言動や、諜報《ちょうほう》活動で有罪となった者が〝処理〟される場所として。しかし、そうした範《はん》疇《ちゅう》の人々がなぜ一般の人の心にことさら恐怖を与えるのか。それは自分は盗みもしなければ、レイプもしない、人殺しもするわけがないと自ら安心することはできても、反ソヴィエト扇動運動や反革命的言動や諜報活動で自分は無罪、と自信を持って言える者など誰もいないからだ。あまつさえ、それらの罪とはいったいどういうものなのか、正確に知る者もまた誰もいないからだ、レオも含めて。百四十条ある刑法の中で、レオが唯一《ゆいいつ》指針としているのは、政治犯を次のような人物として定義した条項だった。

ソヴィエトの権力を覆《くつがえ》そうとしたり、打ち倒そうとしたり、弱めようとした者。

それではほぼ言い尽くされ、いくらでも解釈できるこのことばは誰にでもあてはまる。共産党の幹部からバレエダンサーから音楽家から引退した靴屋まで。ルビヤンカの中で働いている者たちでさえ例外ではない。この恐怖のマシンを操作している者たちでさえ。自分たちが支えているシステムがある日自分たちを呑《の》み込まないともかぎらない。彼らは彼らでそのことをよく理解していた。

建物の中にはいっても、レオは外出用の革手袋も長いウールのコートも身につけたままだった。それでも震えていた。じっと立っていると、床が右に左に揺れているように思えた。めまいに襲われ、それが数秒続いた。その場にへたり込んでしまいそうな気がした。二日間何も食べていなかったが、食べもののことを思っただけで、吐きそうな気がした。それでも、自分は病気なのではないかという疑念を頑固に拒絶していた——確かに寒気がするが、それはたぶん疲れているからだ。すぐに治る。ただ眠りさえすれば、メタンフェタミンを使ったあとの虚脱感は癒《いや》せる。休暇を取るなど論外だ。少なくとも今日は無理だ。アナトリー・ブロツキーの取調べをしているあいだは。規定上、容疑者の尋問は彼の任務ではなかった。国家保安省には、監房から監房へと容疑者を訪れ、プロとしての冷淡さと自らの誇りをもって、自白を引き出すことだけに専念しているスペシャリストがいた。ほかの職員同様、彼らもまたその仕事にいたって熱心だった。容疑者が訂正も何もない無条件の供述書に速やかに署名すれば、能力給付されるボーナスが期待できるからだ。そんな単純明快な理由があるからだ。個人的な知り合いはひとりもいなかったが、そんな彼らの尋問の手法についてはレオもいくらか知っていた。彼らには派閥のようなものがあり、チームを組んで、同じ容疑者をチーム全員で尋問することがよくあった。それぞれの特技を生かし、さまざまな角度から容疑者を責め立てるのだ。残虐《ざんぎゃく》さ、ことばの巧みさ、懐柔のうまさ。これらの技が彼らの地位を確たるものにしており、仕事を離れても、彼らはともに食事をし、ともに歩き、互いの手の内を明かし、尋問手法を比較検討し合っていた。見た目はごく普通の職員と変わらない。が、これといった特徴はなくとも、レオには一目見れば彼らがわかった。また、より過激な尋問をおこなうときには、彼らはたいてい地下室を選んだ。熱や光といった環境要因をコントロールできる場所を。それとは対照的に、レオは捜査官としてほぼ地上階か外で行動しており、地下室はめったに行かないところだ。彼が努めて眼を向けないようにしている世界、足の下に抑えつけておきたい世界だった。

少し待たされてから名前を呼ばれ、彼はクズミン少佐のオフィスにはいった。この部屋にはたまたまそこに置かれているものなどひとつもない。すべてに細心の注意が払われ、あるべき場所に置かれている。壁には額入りの白黒写真が飾られ、その中にクズミンがスターリンと握手をしている写真が一枚あった。この偉大なる指導者の七十回目の誕生日に撮影されたものだ。それぞれ年代ごとに集められたプロパガンダのポスターがこれまた額に入れられ、白黒写真を取り囲んでいた。レオには、それらのポスターは一九三〇年代の粛清の時代にもクズミンがそのオフィスの主《ぬし》だったと人に思わせるためのものに思われた。実際にはその当時クズミンは軍の情報部にいたのだが。ポスターの中には、丸々と肥《ふと》ったウサギが籠《かご》に入れられた絵があった――**もっとウサギの肉を食べよう！**　三人の逞《たくま》しい赤い人影が赤いハンマーを不機嫌そうなひげづらの男たちの頭に振り下ろしているポスターもあった――**怠惰な労働者と闘え！**　工場に向かう笑顔の三人の女性を描いたものもあった――**貯蓄は安心してわれらに預けよ！**　〝われら〟とはこの三人の女性のことではなく、国営の貯蓄銀行のことだ。スーツを着てシルクハットをかぶり、両手に金のあふれた鞄《かばん》を持った、でっぷりと肥った男のポスターもあった――**道化の資本家！**　レーニンに敬意を表した、格納庫、船舶工場、鉄道、笑っている労働者、怒っている労働者、蒸気機関車の列のずんぐりとしたイメージを描いたポスターもあった――築け！　クズミンは自分のコレクションを見せびらかすことにいたってまめで、これらのポスターは定期的に掛け替えられた。それは彼の蔵書についても同じことが言え、彼の本棚では常に適切なタイトルの本へと並べ替えられていたが、スターリン自身が案内役を務めているテキスト『共産党史小教程』が彼の机の上を離れることはまずなかった。くず籠の中身も念入りに選ばれたものばかりだった。ほんとうに捨てたいものは、家に帰る途中にこっそり捨てるのだ。それは最も地位の低い職員から高官まで誰もみなよく心得ていることだ。

クズミンは窓ぎわに立ち、ルビヤンカ広場を見下ろしていた。ずんぐりとした体に一サイズ小さな制服をまとっていた。それが彼の好みなのだ。よくずり落ちることがある分厚いレンズの眼鏡をかけていた。ひとことで言えば滑稽《こっけい》な外見で、人の生死を決めることができる至上の権力者であるという事実でさえ、彼に重々しさを与えることには失敗していた。ただ、レオが知るかぎりクズミンはもう尋問には関わっていなかったが、噂ではその昔、丸々としたその小さな手を好んで使う尋問のエキスパートだったということだ。今の外見からはそんなことはおよそ信じられなかったが。

レオは椅子《いす》に坐《すわ》った。クズミンは窓ぎわを離れようとしなかった。外を見ながら、質問をするのが好きなのだ。それは――レオも知っていることだが――自分が見られていることに気づいている人の感情表現というものは、どこまでも疑ってかからねばならない、と彼が固く信じているからで、外を見るふりをして実際にはガラスに映る相手を観察する術《すべ》に彼は長《た》けていた。もっとも、このトリックはほとんど誰にも知られてしまっているので、その有効性はかなり目減りしていたが。それに、そもそもルビヤンカの中で簡単にガードをおろす人間などいなかった。

「よくやった、レオ。捕まえてくれるとは思っていたが、いずれにしろ、今回の経験できみは貴重な教訓を得たことと思う」

レオは黙ってうなずいた。

「どこか具合でも悪いのか？」

レオはためらった。どうやら自分で思っている以上にひどい顔をしているようだ。

「いいえ、なんでもありません。風邪でもひいたのかもしれませんが、大したことはありません」

「もしかしたらきみは、ブロツキーの件から一日だけ離れてフョードル・アンドレエフの件を任せたことで、私を恨んでいるかもしれない。ちがうかね？　フョードルの件はきみにはなんの関係もないことで、私はきみをブロツキーの件からはずすべきではなかった。きみはそう思ってるんじゃないか？」

クズミンは笑っていた。何かを面白がっていた。危険のにおいを敏感に嗅《か》ぎ取り、レオは気を引きしめた。

「いいえ、少佐。少佐を恨んでなどいません。私はブロツキーをただちに逮捕すべきだったんです。私の過《あやま》ちです」

「そう、きみはただちに彼を逮捕しなかった。だから、そういう状況下で私がきみをスパイ事件からはずし、嘆きの父親をなだめにやったことはまちがっていたのかどうか。それが私の質問だ」

「私にはただちにブロツキーを逮捕しなかった自分の過ちのことしか考えられません」

「きみとしたことがなんとも当たり障《さわ》りのないことを言うものだね。私が言いたいことははっきりしている。フョードル一家の問題は些細《ささい》な問題ではなかった。そういうことだ。まさに国家保安省内部における腐敗だったのだからね。きみの部下のひとりが悲しみに心をねじ曲げられ、はからずも自分も自分の家族も国家の敵に仕立ててしまいかねなかったんだから。きみがブロツキーを捕まえたことは喜んでいるが、フョードルの件はそれよりもっと重要だった。私はそう思っている」

「よくわかっています」

「それじゃ、ワシーリー・ニキーチンの件に移ろう」

レオは自分の取った行動が報告されずにすむとは思っていなかった。ワシーリーがレオを失墜させる道具にそのことを利用するのをためらうわけがなかった。クズミンがどちらの出来事をより重く見るか、それはレオとしてもなんとも予測がつかなかった。

「きみは彼に銃を向けたそうだね？　さらに彼を殴った。ワシーリーの報告によれば、きみは自制心を失っていたということだが。彼はまたきみが覚醒剤《かくせいざい》を使っていたとも言っている。それで理性的な判断ができなくなっていたのだろうと。で、きみの停職を求めている。つまるところ、彼は怒り狂ってるということだ」

今のクズミンのことばでレオはすべてを理解した。ワシーリーがやった処刑はまるで問題になっていない。

「現場では私が上級士官でしたので、ワシーリーに命じました。が、彼はその命令に従わなかったんです。命令が無視されて、どうやれば部隊の指揮を執ることができるでしょう？　われわれの誰に指揮を執れるでしょう？　そんなことを許していては組織そのものが崩壊してしまいます。そんなことを思うのは私が軍隊あがりの人間だからかもしれませんが。軍では命令に対する不服従、反抗は死罪です」

クズミンはうなずいた。レオは賢明な自己弁護を選んでいた――軍の規律を持ち出したところだ。

「そのとおりだ、もちろん。ワシーリーは激しやすい男だよ。それは本人も認めている。彼はきみの命令に従わなかった。それもそのとおりだ。しかし、彼はあの家族がブロツキーに協力したことに対して怒り狂っていた。もちろん、彼が取った行動を大目に見ようと言うんじゃないが。犯罪行為については適切な処置がおこなわれるべきで、あの家族はここに連れてこられるべきだった。いずれにしろ、ワシーリーには適切な処置が施された。覚醒剤については――」

「私はあの時点で二十四時間寝ていなかったんです。それにその薬はここの医師によって処方されたものです」

「薬のことはまったく問題ないよ。私はきみに必要とあらばどんなことでもしろと命じた。その中に薬をやることぐらいは当然含まれる。ただ、ひとつだけきみに警告をしておきたい。同僚を殴ったことできみは多くの注意を惹《ひ》いてしまった。殴った理由がどれだけ正当なものであれ、人はそんな理由などすぐに忘れてしまうものだ。ワシーリーが銃をおろした時点で、きみは終わりにすべきだった。彼を罰したかったのなら、命令不服従ということで、私にまず報告すべきだった。きみは自分の手に正義をゆだねてしまった。それはとうてい受け容《い》れられることではない」

「申しわけありませんでした」

クズミンは窓辺から離れ、レオの脇《わき》に立つと、レオの肩に手を置いて言った。

「この件はもうこれでいいだろう。一件落着したことにする。それよりきみにはまた新たな仕事を頼みたい。ブロツキーの尋問だ。きみ自らやってほしい。助けが欲しければ誰でも利用しろ——尋問の専門家の助けを借りてもいい。ただ、ブロツキーが自白したときにはその場にいてほしい。このブロツキーという男の正体をきみ自身が見きわめる。それがなにより大切だ。きみはあの男の善良な見せかけに一度は騙《だま》されているんだから」

クズミンの命令はあまり前例のないものだった。レオの驚いた顔を見て、彼は言い添えた。

「これはきみにとってもいいことだ。人というものは、何をやるのであれ、自分自身でやる心の準備ができているかどうかで判断されるべきだ。人にやらせる心の準備ができているかどうかではなく。何か不都合なことでも？」

「いいえ、ありません」

レオは立ち上がり、上着の皺《しわ》を伸ばした。

「ただちにやります」

「最後にひとつ。この尋問はワシーリーと協力してやってくれ」

監房には三つのタイプがある。まず待機監房——四角い部屋で、床には藁《わら》が敷かれ、大人の男が三人並んで横になれるスペースがある。ただ、常にひとつの監房に五人が収容されているので、ほかの者に動いてもらわなければ、痒《かゆ》いところを掻《か》くこともできない。まさに人間ジグソーパズルのような監房だ。バケツがあるだけで便所はなく、被収監者はほかの被収監者が見ているまえで用を足さなければならない。バケツがいっぱいになると、被収監者はそれを近くの下水溝まで持っていかなければならず、そのとき一滴でもこぼすと、その場で撃ち殺されると脅される。レオはまえに看守たちがそのときの被収監者の滑稽な表情について話すのを聞いたことがある。揺れる糞尿《ふんにょう》が文字どおり彼らの生死を決めるわけで、そんな糞尿を真剣に見ている被収監者の顔がいかにも滑稽というわけだ。なんとも野蛮な話だ。が、ゆえなき野蛮さではない。より大きな善のための野蛮さだ。

より大きな善、より大きな善

このことばは何度も繰り返されなければならない。あらゆる考えに彫り込まなければならない。常に心の底を流れているようにしなければならない、受信用の紙テープのように。

待機監房の次はさまざまに意図された懲罰監房が待っている。その中には氷のように冷たい水が足首ほどの深さに張られ、壁がカビや粘液に覆《おお》われた部屋がある。そこに五日も収監されれば、慢性の肺病を患《わずら》い、肉体が回復不能になることが保証される。そこ木の棺のような細長いクロゼット付きの監房もある。そのクロゼットの中では大量の南京虫《ナンキンむし》が増殖しており、被収監者はそこに裸で入れられ、供述書に署名する気になるまで嚙《か》まれつづけなければならない。コルク張りの部屋もある。その部屋では、被収監者は建物の空調設備によって毛穴から血が噴き出すまで熱せられ、焼かれる。フックやチェーンや電線が備えられた部屋もある。あらゆる種類の被収監者に対してあらゆる種類の懲罰が用意されている。想像力だけがそのようなものから良心を守るバリアとなる。もっとも、大した想像力は要らないが。こうした蛮行もより大きな善の重要さに比べれば些細なものだと思う、その程度の想像力だ。

より大きな善、より大きな善、より大きな善

このような方法の正当化は単純明快で、説得力がなければならない。さらに、常に繰り返し言われつづけなければならない――ここに収監されている者たちはみな敵なのだ、と。戦時中にも同じような極端な方法が取られ、もちろんレオもそれを見てきた。もっとひどい例さえ。しかし、戦争は彼らに自由を与えたのではなかったのか。異なる種類の敵も内なる敵も敵には変わらず、これもまた同じ戦争ということなのか。これは必要なことなのか。そう、必要なことなのだ。現政治体制を維持させるためなら、あらゆることが正当化される。こうした蛮行など存在しない黄金時代――あらゆるものが豊かで、貧しさはすべて過去の記憶に追いやられる時代――を到来させるためなら、あらゆることが正当化される。こうしたやり方はもちろん望ましいものではない。祝福されるものではない。このような仕事に喜びを見いだしている職員などありえない。が、レオも馬鹿《ばか》ではなかった。どれほど自己正当化に長けようと、手慣れようと、彼の心には幾許《いくばく》かの否定の思いが巣食っていた。消化されない植物の莢《さや》のように、みぞおちのあたりに居坐っていた。

最後が尋問監房で、レオはブロツキーが収監されているそうした部屋のひとつにた

どり着いた。鋼鉄製のドアにのぞき窓がある。レオは室内をあれこれ想像しながらノックした。十七歳になったかならないかといった若い職員がドアの鍵《かぎ》を開けた。中は狭く、寒々しいコンクリートの壁にコンクリートの床といった部屋で、ただ照明だけがやけに明るく、レオは思わず眼を細めた。ワット数の高い裸電球が天井から五つ吊《つ》るされていた。奥の壁ぎわにやはり寒々とした、それでもなんとも不似合いなソファが置かれていた。そのソファにアナトリー・ブロツキーが坐《すわ》っていた。手首と足首をロープで縛られて。若い職員が得意げに言った。

「ずっと眼を閉じて、ずっと眠ろうとしてるんですが、自分が叩《たた》きつづけてますから、こいつは一瞬たりと休めちゃいません。それは自分が請け合います。ソファはここで一番居心地がいい場所なんで、すぐああやって眠りたがるんです。実際、坐り心地のすごくいいソファなんです。自分も坐ってみたからわかるんですが。でも、一睡たりとさせちゃいません。まあ、飢えた人間の手の届かないところに食べものを置いてやるみたいなものです」

レオは黙ってうなずいた。若い職員は職務に対する献身ぶりを誉《ほ》めてもらえず、いささかがっかりしたような顔をしたが、それでもすぐに部屋の隅の定位置につき、黒い木の棍棒《こんぼう》を手にした。赤い頬をして、いかにも堅苦しく、いかにも熱心な態度。まさにおもちゃの兵隊だった。

ブロツキーはまえに上体を屈《かが》め、眼を半分閉じて、ソファの端に坐っていた。ほかに椅子《いす》はなかったので、レオはブロツキーの横に腰をおろした。なんとも妙な按配《あんばい》だった。ソファは確かに柔らかく、レオはソファの背にもたれ、この部屋の風変わりな〝拷問道具《ごうもん》〟の使い心地を味わった。が、時間を無駄にはしていられなかった。なるべく早くすませたかった。ワシーリーはいつやってくるとも知れず、レオとしてはそのまえに協力するようブロツキーを説き伏せたかった。

ブロツキーが顔を起こし、少しだけ眼を見開いた。隣りに坐った男が何者なのか理解するのに、長時間睡眠を奪われている彼の頭はいささか時間を要した。隣りに坐ったのは彼を捕まえた男だった。彼の命を救った男でもあった。朦朧《もうろう》としたまま、彼は麻薬でもやっているかのようなあやしげな呂律《ろれつ》で尋ねた。

「子供たちは？　ミハイルの娘たちは？　今どこにいる？」

「孤児院だ。彼女らは安全だ」

孤児院……ブロツキーは思った。この男はジョークを言っているのだろうか？　それとも、これもまた懲罰の一部なのだろうか？　いや、この男はジョークなど言わない男だ。この男は国家の信奉者だ。ブロツキーは尋ねた。

「これまでに孤児院に行ったことは？」

「いや、ないが」

「放っておいてくれたほうが、あの子たちが生き延びられる可能性は高かっただろうよ」

「これからは国家があの子たちの面倒をみる」

ブロツキーは縛られた手首をいきなりもたげると、レオの額に手をあてた。レオは驚いた。若い職員が棍棒を構えて飛んできて、ブロツキーの向こう脛《ずね》に一撃を加えかけた。レオは手を振ってさがらせた。若い職員は不承不承あとずさった。

「きみは熱がある。家に帰ったほうがいい。きみたちにも家はあるんだろ？　寝たり食べたり、普通の人間がすることをする場所は、きみたちにもあるんだろ？」

レオはさらに驚いた。この期《ご》に及んでもブロツキーは医者だった。この期に及んでも不遜《ふそん》な口の利《き》き方を改めようともしていなかった。ブロツキーは勇敢で、粗野だった。レオはこの反逆者を好きにならずにはいられなかった。

身を引き、じっとりとした額を上着の袖《そで》で拭《ふ》きながら、彼は言った。

「私に話せば、それで不必要な苦痛が避けられる。すぐにすべてを認めておけばよかったと後悔しない容疑者はひとりもいない。黙っていてあんたになんの得がある？」

「何も」

「だったら真実を話してくれ」

「いいとも」

「あんたは誰に頼まれて仕事をしてた？」

「アンナ・ウラジスロヴォヴナ。アンナの猫は失明しそうだったんでね。ドラ・アンドレイエヴァ。ドラの犬は餌《えさ》を何も受けつけなくなっていた。アルカージー・マスロフ。アルカージーの犬は前肢《まえあし》を骨折してた。マティアス・ラコシ。マティアスは珍しい小鳥を集めていてね」

「無実だったらなぜ逃げた？」

「きみに追われたから逃げたのさ。ほかに理由はない」

「そんな理由がどこにある？」

「確かに。それでもほんとうのことに変わりはない。きみたちに追われたら、必ず逮捕される。逮捕されたら、必ず有罪になる。無実の人間はここへは連れてこられない」

「アメリカ大使館のなんという職員に頼まれ、どんな情報を提供してたんだ？」

そこでやっとブロツキーにもわかった。数週間前のことだ。アメリカ大使館の下級職員が犬を彼の診療所に連れてきたことがあった。その犬は怪我《けが》をしたところが化膿《かのう》しており、抗生物質による治療が必要だった。が、抗生物質は手元になかったので、ブロツキーは傷を丁寧に洗い、消毒してしばらく様子を見ることにしたのだった。夜中に自宅の外に不審な人影を見かけるようになったのは、それからすぐのことだった。その夜、彼は眠れなかった。いったい自分がどんな悪いことをしたのか見当もつかなかったからだ。翌朝、診療所に行くときにも家に帰るときにも誰かに尾《つ》けられているのがわかった。それが三日続き、眠れぬ夜を四夜迎えたところで、彼は逃げることを決意したのだった。が、これでやっと自分の罪の詳細がわかった。外国人の犬の治療をしたこと。それが彼の犯した罪だった。

「最後には、私もきみたちがしゃべらせたがっていることをしゃべってしまうんだろうが、今、これだけは言っておこう。それは私ことアナトリー・タラソヴィッチ・ブロツキーは獣医だということだ。すぐにそちらの記録の上ではスパイということになるんだろうが。いずれきみたちは私の署名入りの供述書を手にして、私にほかの人の名を言わせることになるんだろうが。その結果、さらに何人かが逮捕され、さらに署名入りの供述書ができあがるんだろうが、私が最後にどんなことを言ったとしても、それはすべてでたらめだ。なぜなら私はただの獣医だからだ」

「有罪でありながら無実を主張する者はあんたが最初というわけじゃない」

「きみはほんとうに私がスパイだと思っているのか？」

「今のこのやりとりからだけでも、政府を転覆させようとした容疑であんたを有罪にできる。この国を憎んでいることをあんたはすでに充分あからさまにしてしまっている」

「私はこの国を憎んでなどいないよ。憎んでいるのはむしろきみのほうだ。この国の人々を憎んでいるのは。そうでなければどうしてこんなに多くの人たちを逮捕したりなどできる？」

レオもさすがに忍耐を失った。

「私にしゃべらなければどういうことになるのかわかってるのか？」

「ここで何がおこなわれてるかなど子供でも知ってるよ」

「それでも告白しないのか？」

「きみの仕事を楽にさせるつもりはない。私にスパイと言わせたいのなら、拷問をすることだ」

「それだけは避けたかったんだが」

「こんなところにいて自分だけは清廉《せいれん》潔白でいられると思っているのかね？　早くナ

イフを持ってくることだ。道具箱を持ってくることだ。それできみの手が私の血で染まる段になっても、きみがどれだけ理性的なことを言うか聞こうじゃないか」

「私があんたに求めているのは名前のリストだけだ」

「事実より頑固なものもない。だからきみたちは事実が嫌いなのさ。きみたちは事実に腹を立てる。だから、私がただ私ことアナトリー・タラソヴィッチ・ブロツキーは獣医だと言っただけで、怒り狂うのさ。私が無実であるということもきみたちを苛立《いらだ》たせる。なぜならきみたちは私が有罪であればいいと思っているからだ。なぜ有罪であればいいと思うのか。それはすでに私を逮捕してしまったからだ」

ドアをノックする音がした。どうやらワシーリーもやってきたようだった。レオは立ち上がり、不明瞭《ふめいりょう》につぶやいた。

「あんたは私が最初に申し出たとおりにすべきだった」

「どうして私にはそれができないか。きっときみにもいつかわかるときが来るだろう」

若い職員が鍵を開け、ワシーリーがはいってきた。レオに殴られたところにガーゼをあてていた。レオには実際にその必要があるとは思えなかったが。会話の呼び水のためのものとしか思えなかった。何があったのかできるだけ大勢の人間に話したいのだろう。ワシーリーのあとから髪の薄くなった中年の男もはいってきた。よれよれのスーツを着ていた。レオとブロツキーが一緒にいるのを見て、ワシーリーは一瞬心配げな顔をした。

「もう吐いたのかな?」

「いや」

見るからにほっとして、ワシーリーは若い職員に命じ、ブロツキーを立たせた。その間に茶色のスーツを着た中年の男がまえに進み出て、笑みを浮かべ、レオに握手を求めてきた。

「医師のロマン・フヴォストフです。精神科医です」

「レオ・デミドフです」

「よろしく」

ふたりは握手を交わした。ブロツキーを指差してフヴォストフが言った。

「彼のことは心配は要りません」

そう言って、自分の治療室にみんなを案内した。ドアの鍵を開け、中にはいるように手振りで示した。まるでほかのみんなは子供で、そこが遊戯室ででもあるかのように。小さくてきれいな部屋だった。赤い革張りの椅子がひとつ、白いタイルの床にボルトで固定されていた。レヴァーをいくつか操作することで、それはベッドにもなり、椅子にもなった。壁にガラス張りのキャビネットが取り付けられ、その中に粉末剤や錠剤を入れた瓶が収められていた。どの瓶にも白いラベルが丁寧に貼《は》られ、几帳面《きちょうめん》な黒い手書きの文字で中身が記されていた。キャビネットの下にさまざまな鉄製の外科手術用具が吊るされ、部屋には消毒液のにおいがこもっていた。手首も足首も首も黒い革のストラップで椅子に縛りつけられても、ブロツキーは抵抗しなかった。レオはい足を縛り、ワシーリーは腕を縛った。その作業が終わると、ブロツキーはまったく身動きができなくなった。レオはうしろにさがった。フヴォストフが洗面台で手を洗いながら言った。

「しばらくモロトフの近くの強制労働収容所で働いてたことがあるんですが、その病院は精神に異常をきたしたふりをしたやつらでいっぱいでした。労働から逃れるためならなんでもするようなやつらです。獣みたいにただ走りまわったり、猥褻《わいせつ》なことばを叫んだり、着ている服を自分で引き裂いたり、みんなのまえでマスターベーションをやってみせたり、床の上で排便してみせたり、精神錯乱だと私に思い込ませるためなら、そりゃもうなんでもやるんです。やつらの言うことなんか何ひとつ信用できなかった。で、私の仕事はそんなやつらの誰が嘘《うそ》をついていて、誰が真実を語っているか、それを見きわめることでした。科学的なテストはいくらもあったけれど、被収容者はすぐにそれを覚えてしまって、その情報はすぐに被収容者のあいだに広まって、誰もがそのテストを騙《だま》す方法まで覚えてしまう。たとえば、自分はヒトラーか馬か、だいたいそういった明らかに妙なものだと思ってるやつらは、ほぼ大半が狂ったふりをしてる被収容者でした。で、そのうち被収容者のほうもヒトラーになるのをやめて、もっと微妙で繊細な偽装をするようになる。そうなると、もう最後には真実を見破る方法はひとつしかなくなる」

フヴォストフは注射器に黄色い油性の液体を吸い込ませ、スティール製のトレーに置くと、注意深くブロツキーのシャツの袖を切り、腕の付け根にゴムの止血帯を巻いた。血管が青く太く浮き出た。フヴォストフはブロツキーに話しかけた。

「あんたにはいくらか医学の知識があるそうだね。これから血管内にカンフル油を注入するけど、それがどういう作用を及ぼすかわかるかな？」

「私の医学知識は人助けのためだけのものにかぎられてるんでね」

「これも人助けだよ。人に騙されないようにするためなんだから。この注射は発作を誘発させるためのものだ。その発作が起きているあいだは、あんたは嘘をつくことができない。というより、嘘をつくだけじゃなくて、たいていの能力を失う。で、真実しか話せなくなるというわけだ」

「だったら早いところやってくれ。それを注射してくれ。私がどんなことをしゃべるか聞いてみようじゃないか」

フヴォストフはレオに言った。

「ゴムの猿ぐつわをかませますけど、それは発作が最もひどくなったときに舌を噛《か》んだりさせないためです。いったん落ち着いたら取りますから、なんでも訊《き》いてください」

ワシーリーは外科用メスを取り上げると、それで爪《つめ》の垢《あか》を取っては刃を上着にこすりつけ、それがすむとメスを置いてポケットに手を入れ、煙草《たばこ》を取り出した。フヴォストフが首を振って言った。

「ここではやめてください」

ワシーリーは煙草をまたポケットにしまった。フヴォストフは注射器を点検し、針の先から黄色い水滴を少しだけ押し出し、満足げな顔をしてブロツキーの静脈に針を突き刺した。

「これはゆっくりやらないとね。慌《あわ》ててやると、塞栓症《そくせんしょう》を起こすことがあるんです」

プランジャーがゆっくりと押され、糖蜜《とうみつ》のような液体が注射器からブロツキーの体内に注入された。

効果が現れるのにそう長くはかからなかった。ブロツキーの眼から知性が消えた。白眼を剝《む》き、体を激しく震えさせはじめた。まるで縛りつけられている椅子《いす》に千ボルトの電流でも流されたかのように。注射針は彼の腕に刺されたままで、注入されたカンフル油もまだ少量だった。

「もう少し注射します」

さらに五ミリリットルが注入されると、ブロツキーの唇の端に泡がしみ出てきた。小さな白い泡だ。

「ちょっと待ちます。待って、待って、待って。はい、残りを打ちます」

フヴォストフは残りのカンフル油をすべて注入すると、注射針を抜き、針を刺したブロツキーの腕の部分に脱脂綿をあてがい、うしろにさがった。

ブロツキーは人間というより壊れた機械のようになった。限界を超えて負荷をかけられたエンジンのような。何か外的な力が作用しているかのように、体が勝手に拘束に抗《あらが》っていた。ボキッという音がした。革のストラップの拘束に抗いすぎて、手首の骨が折れたのだった。フヴォストフはその怪我の状態を見た。すでに腫《は》れあがっていた。

「よくあることです」

そう言って、腕時計を見た。

「もうちょっと待ってください」

ブロツキーの唇の両端から泡のすじが垂れ、顎《あご》を伝い、膝《ひざ》に落ちた。それでも異常な震えは徐々に収まりはじめた。

「よし。それじゃ質問をどうぞ。どんな答が返ってくるかな」

ワシーリーがまえに出てきて、ゴムの猿ぐつわをはずした。ブロツキーは泡と唾《つば》を膝に吐いた。ワシーリーは信じられないといった顔をして振り向いた。

「こんな状態で何がしゃべれる？」

「試してみるんですね」

「誰に頼まれて仕事をしてた？」

答のかわりに、ブロツキーは首の革のストラップに逆らって頭を垂れた。咽喉《のど》がゴロゴロと鳴っていた。鼻血が垂れた。フヴォストフはちり紙で拭《ふ》いて言った。

「もう一度やってみてください」

「誰に頼まれて仕事をしてた？」

ブロツキーは首を横に曲げた。パペットか人形のように。動くことはできても生きてはいないもののように。口が開けられ、すぐまた閉じられた。舌だけ突き出された。何かをしゃべろうとして、機械的に口を動かしているように見えた。が、音がなかった。

「もう一度」

「誰に頼まれて仕事をしてた？」

「もう一度」

ワシーリーは首を振り、レオのほうを向いて言った。

「馬鹿《ばか》げてる。あんたにもやってもらえませんかね」

レオはできるだけ遠ざかろうとでもするかのように、壁にぎゅっと背を押しつけて立っていたのだが、まえに出てきて言った。

「誰に頼まれて仕事をしてた？」

ブロツキーの口から音が洩《も》れた。赤ん坊のたてるような無意味で滑稽《こっけい》な音だった。

フヴォストフが腕組みをして、ブロツキーの眼をのぞき込みながら言った。

「もう一度。最初は簡単な質問にしてください。名前を訊いてください」

「名前は？」

「もう一度。私を信じて。もうすぐそこまで来てます。もう一度訊いてください。どうぞ」

レオは手を伸ばせば額に触れられそうなところまで近づいて繰り返した。

「あんたの名前は?」

ブロツキーの唇が動いた。

「アナトリー」

もう震えてはいなかった。もう白眼を剝いてもいなかった。

「誰に頼まれて仕事をしてた?」

いっとき沈黙が流れた。そのあとどこか慌てたような、かすかな声が返ってきた。寝言のような声だった。

「アンナ・ウラジスロヴォヴナ。ドラ・アンドレイエヴァ。アルカージー・マスロフ。マティアス・ラコシ」

ワシーリーは手帳を取り出し、すばやく名前を書き取ると、レオに尋ねた。

「今の名前に心あたりは?」

あった。レオは彼らの名前を知っていた。アンナ・ウラジスロヴォヴナ。アンナの猫は失明しそうだった。ドラ・アンドレイエヴァ。ドラの犬は餌《えさ》を何も受けつけなくなっていた。アルカージー・マスロフ。アルカージーの犬は前肢《まえあし》を骨折していた。レオのみぞおちのあたりに未消化のまま居坐《いすわ》っていた疑念の種の殻が割れた。
アナトリー・タラソヴィッチ・ブロツキーは獣医だった。
アナトリー・タラソヴィッチ・ブロツキーは獣医以外の何者でもなかった。

二月十七日

ザルビン医師は裏地がミンクの毛皮でできた帽子をかぶり直し、革の鞄《かばん》を取り上げ、形ばかり謝りながら、混んだ車内の乗客を掻《か》き分けて路面電車を降りた。歩道の路面は凍りついていてすべりやすく、彼は路面電車の側面に手をついて体を支えた。なんだか急に老《ふ》け込んでしまったような気がした。足元がおぼつかなく、転ぶことをこれほど恐れるようになったとは。路面電車が走り去り、降りた停車場がまちがっていなかったことを確かめようとあたりを見まわした。市《まち》の東のへりはよく知らない一帯だった。が、自分のいる場所はすぐに知れた。彼の目的地は灰色の冬空を背景に堂々たるスカイラインを描いていた。何百メートルもの長さのある道路の反対側に、四棟のU字型の共同住宅が彼を――あらゆるものを――見下ろすように二棟ずつ、相手を鏡に映したように並んでいた。ザルビンはそのモダンなデザインに感嘆した。何千という家族の家に。これはただの団地ではない。新しい時代のモニュメントだ。平屋にしろ二階建てにしろ、個人が所有する一戸建ての家などもうどこにもなかった。そんなものは消し去られていた。叩《たた》きつぶされ、灰燼《かいじん》に帰していた。それらにかわって、政府が設計し、所有する完璧《かんぺき》に建設されたアパートメントが現れた。みなグレーに塗られ、上へ上へ、横へ横へと延びている。彼にしても、同じ形をしたアパートメントがこれほど何戸もこれほどあらゆる方向に広がっているのを見るのは初めてだった。どのアパートメントも一戸一戸が複写のように同じ形をしていた。建物のてっぺんに分厚い雪が積もっているのは、まるで神がここから上は駄目だ、ここから上は私のものだと言わんばかりに、白い線でも引いたかのようだ。が、そこもわれわれの次の挑戦の場になるだろう、とザルビンは思った。空もまた。空は神のものでもなんでもないのだから。いずれにしろ、一二四号室はこれらの四つの共同住宅のひとつにあった――国家保安省の捜査官、レオ・ステパノヴィッチ・デミドフの家だ。

その日の朝、ザルビンはクズミン少佐から、レオの突然の退庁について、その詳細を聞かされていた。レオはきわめて重要な尋問を始めたところで、熱があると訴え、職務を遂行できないと言って、早退したのだ。少佐が気にしているのはそのタイミングだった。レオはほんとうに病気なのか。それとも、突然の退庁にはほかにわけがあるのではないか。直前には、大丈夫だと請け合っておきながら、容疑者の尋問を始めたとたん、急に体調を崩すというのはどういうことなのか。どうして彼はひとりで容疑者の尋問をしようとしたのか。ザルビンはレオの訴えがほんとうかどうか確かめに遣わされたのだった。

医師の立場から言えば、診察するまえからザルビンは、レオが体調を崩したのは冷水に浸《つ》かりすぎていたためで、覚醒剤《かくせいざい》がおそらく症状を悪化させたのではないかと思っていた。そういうことなら――レオがほんとうに病気なら――ザルビンは医師として振る舞い、なんらかの治療を施すことになっていた。一方、なんらかの理由でレオが仮病を使っていた場合、ザルビンは国家保安省の職員として行動することになっていた。治療薬か強壮薬と偽って、強力な催眠剤を飲ませるのだ。それでレオは二十四時間ベッドから離れられなくなり、逃亡もできなくなる。クズミンのほうはその間に善後策を考えられるというわけだ。

一番手前の共同住宅の土台に接して立てられたコンクリートの標柱に、鉄製の平面図が掲げられており、それによれば、一二四号室は三番目の共同住宅の十五階にあった。ふたり乗り――押し合いへし合いしてもかまわなければ四人乗り――のエレヴェーターで、がたがたと一気に十五階までのぼった。たどり着く直前で、最後のひと踏ん張りに備えて一息入れたかのように、一瞬停止したりもしたが。格子《こうし》のドアを開けるのに、ザルビンは両手を使わなければならなかった。この高さだと、吹きさらしのコンクリートの通路は歩くだけで涙が出る。ザルビンは、雪をかぶったモスクワ市街のへりのみすぼらしいパノラマを眺めてから角を左に曲がり、一二四号室のまえまで来た。

若い女がドアを開けた。ザルビンはレオのファイルを読んでおり、彼が二十七歳の学校教師、ライーサ・ガヴリロヴナ・デミドヴァという女と結婚していることはわかっていた。が、ライーサが美人であることまではファイルには書かれていなかった。それもすこぶるつきの美人だとは。そういうこともちゃんとファイルに書かれるべきだとザルビンは思った。重要なことではないか。こっちにも心の準備というものが要るではないか。実際、ザルビンは美人に眼のない男だった。それもこれみよがしの自己中心的な美人ではなく、ひかえめな美しい女が彼の好みだった。ひかえめな美しい女が。ライーサはまさにそれだった。といって、彼女が自分の外見についてなんの努力もしていないというわけではなかったが。むしろ自分をめだたなくするのに、美しさを抑えるのにあらゆる努力を払っていた。ヘアスタイルも着ているものもいかにもありふれたファッションだった。それをファッションと呼べれば。男の気を惹《ひ》こうとするところがまったくなかった。そこがまたザルビンにはたまらなかった。愉《たの》しみができた。若い頃にはプレイボーイで鳴らし、仲間うちではそれが伝説にさえなっていたザルビンはそう胸につぶやき、誇らしい過去の戦績を思い出しながらライーサに笑みを向けた。

ライーサがまず眼にとめたのは彼の黄ばんだ歯だった。長年の喫煙によるものだろう。それでも黙って笑みで応じた。なんの連絡もなかったが、国家保安省が人を寄越すというのは予測していたことだ。彼女は男が名乗るのを待った。

「医師のザルビンです。レオを診察しにきました」

「ライーサ。レオの妻です。身分証明書はお持ちですか？」

ザルビンは帽子を取り、ＩＤカードを取り出して見せた。

「私のことはボリスと呼んでください」

アパートメントの中はろうそくがともされていた。今、停電中で、とライーサは弁解した。十一階より上の階では始終停電するのだと。それは一分ですむこともあれば、丸一日続くこともあった。だからいつ復旧するかわからない。彼女はそう言って謝った。それに対して、ザルビンはジョークと思《おぼ》しいことを言った。

「でも、ご主人は大丈夫ですよ。花じゃないんだから。暖かくさえしていれば」

外はさぞ寒かっただろうと言い、彼女はザルビンに何か温かい飲みものでもどうかと勧めた。ザルビンはコートを受け取る彼女の手の甲に触れながら、その申し出に応じた。

そして、キッチンにはいると、壁にもたれ、手をポケットに突っ込んで、ライーサが紅茶の用意をするのを見守った。

「お湯はまだ熱いはずです」

彼女は柔らかくておだやかないい声をしていた。小さなポットに茶葉を入れ、背の高いグラスに紅茶を注いだ。ほとんど黒に近い濃い紅茶で、グラスに半分ほど注いだところで、彼女は彼のほうを向いて言った。

「どれぐらい濃いのがお好きですか？」

「できるだけ濃くしてください」

「だったらこれぐらいで？」

「いや、ちょっとだけお湯を加えてください」

彼女がサモワールからグラスに湯を注ぎ足すあいだ、ザルビンは彼女の体に眼を這《は》わせた。胸から腰へゆっくりと。彼女のなりはいかにも安っぽかった――グレーのコットンのスカートに分厚いストッキング、白いシャツの上にニットのカーディガン。どうしてレオは自分の立場を利用して、彼女に外国のもっと贅沢《ぜいたく》な仕立ての服を着せようとしないのだろう、とザルビンは思った。もっとも、大量生産された粗末な服を着ていても、彼女の魅力はいささかも損なわれていなかったが。

「ご主人の容体を教えてください」

「熱があります。体が火照《ほて》っているのに寒いと言って震えています。食べものも何も受けつけなくて」

「熱があるようなら、しばらくはむしろ何も食べないほうがいいでしょう。ただ、食欲がないのは、もしかしたらメタンフェタミンのせいかもしれない。そのことについては何か知ってますか?」

「主人の仕事に関することは何も知りません」

「ご主人にどこか変わったところは?」

「食事をとらなかったり、一晩外に出てたりといったことはありますけど、でも、それは仕事柄やむをえないことですよね。ただ、長時間続けて仕事をしたあとはよくぼんやりしていることがあります」

「物忘れがひどいとか?」

彼女はザルビンにグラスを手渡した。

「お砂糖は?」

「ジャムがあれば」

彼女は一番上の棚に手を伸ばした。そのときシャツが持ち上がり、白くて完璧な肌があらわになった。ザルビンはそれを見ただけで咽喉《のど》がからからになった。彼女は深い紫色をしたジャムの瓶を取ると、ねじ蓋《ぶた》を開け、彼にスプーンを差し出した。ザルビンはジャムをすくうと舌にのせ、紅茶をすすり、舌の上でジャムを溶かした。そうしながら、わざとまじまじと彼女の眼をのぞき込んだ。彼の欲望に気づかされ、ライーサは顔を赤らめた。赤味が咽喉にまで広がるのをザルビンはじっと見つめた。

「ありがとう」

「それじゃ、診察をなさいます？」

彼女はジャムの瓶の蓋を閉め、瓶を脇《わき》に置いて、寝室に向かいかけた。が、ザルビンは動こうとしなかった。

「紅茶を最後まで飲ませてください。別に急いではいませんから」

彼女としては戻らざるをえなかった。ザルビンは唇をすぼめて息を吹きかけ、紅茶を冷ました。紅茶は熱く甘かった。ライーサのほうはいささか面食らっていた。ザルビンはそんな彼女を待たせることをいっとき愉しんだ。

窓のない寝室は暑く、よどんだ空気がむっとした。ザルビンには部屋のにおいを嗅《か》いだけで、ベッドに寝ている男が病気であることがわかり、気づくと、そのことにがっかりしていた。それはさすがにザルビンにも思いがけない自分の感情だった。その感情の底に何があるのか考えながら、彼はレオの脇に腰かけ、まず熱を診た。高かったが、危険というほどでもない。胸に聴診器をあてた。異常な音は聞こえてこなかった。結核ではない。ただの風邪以外の症状は呈していなかった。ライーサは彼の脇に立って見ていた。彼女の手からは石鹸《せっけん》のにおいがしていた。ザルビンはただ彼女がこれほどそばにいることだけで嬉《うれ》しかった。鞄から茶色のガラス瓶を取り出すと、どろっとした緑の液体をスプーンに垂らした。

「ご主人の頭を持ち上げてください」

彼女はレオの上体を抱えて起こした。ザルビンはスプーンをレオの口にふくませた。レオが嚥下《えんげ》したことを確かめてから、ライーサは彼の頭をまた枕《まくら》に休ませた。

「今のはなんのお薬ですか？」

「強壮剤です。よく眠れるように」

「そんなものの必要はないと思うけれど」

ザルビンは何も答えなかった。嘘《うそ》をつく気もしなかった。強壮剤と偽ってレオに与えたのは、ザルビン自身の考案になるクスリだった。バルビツール系の催眠薬と幻覚誘発剤を混ぜ、砂糖のシロップで味をごまかしたものだ。人の肉体も精神も無能力化させるクスリ。服用した場合、一時間以内にまず筋肉がやられる――弛緩《しかん》し、どんな小さな動きも想像を絶する重労働に思えるほどぐったりとなる。その直後に幻覚誘発剤の効果が現れる。

ザルビンの考えはもう決まっていた。ライーサがキッチンで顔を赤らめたときに形を取りはじめ、彼女の手から石鹸のにおいがしてきたときにはもう固まっていた。レオはほんとうは病気ではなかった、仮病を使って仕事をサボったのだと報告すれば、レオはまずまちがいなく逮捕され、尋問されるだろう。彼のこのところの行動の不可解さを考えると、ゆゆしき疑惑を招くのは明らかだった。まずまちがいなく拘束されるだろう。そうなると、彼の妻、彼の美しい妻は夫の庇護《ひご》をなくしてただひとり、誰かに助けを求めざるをえなくなる。国家保安省内のザルビンの地位はレオと同等か、あるいはレオをしのぐものだ。で、彼は確信したのだ。自分には彼女に心地よく受け容《い》れやすい申し出をすることができる、と。すでに結婚はしていたが、愛人にすればいいだけの話だ。彼はまた彼女の生存本能がきわめて高感度であることも確信していた。が、あらゆることを考えると、望んだものを手に入れるにはもっと簡単な方法もありそうだ。彼は立ち上がって言った。

「ちょっとふたりだけで話せるかな?」

キッチンに戻り、ライーサは腕組みをして待った。眉間《みけん》に小さな皺《しわ》が寄っていた——完璧《かんぺき》な白い肌に傷のような溝ができていた。ザルビンはその溝にそって舌を這わせたいと強く思った。

「主人は大丈夫なんでしょうか?」

「ご主人には熱がある。それは私のほうからも進んで言える」

「進んで言える?」

「ご主人はほんとうに病気だとね」

「もちろんそうです。さっきあなたもそうおっしゃったじゃないですか」

「私がどうして来たのか、きみはそのことはわかってるんだろうか」

「主人は病気で、あなたはお医者さまだからじゃないんですか?」

「私がここに遣わされたのは、レオはほんとうに病気なのか、それとも仮病を使って仕事を怠けたのか、それを見届けるためだ」

「でも、主人が病気なのは明らかじゃないですか。それぐらいお医者じゃなくても誰でもわかるわ」

「そう。しかし、ここへはこの私が来た。私だけが仮病か仮病でないか決められる立場にいる。省の人間は私の言うことならなんでも信じるだろう」

「主人は病気だとさっきあなたはおっしゃった。熱があると」

「公《おおやけ》の場でも進んでそう言おう。きみのほうも進んで私と寝てくれれば」

見事なまでに彼女はまばたきひとつしなかった。見るかぎり、どんな反応も示さなかった。そんな彼女の冷静さがよけいにザルビンの情欲を掻《か》き立てた。彼は続けた。

「一度でいい。きみのほうが私に夢中にならないかぎり。その場合には続けよう。具体的な取り決めを話し合ってもいい。きみが望むものはなんでも与えられる。もちろん常識の範囲内での話だが。ただ重要なのは、これは誰も知る必要のないことだということだ」

「わたしが同意しなければ？」

「レオは仮病だったと報告しなきゃならなくなる。理由は不明ながら彼はなんとしても職務から逃れようとしたとね。当然、彼には尋問が必要という所見を書くことになるだろうな」

「そんな報告書なんて誰も信じないでしょう」

「ほんとうにそう思うかね？　すでにきみの亭主は疑われてるんだよ。あとは私の一押しさえあればそれで充分だ」

彼女は押し黙った。ザルビンはその沈黙を許諾のしるしと解釈し、まえに進み出ると、彼女の脚におもむろに手を這わせた。彼女は動かなかった。キッチンでやってもいい。誰にも知られない。亭主は眼を覚まさない。いくらでも歓《よろこ》びの声をあげればいい。好きなだけ音を立てればいい。

ライーサは脇に眼をやった。ザルビンは彼女の脚に手をすべらせた。胸がむかむかした。が、どうしたらいいのか、すぐには答が見つからなかった。

「何も心配しなくていい。亭主は熟睡してるから。われわれの邪魔はできない。われわれも彼の邪魔にはならない」

彼の手が彼女のスカートの中に入れられた。

「きみだって愉しくなるかもしれない。これまでそういう女は大勢いた」

すぐそばにいる彼の息のにおいがした。彼はさらに身を寄せてきた。口を開いて。まるで彼女が林檎《りんご》で、それを食べようとでもするかのように黄色い歯を近づけてきた。彼女は彼を押しのけた。彼は彼女の手首をつかんだ。

「たった十分のことだ。それで亭主の一生が買えると思えば安いものだろうが。亭主のためにしてやることだ」

彼は手首をつかんだ手に力を込めて彼女を引き寄せた。

が、そこで突然手を放し、両手を上げた。ライーサの手に握られた包丁が彼の咽喉にあてられていた。

「主人の容体について自信が持てないのなら、そのとおりわたしたちの友達のクズミン少佐に報告して、別の医者を寄越すよう言ってください。医者の診断はひとつよりふたつあったほうがいいから」

ザルビンの咽喉元に包丁があてられたまま、ふたりはひとつの円を描くようにまわり、そのあと横歩きしながらキッチンを出た。ライーサは腰のあたりに包丁を構えてキッチンの戸口で立ち止まった。ザルビンはおもむろにコートを羽織ると、革の鞄《かばん》を取り上げ、玄関のドアを開けて冬の明るい太陽に眼を細めた。

「友達なんてものを信じているのは子供だけだよ。それも馬鹿《ばか》な子供だけだ」

ライーサはまえに進み出ると、帽子掛けから彼の帽子を取って、彼の足元に放り、彼が身を屈《かが》めてまだそれを拾い上げているうちに乱暴にドアを閉めた。

遠ざかっていく彼の足音が聞こえた。手が震えていた。まだ包丁を握りしめていた。自分の何かが彼につけ入る隙《すき》を与えてしまったのだろうと思い、心の中で振り返った。ドアを開け、馬鹿げたジョークに笑みを浮かべ、コートを預かり、紅茶をいれただけのことだ。なのに、あの男は勘ちがいをしたのだ。そんな勘ちがいに対してできることなど何もない。それでも、自分にもいくらかはその気があるふりをして、彼の誘いを喜んでみせることはできたかもしれない。あの馬鹿な中年男としては、自分の誘いに相手が嬉しがることだけがわかればそれでよかったのかもしれない。彼女は額を手でこすった。そうだとすれば、受け流し方を誤ったのかもしれない。その結果、自分たちの立場を危うくしてしまった。

彼女は寝室に戻り、レオの脇に腰かけた。レオは唇を動かしていた。声に出さずに何か祈りでも唱えているかのように。彼女は耳を近づけてその声を聞き取ろうとした。ほとんど聞き取れなかった。意味のない音の羅列だった。譫妄《せんもう》状態にあるのは明らかだった。いきなり彼に手をつかまれた。彼の手はじっとりとしていた。彼女は手を引っ込めると、ろうそくの炎を吹き消した。

レオは雪の中に立っていた。川が眼のまえにある。アナトリー・ブロツキーが対岸にいた。すでに川を渡り、安全な森に逃げ込もうとしていた。レオはブロツキーを追って、一歩まえに踏み出した。が、そこで足の下に――分厚い氷の層に閉じ込められている人々がいることに気づいた。彼がこれまでに逮捕した男と女たちだった。レオは左右を見た。川全体が凍った彼らの死体で埋め尽くされていた。森までたどり着くには——ブロツキーを捕まえるには——それらの死体を踏み越えていかなければならない。ほかに選択の余地はなかった。それが彼の義務だった。彼は歩くペースを上げた。が、一歩踏み出すたびに足の下の死体が甦《よみがえ》り、氷が溶けだした。川が命を得たかのように身悶《みもだ》えしはじめた。そうした半分溶けた氷にまみれ、レオにはブーツの下に人の顔があることが感じられた。どれほど速く走ろうと意味がなかった。彼らはいたるところにいた、まえにもうしろにも。そんな彼らの手が彼のブーツをつかんだ。彼はその手を蹴《け》り払った。が、そのあと足首をつかまれた。その手がひとつ、もうひとつ、さらにひとつと増えた。見る勇気が持てず、彼は眼を閉じた。そのまま川に沈んでしまうのを待った。

眼を開けると、くすんだ色合いのオフィスにいた。ライーサが彼の脇に立っていた。薄い赤のドレスを着ていた。ふたりの結婚式の日、友達から借りて、ぶかぶかに見えないように、間に合わせに寸法を直したドレスだ。公園から摘んできた白い花を一輪髪に挿していた。彼のほうも寸法の合わないグレーのスーツを着ていた。それも彼のものではなかった。同僚から借りたものだ。ふたりは荒廃した政府の建物の中の荒廃したオフィスに並んで立っており、ふたりのまえには禿《は》げ頭の男が机について坐《すわ》り、猫背になって、なにやら書類を点検していた。書類はライーサが持ってきたもので、禿げ頭の男はふたりの身分に虚偽がないか点検しているのだった。誓いのことばもセレモニーも花束もなかった。招待客もおらず、涙もなく、祝福する者もいない。いるのはふたりだけだった。用意できた中で一番いい服を着たふたりだけだった。お祭り騒ぎとはほど遠い。お祭り騒ぎをするのはブルジョワだけだ。証人は頭の禿げた公務員だけで、その男が何度もめくられた跡のある分厚い台帳にふたりの書類をはさみ込むと、それで事務手続きは完了し、ふたりは婚姻証明書を受け取り、夫婦となった。

ふたりの結婚を祝う彼の両親の古いアパートメントに戻ると、彼らのもてなしを受けようと、友人や隣人が手ぐすねを引いて待っていた。老人たちが聞いたことのない歌を歌っていた。が、どこか変だった。冷ややかで厳しい顔がちらほらと見かけられるのだ。フョードルの家族だ。レオは踊っていたが、気づくと、いつのまにか結婚式が葬式に変わっていた。誰もが彼をじっと見つめていた。誰かが窓を叩《たた》いた音がして、振り返ると、窓ガラスに押しつけられた人の顔があった。レオは窓辺に近づき、窓の曇りを拭《ふ》いた。ミハイル・スヴャトスラヴィッチ・ジノヴィエフだった。銃弾を受け、顎《あご》を割られ、頭を砕かれていた。レオはあとずさり、うしろを振り向いた。誰もいなくなっていた。幼いふたりの姉妹以外誰も――ミハイルの娘で、みすぼらしいぼろをまとっていた。腹がふくれ、肌には水ぶくれができて、見るからに孤児然としていた。

服にも眉毛《まゆげ》にもべったりとした黒い髪にもシラミが這《は》っていた。レオは眼を閉じて、首を振った。

凍え、震えながらまた眼を開けた。水の中にいて、どんどん沈んでいた。氷盤が頭上にあった。彼は上に向かって泳ごうとした。が、水流に、下へ下へと引っぱられた。氷盤の上には人がいて、彼を見ていた。彼が沈んでいくのを見下ろしていた。突然、激しい痛みを胸に覚えた。それ以上息を止めていられなくなり、彼は口を開けた。

眼を開けて喘《あえ》いだ。ライーサが脇《わき》に坐り、彼をなだめようとしていた。すっかり混乱して、彼はまわりを見まわした。彼の心は半分夢の中、半分現実にあった。これは現実だ。自分のアパートメントにいた。また現在に戻っていた。ほっとして、彼はライーサの手を握り、よどみなく口早に囁《ささや》いた。

「初めて会ったときのことを覚えてるかい？　おれはきみをじろじろと見た。だからきみはおれのことを不作法なやつだと思った。おれはただきみの名前が知りたくて、自分が降りる地下鉄の駅とはちがう駅で降りた。でも、きみは名前を教えてくれなかった。おれは教えてくれるまできみから離れなかった。きみは嘘《うそ》をついて、レナと名乗った。その週ずっとおれはこのレナという名前の美しい女性のことばかり人に話した。みんなに言った、レナはものすごい美人なんだって。そのあとやっとまたきみに会えて、おれはきみを説き伏せ、ふたりで散歩をした。その間、おれはずっときみをレナと呼んでいた。散歩を切り上げる頃にはきみにキスをすることだけを考えていた。きみのほうは本名を打ち明けることだけを考えていた。で、翌日、おれはみんなに話した。このライーサという女性がどれほどすばらしいか。するとみんなに笑われた。先週はレナで今週はライーサ、来週は誰だって言われた。でも、誰でもなかった。ずっときみだった」

ライーサは夫の問わず語りを聞きながら、この夫の突然の感傷はなんなんだろうと思った。どこから急にそんな気持ちになったのか。病気になると誰もみな感傷的になるものだろうが。彼女は彼を寝かしつけた。ほどなく彼はまた眠りに落ちた。ザルビン医師が帰ってから、十二時間近くが経《た》っていた。あの唾棄《だき》すべきひとりよがりの中年男が今や夫婦の危険な敵になってしまった。不安を消そうと彼女はスープをつくった――茹《ゆ》でた野菜と鶏《とり》の骨だけではない、肉のはいっている濃いチキン・ブイヨンのスープをつくった。レオが眼を覚ましたら飲めるように弱火でとろとろと煮込み、掻き混ぜ、自分用にボウルに注いだ。それとほぼ同時にドアをノックする音が聞こえた。もう遅い時間だ。来客の予定はなかった。ライーサは包丁を手に取り――さっきと同じ包丁だ――うしろ手に持って、ドアまで行った。

「どなたですか?」

「クズミン少佐だ」

手が震えた。彼女は急いでドアを開けた。

クズミン少佐は若い強面《こわもて》の護衛の兵士をふたり連れて外に立っていた。

「ザルビン医師から話は聞いた」

ライーサは思わず叫んだ。

「待ってください。ご自分でレオを見てください――!」

クズミンは驚いたような顔をした。

「いや、その必要はないよ。彼を煩《わずら》わせることはない。医者の診立てを信じるよ。それに、臆病者《おくびょうもの》だと思わないでほしいが、風邪をうつされたくはないからね」

いったいどういうことなのか。ライーサには理解できなかった。が、あの医者は事実を報告してくれたのだ。ライーサは安堵《あんど》をあまりあからさまにしないよう唇を嚙《か》んだ。クズミンは続けて言った。

「きみの勤め先の学校にも連絡をしておいた。夫の看病のために休暇を取る旨《むね》を知らせておいた。われわれとしても早くレオによくなってほしいからね。彼は省で最も優秀な職員のひとりだから」

「主人は思いやりのある上司を持って幸せです」

クズミンはそのライーサのことばを手で払うような仕種《しぐさ》をしてから、脇に立っていた兵士に合図した。兵士は紙袋を抱えており、まえに進み出ると、その紙袋を彼女に差し出した。

「ザルビン医師からだ。だから私に礼を言うことはない」

ライーサはまだ包丁をうしろに隠し持っていた。紙袋を受け取るのには両手が要った。彼女は包丁をスカートのへりに差してそこに落ち着かせると、両手をまえに出して紙袋を受け取った。思ったより重かった。

「おはいりになりませんか？」

「ありがとう。だが、もう遅い。それに今日はもうくたびれた」

クズミンはライーサにおやすみと言った。

ライーサはドアを閉めると、キッチンに行き、紙袋をテーブルに置いて、包丁をスカートの中から取り出し、紙袋を開けた。オレンジとレモンがいくつもはいっていた。食料事情の悪い市《まち》では大変な贅沢品《ぜいたくひん》だ。彼女は眼を閉じた。彼女に感謝をさせて、いかにも満足そうにしているザルビンの顔が瞼《まぶた》に浮かんだ。果物に対してではない。彼が医者としての仕事をきちんと果たしてくれたことに対する感謝だ。レオがほんとうに病気だったと報告してくれたことに対する感謝だ。果物はこれで大きな借りができたと思えと念押しするためのものだ。実際、ザルビンの気まぐれの針が別なほうに傾いていたら、レオもライーサも逮捕されていたかもしれないのだから。彼女は紙袋の中の品を大きな箱に移し替えた。ひとつひとつ取り出し、その鮮やかな色をじっと見つめながら、その贈りものは全部食べようと思った。が、泣くことだけはすまい。彼女は強くそう思った。

二月十九日

レオが予定外の休暇を取ったのは四年ぶりのことだった。強制労働収容所は労働倫理に抵触して収容された者たちであふれている。許容時間を超過して持ち場を離れた者や、交代時間に三十分遅刻した者たちで。労働に備えて、家で休むより、働きに出て工場の床に倒れたほうがどれほどか安全なのだ。働きに出る出ないの選択権など労働者にはない。が、レオの場合、心配しなければならないことは何もなかった。ライーサによれば、彼は医者の診断を受け、クズミン少佐が見舞いにも来てくれて、上司のほうから休暇を与えてくれたのだから。レオが抱えている不安はもっと別のものだった。どんな不安なのか。それは突きつめて考えれば考えただけ、より明らかになった。勤めに出るのがいやになったのだ。

この三日間、彼はアパートメントを一歩も出なかった。外の世界をシャットアウトして、ベッドを離れず、砂糖で甘くしたホットレモンを飲み、ボルシチを食べ、妻とカード遊びをして過ごした。病気だからといってライーサは少しも手加減してくれず、たいてい負けたが。一日の大半は眠っており、最初の夜以外、悪夢も見なかった。が、かわりにひどい倦怠感《けんたいかん》に襲われた。最初のうちはメタンフェタミンの副作用だと思っていた。だからいずれ収まるだろうと。それが日が経つにつれて悪くなった。彼は手元にあった薬——薄汚れた白い結晶を入れたいくつかの瓶——を取り出して、シンクに捨てた。麻薬に勢いを得た逮捕劇などもう二度と演じまいと思った。しかし、それは薬のせいなのか、それとも逮捕そのもののせいなのか。体力が回復するにつれ、この数日間の出来事を理性的に振り返れるようになった。レオたちはまちがっていた。アナトリー・ブロツキーの逮捕はまちがいだった。ブロツキーは無実なのに逮捕され、きわめて重大で重要ながら、完全無欠とは言えない国家の機械の歯車に押しつぶされたのだ。しかし、それはただそれだけのこと、不運だったというだけのことだ。たったひとりの人間のせいで国家計画の重要性に疵《きず》がつくものでもない。どうしてそんなことがありうる？　レオたちの仕事の原則の健全さが損なわれたわけでもない。国家を守るのはひとりの人間を守るよりはるかに大切なことだ。いや、千人の人間を守るより。ソヴィエト連邦全体の工場と機械と軍隊の重さはどれほどのものか。このことに比べたら、個の集団など無に等しい。物事の軽重を考えることが肝要だ。それだけが前進を可能にする唯一《ゆいいつ》の思考法だ。唯一健全な思考法だ。が、レオにはそのことが今はもう信じられなくなったのだった。

彼の眼のまえにはフェリックス・ジェルジンスキーの像が立っていた。ルビヤンカ広場の真ん中に、芝生と環状道路に囲まれて。レオはジェルジンスキーの生涯をそらで覚えていた。もっとも、それはレオだけでなく、国家保安省の捜査官なら誰もがそうだったが。帝政支配体制を打破したあと、レーニンによってつくられた非常委員会〈チェカ〉の最初の指導者で、人民内務委員会の祖であるジェルジンスキーはすべての捜査官の理想だった。だから、国家保安省の訓練マニュアルには彼のことばがあちこちに引用されている。中でも彼の方法論を端的に表しているのは、最も有名で最もよく参照される次のことばだろう。

職員は鍛錬し、自らの心を無慈悲にしなければならない。

無慈悲であること。それは彼らの職業倫理の聖堂に奉《たてまつ》られていた。無慈悲はむしろ美徳なのだ。無慈悲たること。無慈悲たらんとせよ！　それこそ完璧《かんぺき》な国家の門を開く鍵《かぎ》だ。〈チェカ〉の委員であることが宗教の教義をきわめることと同義とすれば、無慈悲であることはその宗教のきわめて重要な戒律のひとつと言えた。

レオが受けてきたのは体育を中心とする教育で、彼の身体能力の高さはキャリアの武器にこそなれ、邪魔になることはなかった。学者がそれらしく見えるように、彼の外見は信用できた。しかし、それはまた捜査官なら誰もが暗記していなければならない引用文を、彼は週に少なくとも一度はわざわざ筆記しなければならない、ということも意味していた。レオはそもそも本の虫というタイプではなかったし、薬物使用の副作用で記憶力があまりよくなかったからだ。重要な政治演説をちゃんと覚えているというのは、国家保安省の職員にとって必須《ひっす》のことだ。少しでも忘れようものなら、それはただちに国家に対する忠誠と献身の欠如ということになる。が、今、三日ぶりでルビヤンカの建物のドアに近づき、ジェルジンスキーの像を振り返っても、彼には重要な演説が断片的にしか思い出せなかった――フレーズは思い出せるのだが、全文はあいまいで、フレーズの順序もはっきりとしなかった。そんな中、何千ということばの中から、ただひとつ明瞭《めいりょう》に思い出せたのが〈チェカ〉の委員のバイブルに書かれた原理であり、鉄則である無慈悲の重要性だったということだ。

レオはクズミンが待っているオフィスに直行した。クズミンは椅子《いす》に坐《すわ》っており、机をはさんで置かれた椅子に坐るよう手振りでレオに示した。

「気分はよくなったか？」

「はい、おかげさまで。お見舞いに来てくださったこと、妻から聞きました」

「心配だったからね。きみが病気で欠勤するなどこれが初めてのことだったから。出勤記録を調べたんだ」

「すみませんでした」

「いや、きみのせいでもなんでもない。きみは勇敢にも凍りついた川に飛び込んだ。きみがあの男の命を救ったことは高く評価されている。おかげで重要な情報が引き出せた」

彼は机の真ん中に置かれた薄い黒いファイルを指で叩《たた》いた。

「きみが休んでるあいだに吐いたんだ。それには二日と二回のカンフル・ショックが要ったが。なんとも強情なやつだったよ。それでも最後には音《ね》をあげた。七名の英米シンパの名前を白状した」

「彼は今どこに？」

「ブロツキーか？　ゆうべ処刑された」

自分は何を期待していたのか。そう思いながら、レオは努めて表情を変えないようにした。外は寒いとでも言われたかのように。クズミンは黒いファイルを取り上げると、レオに手渡した。

「彼の供述書全文の複写がはいっている」

レオはファイルを開けた。最初の一文に眼が釘付《くぎづ》けになった。

私――アナトリー・タラソヴィッチ・ブロツキー――はスパイです。

レオはタイプされたページをぱらぱらとめくった。告白のパターンは一目瞭然だった。謝罪に始まり、悔悟の表明と続き、犯した罪の詳細が語られていた。すでに千回は見てきた型どおりの供述書だ。ただ、詳細――名前と場所が異なるだけのものだった。

「今ここで読んだほうがいいですか？」

クズミンは首を振って、封をした封筒を彼に手渡した。

「六人のソヴィエト人民とひとりのハンガリー人の男の名前が挙がってる。外国政府の手先だ。六人についてはすでにほかの捜査官に任せた。七人目がきみの担当だ。こいつが一番手強《てごわ》そうだが、きみに任せるのは、もちろんきみのことを部下の中で最も優秀なひとりだと思っているからだ。その封筒の中には予備捜査の結果判明したことがはいってる。写真や、最近わかった容疑者に関する情報だ。しかし、見ればわかると思うが、まだ大した情報は得られていない。きみはさらに捜査を進めて、ブロツキーの告白どおりなら、その七人目を逮捕して、ここに連れてきてほしい。いつものように」

レオは封筒の封を開け、数枚の大判の白黒写真を取り出した。いくらか距離のある通りの反対側から撮られた監視写真だった。

それは彼の妻の写真だった。

同日

長かった一日もようやく終わりに向かい、ライーサはほっとした。その日はすでに八時間、受け持ちの同学年の全クラスでまったく同じことを教えていた。普段は義務教育の「政治」が担当なのだが、その日の朝は、教育省から学校に送られてきた通達に従って授業をするように命じられたのだ。教育省からのその通達はモスクワのどの学校にも送られているようで、必ずその日に通達どおりの授業をおこない、通常の授業は明日からまた再開するようにと指示していた。通達の内容自体は、スターリンはどれほど国家の子供たちを愛しているか、各クラスで話し合うようにというものだった。この国では愛そのものが政治的な教訓になる。偉大なる指導者の愛以上に尊い愛などない。同時に、その偉大なる指導者に対する愛以上に尊い愛も。そうした愛の証《あかし》として、スターリンは年齢を問わず、すべての子供たちに基本的な生活習慣にしてほしい用心を求めていた。左右を二度見ることなしに道路を渡らないことにしろ、地下鉄に乗るときにはまわりに気を配ることにしろ。そんな中でもことさら子供たちに注意を呼びかけているのが、鉄道の線路内では絶対に遊ばないというものだった。この一年ほどのあいだに悲惨な鉄道事故が何件か起きているせいだ。子供たちの安全は国家の最重要課題だ。彼らは国家の未来なのだから。そのため、今回の通達の中にはいささか馬鹿《ばか》げた指示も含まれていた。どのクラスも次のような短いクイズで授業を締めくくり、子供たちが授業内容をしっかりと吸収したことを確かめることが義務づけられていた。


きみたちのことを一番愛しているのは誰ですか。正解――スターリン。

きみたちは誰を一番愛していますか。正解――同右（誤答は記録される）。

きみたちが決してやってはいけないことはなんですか。正解――鉄道の線路内で遊ぶこと。


最近の布告に、党は人口問題を憂慮しているというのがあったが、ライーサとしてはこの通達の裏にある理由はそれぐらいしか考えられなかった。

彼女が受け持っている「政治」の授業は概して疲れる授業だ。「算数」の授業では、どんな等式であれ、同級生の誰かが解けば、生徒は拍手をする。それに対して、彼女の授業における生徒の拍手の対象は、スターリン大元帥《だいげんすい》であり、ソヴィエト連邦という国家であり、革命が世界に波及する展望だった。彼女がそのようなことに言及するたび、生徒たちはみな競い合うように拍手喝采《かっさい》した。誰もが同級生より自分のほうが国家に献身的だと見せたがるのだ。だから、彼女の授業では五分おきに話が中断された。生徒が立ち上がって床を踏み鳴らしたり、拳《こぶし》で机を叩いたりするためだ。そんなときには彼女も義務的に立ち上がって、彼らに加わらなければならない。もっとも、彼女の場合は、拍手をしすぎて手の皮がすり剝《む》けたりしないように、熱狂のふりだけして、実際には両の手のひらが触れるか触れないかといったところで、手を止めていたが。最初のうち、彼女は生徒のそうした反応はただ単に面白がっているからだと思っていた。そんなふうに騒げば、授業が一時中断されるわけで、それが面白くてやっているのだろうと。そのうちそうではないことに気づいた。彼らもまた恐れているのだ。そのせいだろう、彼女の学校では躾《しつけ》などというものが問題になったことは一度もない。声を荒らげたり、どんなことであれ、生徒を威嚇《いかく》したりしなければならないような場面になることはまずない。六歳にして子供たちもきちんと理解しているのだ。権力を軽視したり、軽率なことを言ったりすることは自らの命を危険にさらすことにほかならないことを。まだ子供だからということはなんの弁明にもならない。自ら犯した犯罪のために、あるいは父親が犯した犯罪のために、銃殺刑になる年齢は十二歳からなのだから。もっとも、そういうことを授業で教えることは許されていなかったが。

クラスの人数はきわめて多かったが——戦争が人口に大打撃を与えていなければもっと大所帯のクラスになっていただろう——彼女も最初のうちは生徒ひとりひとりの名前をきちんと覚えることから始めた。それは生徒を集団ではなく、個人として見ているという彼女なりの意思表明だった。が、生徒ひとりひとりの名前を彼女が覚えているということが、奇妙な緊張感をかもしていることにすぐに気づいた。まるでそれが隠された威嚇になっているかのような……

きみの名前を覚えていれば、いずれきみを糾弾することができる。

子供たちはすでに無名であることの重要性を理解しているのだ。だから、彼女の個人的な関心などできるだけ惹《ひ》きたくないと思っているのだった。そのことに気づくのにさして時間はかからず、ふた月たらずで、彼女は生徒を名前で呼ぶことをやめ、ただ指差すことに切り替えた。

それでも、ほかの学校との比較で言えば、彼女としてもあまり不満は言えなかった。彼女が教えている第七小中学校——校舎はずんぐりとしたコンクリートの支柱に持ち上げられた長方形の建物——は写真入りで新聞にも載って喧伝《けんでん》された、国家の教育政策の宝石のような学校だったからだ。創設者はほかならぬニキータ・フルシチョフ。建てられたばかりの体育館で彼が演説をしたとき、彼の護衛たちは足をすべらせないよう、恐る恐る歩かなければならなかった。そこまで床が磨き上げられていたのだ。フルシチョフはそのとき、教育は国家の必要に応じて計画されなければならないと演説した。すなわち、きわめて生産的で健康な若い科学者と技術者、それにオリンピックで金メダルを取れるような運動選手、それが国家が求めているものだ、と。実際、校舎に隣接している体育館は聖堂並みの大きさで、校舎より広く高く、インドアのトラック、何列ものマット、バスケットボールのリング、縄梯子《なわばしご》、踏み切り板が備えられ、年齢能力を問わずどんな生徒にも毎日開放される一時間を含め、課外授業に大いに活用されていた。そうした学校設計とフルシチョフの演説がともに意味するところは、ライーサには初めから明らかだった——国は詩人を必要とはしていない。哲学者も宗教家も必要としていない。国が必要としているのは、寸法と量が計れる生産性。

ストップウォッチで計測できる成功だ。

そんなライーサが同僚の中でただひとり信頼しているのが国語と文学の教師、イワン・クズミッチ・ジューコフだった。彼の正確な年齢は彼女も知らない。本人が言おうとしないのだ。が、見るかぎり、四十前後といったところだろうか。いずれにしろ、ふたりの親交が生まれたのはたまたまのことだった。イワンが学校の図書館の狭さをふと嘆いたときのことだ。実際、学校の図書館は地下のボイラー室の隣りにあり、その広さは食器戸棚並み、蔵書と言えば、政治パンフレットと〈プラウダ〉紙のバックナンバーと認定図書だけで、外国人作家の著作などただの一冊もない。それでも、そのときライーサは彼にもっと慎重になるべきだと囁《ささや》き、その囁きが思いもよらない友情のきっかけになったのだった。彼には自らの思いを簡単に口にしすぎる傾向があることを考えると、彼女にとってそれは戦略的にあまり賢明とは言えない友情ではあったが。そもそも彼は多くの人の眼に要注意人物として映っていた。多くの教師が、彼は自宅の床下に禁書を隠しているのではないかと疑っていた。もっと悪くすると、自ら著作をものして、誰が見ても反政府的なその原稿を西側にひそかに送っているのではないか、と。事実、彼は彼女に『誰《た》がために鐘は鳴る』の非合法のロシア語版を貸してくれたことがあった。彼女は夏を通してそれを公園で読んだものだ。さすがに家に持ち帰る勇気はなかった。しかし、彼との友情を可能たらしめたのは、彼女にはこれまで自らの忠誠心を精査されたことがないからだった。なんと言っても、彼女は国家保安省の職員の妻なのだ。それは一部の生徒を含めてほとんど誰もが知っている事実で、理屈で考えれば、イワンとしてはむしろ距離を置かねばならない相手だった。だから、おそらく彼は次のように自分に言い聞かせて、高を括《くく》っているのだろう。もしライーサに彼を告発する意志があるのなら、もうとっくにそうしているはずだと。実際、彼女はこれまで何度彼の不注意なことばを聞いたことか。彼女が枕《まくら》の向こう側の夫の耳にイワンの名を囁くことのどれほど簡単なことか。いずれにしろ、そういった経緯で、彼女としてはまわりから最も信用されていない人間が同僚の中でただひとり信用できる人間となり、イワンはイワンで、最も信用してはいけない相手が誰より信用できる同僚になったのだった。彼も結婚しており、三人の子供がいたが、もしかしてわたしに気があるのではないか、と思うことがライーサには時々あった。そうしょっちゅうではなかったが。そう思いながら、実際にはそんなことなどないことを彼女は強く願った。お互いのために。

学校の正門の外。レオは通りをへだてた低層アパートメント・ビルの玄関ロビーに立っていた。制服ではなく、平服に着替えていた。職場から借りたものだ。ルビヤンカには半端《はんぱ》なコートやジャケットやズボンがぎゅう詰めにされた戸棚がある。生地も品質もさまざまで、あらゆるサイズが揃《そろ》えられているのは、もちろんこの目的のためだ。いったいこういうものをどこから調達してくるのか、レオはコットンのシャツの袖《そで》口に血痕《けっこん》が残っているのに気づくまで考えたこともなかった。それらはヴァルソノフィエフスキー通りにある建物で処刑された者たちのものだった。もちろん洗濯はしてあったが、汚れの中には落ちにくいものもある。足首まであるグレーのウールのコートに、目深《まぶか》にかぶった分厚い毛皮の帽子。たとえライーサがこっちを見ても、まず気づくことはないだろう。レオはそう思い、足踏みをして寒さをまぎらわせ、妻からの誕生日プレゼントのステンレス製の腕時計——ポレオット・アヴィエーターを見た。その日の彼女の授業がそろそろ終わる頃だった。天井を見上げ、捨ててあったモップで裸電球を割った。それで玄関ロビーはかなり薄暗くなった。ライーサが尾行されるのはこれが初めてではなかった。三年前、レオはライーサが危険人物かどうかということはまったく無関係に、妻に尾行をつけたことがあった。ふたりが結婚してまだ一年と経《た》っていない頃のことだ。妻がどんどんよそよそしくなっていくような気がしたのだ。実際、ふたりは一緒に住んではいても一緒に暮らしてはいなかった。ともに長時間働き、朝と夜の短い時間、ただ顔を合わすだけの暮らしで、同じ港から漁に出る二隻《せき》の漁船程度の交わりしかなかった。彼としては夫として自分が変わったとは思えず、ライーサが妻としてどうして変わってしまったのか、理解できなかった。が、そのことを話題にするたび、彼女は気分がすぐれないせいだと言った。それでいて、医者に診てもらうことは頑《かたく》なに拒んだ。来る月も来る月も気分がすぐれないと言いながら。彼に思いつく理由はひとつしかなかった。誰か好きな男ができたのではないか。

疑って当然という思いで、彼は新入りの将来有望な若い捜査官に妻の尾行を頼み、その捜査官は一週間毎日ライーサを尾行した。レオにしてみれば、不愉快なことではあっても愛から発した行為ということで、自ら正当化した決断ではあったが、これは危険な賭《か》けでもあった。ライーサに悟られるかもしれないからということだけではない。何かが発覚した場合、同僚たちはレオとはまた異なる結論を導き出すかもしれないからだ。夫が貞操を信じられない妻をどうして自分たちが政治的に信じられる？不実であろうとなかろうと、危険分子であろうとなかろうと、そういう妻は強制労働収容所に送るのがみんなの幸せというものだ。ただ単に〝念のため〟という意味しかなくても。しかし、ライーサは誰かと浮気をしていたわけではなく、また、彼女に尾行をつけたことも誰にも知られずにすんだ。レオはほっとし、もっと忍耐強く思いやり深くなって、彼女が今後どんな困難にいきあたろうと力になることを自分に誓った。その結果、数ヵ月が過ぎると、ふたりの関係は徐々に改善された。レオは若い捜査官をレニングラードに転勤させた。それは若い捜査官には栄転と言える異動だった。

が、今回の任務はそのときとはまるで異なるものだ。上司から命じられた公的な捜査だった。国家の安全保障に関わる公的な国家の仕事だった。危険にさらされているのは彼らの結婚生活ではなく、彼らの命そのものだった。しかし、なぜアナトリー・ブロツキーの供述の中にライーサの名前が出てきたのか。明らかにワシーリーの仕業だとレオは思っていた。ブロツキーの供述の正当性を認めている捜査官はほかにもいるという事実などなんの意味もなかった。共謀しているのか、厚顔無恥な嘘《うそ》なのか、それとも尋問のどこかの時点でワシーリーがブロツキーの頭の中にライーサの名前を吹き込んだのか。いずれにしろ、どれもいとも簡単なことだ。レオは強く自分を責めた。尋問のさなか休暇を取ってしまったために、ワシーリーに情け容赦のない策略をめぐらせる機会を与えてしまったのだ。おれははめられたのだ、とレオは思った。供述そのものが虚偽だと主張することはできない。ほかのどんな供述書同様、ブロツキーの供述書も真実の自白の書と正当に認められたものなのだから。レオにできたのは、彼のことを逆恨みした反逆者ブロツキーがライーサに濡《ぬ》れ衣《ぎぬ》を着せようとしたのではないかと、ブロツキーの供述に強い疑念の意を表明することだけだった。すると、クズミンは訊《き》いてきた。ブロツキーはどうしてきみが結婚していることを知っていたのか？　慌《あわ》てたレオは嘘をつかざるをえなかった。ブロツキーとのやりとりの中で、妻の名前を言ったことがあると。しかし、レオは嘘のうまい男ではなかった。妻を守ろうとして、彼は自らも危険に陥《おとし》いれていた。誰かのために立ち上がることは、取りも直さずその誰かの運命の裏地に自分の運命を縫いつけることだ。クズミンは、国家の安全保障に関わる事件には完璧《かんぺき》な捜査が求められると結論づけ、その捜査はレオ本人がやってもいいし、誰か別の捜査官に任せてもいいと言った。この最後通告を聞いて、レオは妻の嫌疑を晴らしたい一心で、自ら捜査することを申し出たのだった。三年前と同じだった。妻の不実に対する疑念をベッドに持ち込むという意味では。ただ、三年前は妻の不実の対象が彼だったのに対し、今回は国家という点が大きく異なった。

通りの向こう側の学校から子供たちが出てきて、一斉にあちこちに散らばっていった。幼い女の子がひとり、通りを渡って彼が隠れているアパートメント・ビルの入口に向かってきた。薄暗がりの中を通り抜けるとき、割れたガラスを踏んだ音がした。レオは女の子は立ち止まり、レオに話しかけたものかどうか一瞬ためらった。レオは女の子に顔を向けた。黒い髪を赤いリボンで結んだ、七歳ぐらいの子供だった。寒さに頬を真っ赤にしていた。女の子はいきなり駆けだし、可愛《かわい》い靴音を立てて階段を上がっていった。見知らぬ男から離れ、安全な家に戻っていった。家を安全と信じられるだけ彼女はまだ充分幼かった。

レオはガラスドアの陰に立ち、最後の子供たちの一団が下校するのを眺めた。ライーサが課外授業を受け持っていないことはわかっていた。もうすぐ出てくるはずだ。ライーサが出てきた。男の同僚と一緒だった。男は白いものが混じる顎《あご》ひげをこざっぱりと生やし、まるい眼鏡をかけていた。なかなか魅力的な男だった。見るからに教養がありそうで、洗練されていた。本が口からあふれそうになっている鞄《かばん》を肩にかけ、忙《せわ》しなくあたりを見ていた。イワンにちがいない、とレオは思った。ライーサから聞いたことがある。国語の教師だ。歳《とし》はおれより上だろう、少なくとも十歳ぐらいは。

校門のところで別れてくれればいいのだが、とレオは思った。が、ふたりは並んで歩きはじめた。いかにも気さくにことばを交わしながら。レオは待って、ふたりを先に行かせた。見るからに仲がよさそうだった。イワンがジョークを言ったらしく、ライーサが笑い、そのことにイワンは満足げな顔をした。レオは思った。おれはライーサを笑わせたりしているだろうか。しているとは言えない。そう多くは。何か可笑《おか》しなことを言ったりしたりして、笑われることが彼は嫌ではなかった。そういう意味において、ユーモアのセンスはあった。しかし、そう、ジョークは言わない。ジョークを言うのはむしろライーサのほうだ。ことばにおいても知性においても茶目っ気があるのは彼女のほうだ。それは初めて会ったときから――最初、自分の名はレナだと彼に思わせた頃から――変わらず、彼女のほうが頭がいいということを疑ったことは彼には一度もなかった。ただ、知的な敏捷性《びんしょうせい》には危うさがつきものということを考えると、それを羨《うらや》んだこともなかった――これまでは。この男と一緒にいる彼女を見るまでは。

寒さに足の感覚がそろそろなくなりかけているところだったので、ただ動けることが嬉《うれ》しかった。五十メートルほどの距離を置いて、彼は妻のあとを尾《つ》けはじめた。ほの暗いオレンジ色の街灯だけでも尾行はむずかしくはなかった。通りを歩いている人はほかにほとんどいなかった。が、メインストリートのアフトザヴォドスカヤ通りにはいると、一変した。その通りの名は地下鉄の駅の名でもあり、ふたりはまずまちがいなくその駅に向かっていた。何軒かの食料品店のまえに客が行列をつくり、そのため歩行者の流れが悪くなっているところに出くわした。急に尾行がむずかしくなった。ライーサのめだたない服装も尾行をよりむずかしくしていた。距離をちぢめるしかなくなり、レオは歩調を速めた。妻とのあいだが二十メートルたらずになった。この距離では気づかれる危険がある。ライーサとイワンはアフトザヴォドスカヤ駅の構内に姿を消した。レオは歩行者のあいだを縫って先を急いだ。通勤客の中にまぎれ込まれたら、あっけなく見失ってしまうかもしれない。〈プラウダ〉が始終自慢しているとおり、モスクワの地下鉄は世界一利用客の多い世界で一番の地下鉄だ。

駅の入口にたどり着くと、石の階段を降りた。階下《した》は大使館の受付室のような豪勢なホールになっていて、曇りガラスのドーム型の天井の光を受けて、クリーム色の支柱もよく磨かれたマホガニーの手すりも光り輝いていた。ラッシュアワーで、一センチの床も見えないほどだった。スカーフと長いコートにくるまった何千という人々が改札口に吸い込まれていた。レオはその流れに逆らって階段を戻り、少し高いところから人々の頭を眺めまわした。ライーサとイワンは改札口を抜けて、エスカレーターの列に並んだところだった。レオはまたすばやく人の群れに戻ると、人と人の隙間《すきま》を縫ってまえに進んだ。が、すぐにいささか礼儀を欠いたやり方を使わないかぎり人より先には前進できない、密度の濃い群れに出くわした。彼はその礼儀を欠いたやり方を行使した。が、迷惑そうな顔をする以上の反応を示した者は誰もいなかった。彼が何者か知れたものではないからだ。

改札口にたどり着いたところで、ちょうど視界から消える妻の姿がとらえられた。改札口を抜け、エスカレーターの列に並んだ。木製のエスカレーターは、一番下まで冬用の帽子で埋め尽くされていた。どれも見分けがつかず、彼は上体を右にずらした。ライーサが十五段ばかり下のステップに乗っているのが見えた。ひとつうしろのステップに乗っているイワンに話しかけようとして、振り向き、上を向いたところだった。レオはその彼女の視線上にいた。慌ててまえの男の陰に隠れた。それ以上危険を冒そうとは思わなかった。エスカレーターが終わる直前まで下は見なかった。そこからは南北に向かう列車のどちらのプラットフォームに出るかで、通路がふたつのトンネルに分かれており、トンネル内には人がひしめき合い、次の列車に乗ろうと先を競い合っていた。妻の姿はどこにも見えなかった。

まっすぐ家をめざしているとすれば、ザモスクフォレツカヤ線に乗って北に向かい、三つ先のテアトラーリナヤ駅で乗り換えるはずだった。そう考えるしかなく、レオはそっちのプラットフォームに降りると左右を見渡し、列車を待って押し合いへし合いして並び、同じ方向を見ている人々の顔を確かめた。そして、プラットフォームを半分ほど行ったあたりで思った。ライーサはここにはいない。反対方向に向かう列車に乗ったのだろうか。しかし、どうして南に向かわなければならない？　そのとき、男の動きとともにいきなり肩掛け鞄が眼に飛び込んできた。イワンだ。ライーサはその横にいた。ふたりともプラットフォームのへりに立っていた。レオとのあいだはいくらもなかった。手を伸ばせば、ライーサの頬に触れられそうなほど近かった。ライーサが少しでも彼のほうに顔を向ければ、眼と眼が合いそうなほど。すでに彼女の視野にはいっているはずで、まだ気づいていないとすれば、それはこんなところで会うなど思いもよらないからだろう。レオにできることは何もなかった。隠れるところはどこにもなかった。今にも名前を呼ばれることを覚悟して、プラットフォームを歩きつづけるしかなかった。会ったことを偶然だと説明する自信はなかった。彼女はすぐに彼の嘘を見破り、尾行されていたことも悟るだろう。レオは二十歩数えて歩いた。ちょうどそれでプラットフォームの端に達していた。眼のまえのモザイク画を見つめた。汗が三すじ顔を伝った。それをあえて拭《ぬぐ》おうともしなかった。妻が自分のほうを見ているかどうか、振り向いて確かめようともしなかった。眼のまえのモザイクに努めて意識を集中した。ソヴィエト軍の強さを讃《たた》えた絵だった——重火器で脇《わき》を固めて砲身をまっすぐに突き出した戦車に乗り、銃を振りかざしている長い外套《がいとう》姿の兵士たちの絵だった。ゆっくりと少しずつ彼はうしろを振り向いた。ライーサはイワンと話していた。どうやらレオには気づかなかったようだ。混み合ったプラットフォームに暖かい突風が吹いた。次の列車が近づいてきた。

誰もがそっちに眼を向けた。が、ひとり列車が来る方向ではなく、反対方向であるレオのほうを見ている男がいた。一瞬のことだ。一秒の何分の一かのあいだのことだったかもしれない。レオとその男の眼が合った。歳は三十ぐらい、見たことのない男だった。それでも、レオにはその男もまた国家保安省の捜査官であることがただちにわかった。つまり、このプラットフォームには秘密警察の捜査官がふたりもいるということだ。

人々が列車のドアに殺到した。次に見たときにはもう男の姿は消えていた。ドアが開いた。レオは動かなかった。列車に背を向け、冷たいプロの眼を見かけたあたりをじっと見つづけた。降車客に押され、われに返り、ライーサが乗った隣りの車両に乗り込んで考えた。さきほどの捜査官は何者だったのか。ライーサを尾行するのに、どうしてふたりも捜査官が必要なのか。おれは信用されていないのか。もちろん、信用されてはいない。しかし、ここまで極端な補充策が取られるとは。レオはほかの乗客を掻《か》き分け、隣りの車両が見える窓のそばに移った。手すりにつかまっているライーサの手が見えた。さきほどの第二の捜査官の姿はどこにも見あたらなかった。ドアが閉まりかけた。

第二の捜査官がレオと同じ車両に飛び乗ってきた。そ知らぬふうで、レオの脇をすり抜け、数メートル離れたところに立った。しっかりと訓練を受けた捜査官で、落ち着いていた。さきほど偶然眼が合っていなければ、レオも気づかなかっただろう。が、その捜査官はライーサを尾《つ》けているのではなかった。レオを尾けているのだ。

今回の任務がすべて自分の手に委《ゆだ》ねられるわけがないことぐらい、レオももっと早くに気づくべきだった。そもそも捜査官が被疑者の肩を持とうとする可能性がきわめて高い事件ではないか。ライーサがほんとうにスパイだった場合、レオも共犯者ではないのかと彼らが疑ってもなんの不思議もない。上司たちとしては職務を適正におこなっていることを確認する義務がある。レオの捜査報告はどっちみちほかの捜査官の報告と照合されることだろう。だから、今はライーサがまっすぐ家に帰ることがなにより重要だ。もし彼女がどこかほかのところに足を向けたら、不適切なレストランや本屋に寄ったら、不適切な人が住んでいる不適切な家を訪ねたら、彼女は自らを大きな危険にさらすことになる。それから逃れる唯一《ゆいいつ》の道は——狭い道だが——何も言わず、何もせず、誰とも会わないことだ。仕事をするのもいい。買いものをするのもいい。寝るのもいい。が、それ以外のどんな行動も誤解されるおそれがある。

家にまっすぐに向かっているのなら、ライーサは三つ目の駅、テアトラーリナヤ駅で乗り換え、アルバツコ－ポクローフスカヤ線で東に向かうはずだった。レオは彼を尾けている捜査官のほうを盗み見た。次の駅で降りるのか、坐《すわ》っていた乗客がひとり立ち上がった。捜査官はその空いた席に坐ると、窓の外を眺めはじめた。が、眼の端でレオをしっかりととらえているのはまちがいなかった。さきほど眼が合ったことはその捜査官にもわかっているようだ。もしかしたら、わざとレオに気づかせたのかもしれない。それもこれもライーサがまっすぐ家に帰ってさえくれたら、どうでもいいことになる。

列車が二番目の駅――ノヴォクズネツカヤに着いた。乗り換え駅まであと一駅。ドアが開いた。レオはイワンが降りるのを見て祈った。

どうかあと一駅乗っていてくれ。

ライーサも降りた。プラットフォームに降り立つと、出口に向かった。どうやらまっすぐ家に帰るつもりはないらしい。どこに行こうとしているのか、レオにはわからなかった。が、ライーサの尾行をさらに続けると、第二の捜査官の疑念の眼をライーサに向けさせることになる。一方、彼女の尾行を続けないと自らを危険にさらすことになる。どちらか選ばなければならなかった。レオは首をめぐらした。第二の捜査官は坐ったままで、その位置からだと、ライーサが列車を降りたところは見えなかったはずだ。レオとライーサは同じ行動を取るはずだということで、その捜査官はレオの動きだけを追っているようだった。ドアが閉まりかけた。レオはその場を動かなかった。

ただ、窓越しに脇を見やり、ライーサが隣りの車両にまだいるように見せかけた。まだ彼女を尾行しているふうを装《よそお》った。そして思った。おれはいったい何をしているのか。どう考えても無謀で衝動的な判断だった。彼の企《たくら》みはひとえに、第二の捜査官にライーサはまだ列車に乗っていると思わせられるかどうかにかかっていた。よく言って、出たとこ勝負の策略で、彼はプラットフォームの混雑を考えに入れていなかった。ライーサとイワンはまだプラットフォームにいて、耐えがたいまでののろさで出口に向かっていた。捜査官は窓の外を見ている。このままでは列車が動き出したとたん、ふたりに気づくはずだ。ライーサは辛抱強く列に並んでゆっくりと出口に向かっていた。先を急いでいる様子はどこにもなかった。そんな理由など彼女にはないのだから。早く姿を消さないと、自分の命も夫の命も危うくなることなど知るよしもないのだから。列車が動きだした。レオたちの乗っている車両が出口を見通せる場所に近づいた。いつ捜査官がライーサに気づいてもおかしくなかった。ライーサを見れば、レオがわざと尾行をしくじったことにも気づくだろう。

列車が速度を上げた。出口が見えた。ライーサは列車からまる見えのところにいた。レオは胃のあたりから一気に血がのぼってきたような気がした。ゆっくりと顔を向け、捜査官の反応をうかがった。でっぷりとした中年男と同じようにでっぷりとしたその妻らしい中年女が通路に立って、捜査官の視野をふさいでくれていた。列車はガタゴトとトンネルにはいった。捜査官にはライーサが出口にいたのが見えなかったはずだ。彼女がもう列車には乗っていないことに、今もまだ気づいていないはずだ。安堵《あんど》の表情を隠しきれず、レオは隣りの車両をうかがうふりをさらに続けた。

テアトラーリナヤ駅に着くと、できるだけ長く列車に居残ってから降りた。そうしてまだ妻の尾行を続けているかのように――妻は自宅に向かっているかのように――見せかけた。出口に向かい、うしろをちらっと振り返った。捜査官も列車を降りており、レオとのあいだにできた距離を詰めようと早足になっていた。レオも歩を速めた。狭い通路が広くなり、そこで別な路線に乗り換える通路と地上に出る通路に分かれていた。レオとしては、わざとしくじったようには見えないように、尾行に失敗する必要があった。右側のトンネルは家に向かうアルバツコ‐ポクローフスカヤ線のプラットフォームに通じていた。レオはそっちに向かった。次の列車がすぐに来るかどうか。それだけが頼りだった。列車が来たとき、捜査官との距離がかなりあいていたら、捜査官に追いつかれることなく、ライーサがプラットフォームにいないことに気づかれることもなく、その列車に乗ることができる。

プラットフォームに向かうトンネル内も人でぎっしり混み合っていた。が、そのときちょうど、駅にやってきた列車の音が聞こえた。どう見ても間に合いそうになかった。彼のまえにはそれほどの人の群れがいた。彼は上着のポケットに手を入れ、国家保安省の身分証明書を取り出すと、それですぐまえにいた男の肩を叩《たた》いた。男はまるで叱《しか》られでもしたかのように道をあけた。女もあけた。人の群れがふたつに分かれ、彼のまえに小径《こみち》ができた。その小径を彼は急いだ。列車はもうプラットフォームに停まっており、ドアも開いており、いつ出発してもおかしくなかった。彼は身分証をしまって、その列車に飛び乗った。そして、振り向き、尾行者がどこまで迫ってきているか確かめた。同じ列車に乗られたら最後、ゲームはそこで終わってしまう。

彼に道をあけてくれた人の群れはまた最初の隊列を組んでいた。捜査官はそんな彼らのうしろにいて、あまり繊細とはいえない方法で、乱暴に人垣を掻き分けながらまえにやってきていた。このままでは間に合ってしまう。どうしてドアはまだ閉まらないのか。捜査官はもうプラットフォームに達していた。列車とのあいだはほんの数メートル。ドアが閉まりかけた。捜査官は手を伸ばし、ドアのへりをつかんだ。が、機械は彼の言うことを聞かなかった。捜査官は——レオはそのとき初めて男の顔を近くで見た——手を放すしかなかった。レオは努めてどんな反応も見せないようにした。さりげない無関心を装い、捜査官が徐々に遠のいていくのを眼の端で追った。そして、トンネルの闇《やみ》にはいると、汗をたっぷりと吸い込んだ帽子を脱いだ。

同日

エレヴェーターは建物の最上階——六階で停まり、ドアが開いた。レオはエレヴェーターを降りて狭い廊下を歩いた。廊下には料理のにおいが漂っていた。夕刻七時、たいていの家族がその日最後の食事——ウージン——をとる時間だ。一戸一戸のアパートメントのまえを通るたび、薄っぺらなベニヤ板の玄関のドア越しに夕食の準備をする音が聞こえてきた。両親のアパートメントに近づくにつれ、疲労感が濃くなった。ここ数時間、彼は市《まち》を行ったり来たりして過ごしていた。テアトラーリナヤ駅で尾行の捜査官を振り切ったあと、いったん家に——一二四号室に——戻り、部屋の明かりをつけ、ラジオをつけ、カーテンを引いてきたのだ。彼らのアパートメントは十五階にあったが、念のために。そのあと、わざとまわり道をして地下鉄で市内に戻ったのだが、着替えをしておらず、そのことを後悔した。シャツなど汗でぐっしょりとなったあとまた乾き、背中に貼《は》りついてなんとも着心地が悪かった。自分では気づかなくてもすでににおいはじめているはずだ。が、そんなことは考えないことにした。親はそんなことなど気にすまい。それより彼が忠告を求めてきたということに驚くだろう。彼が親に忠告を求めるなどというのはここ何年もなかったことだ。

それはもちろん彼らの関係が変わったからだった。今では親が彼を助けるよりはるかに彼が親を助けており、レオはそういった現状に満足していた。職場での楽な仕事を両親に保証できている自分に満足していた。いたって丁重な照会だけで、彼の父親は軍需工場の組立てラインの工員から職工長に昇格し、日がな一日パラシュートを縫っていた母親も同じような昇進を果たしていた。彼はまた食料の確保も容易にしていた。彼の両親はもはやパンやそば粉といった主食を手に入れるのに何時間も列に並ばなくてもよくなっていた。一般の民衆には入れない特別な店――スペツトルギ――で手に入れることができた。そうした特別な店では新鮮な魚やサフランといった珍しいものも手にはいった。カカオのかわりにライ麦と大麦と小麦と豆を混ぜてつくった代用品ではなく、本物の黒いチョコレートさえ調達できた。両親が口うるさい隣人とトラブルを起こしても、その隣人がいつまでも口うるさいままでいることはなかった。解決に向けて別に荒っぽいことがなされるわけではない。粗野な脅しがかけられるわけでもない。ただ、自分たちよりコネに恵まれた家族を相手にしているということさえ、隣人にわからせればそれですんだ。両親のアパートメントも彼が手配したもので、市の北側の快適な住宅街にあり、低層のそのアパートメント・ビルは各戸にそれぞれ洗濯室が備えられ、ささやかな芝生と静かな通りが眺められる小さなバルコニーもあった。しかも両親はそのアパートメントを誰とも共有しておらず、それはこのモスクワではいたって珍しいことだった。実際、ふたりはそのことを心ゆくまで享受《きょうじゅ》しており、すでにその快適さの中毒になっているような節さえあった。それもこれもすべてはレオのキャリアという糸に吊《つ》るされたものだ。

レオはドアをノックした。母親のアンナがドアを開け、驚いたような顔をした。ことばをなくすほど驚いた顔をした。が、それも一瞬のことで、驚きが去ると、まえに出て息子を抱きしめ、興奮気味にまくし立てた。

「来るってどうして知らせてくれなかったの？　病気だって聞いて、お見舞いに行ったのよ。おまえは眠ってたけど。ライーサが入れてくれて、おまえの熱も診たし、おまえの手も握った。でも、わたしたちにそれ以外何ができる？　おまえには休暇が必要だったのよ。まるで子供みたいに寝てたわ」

「見舞いにきてくれたのはライーサから聞いたよ。果物をありがとう。オレンジとレモンなんて高価なものを」

「わたしたちは果物なんか持っていかなかったけど。少なくとも、わたしはそんなこと覚えてないけど。でも、わたしも歳《とし》をとって物忘れが……もしかしたら持っていったのかもしれないね！」

ふたりのやりとりを聞きつけて、父親のステパンがキッチンから現われ、そっと妻を脇《わき》に押しやった。アンナはこのところいささか体重を増やしていた。ふたりとも増やしていた。ともにいたって健康そうに見えた。

ステパンも息子を抱きしめた。

「風邪はよくなったのか？」

「うん、もうすっかりよくなった」

「そりゃよかった。私も母さんも心配してたんだ」

「腰の具合はどう？」

「このところ痛まない。そこが管理職のいいところだな。ほかの連中が面倒な仕事をやってるのをただ見てりゃいいんだから。ペンとクリップボードを持ってただ歩いてりゃいいんだから」

「うしろめたさを感じるには充分ってわけだ。でも、父さんもずっと大変な仕事をしてきたんだから」

「まあな。だけど、ひとりが自分たちの仲間じゃなくなると、もとの仲間はそのひとりをそれまでとはちがった眼で見るようになるものだ。だから、昔の友達とはもう以前ほど親しくはなくなった。誰かが遅刻したりしたら、それを報告するのがこの私なんだからな。ありがたいことに、今のところそういうやつは出てきてないが」

レオは父親のそのことばを頭の中で考えてから言った。

「もし誰か遅刻した者がいたら？　報告する？」

「夕方、仕事が終わるときに、遅刻しないようにっていつも言ってるよ」

いや、それは言い換えれば、報告しないということだ、とレオは思った。すでに目をつぶったケースが何件かあるのではないだろうか。今はそのことに注意を与えるべきときではなかったが、そういった寛大さというのはいずれ発覚するものだ。

キッチンではキャベツが銅鍋《どうなべ》にまるまるひとつ入れられ、ぐつぐつと茹《ゆ》でられていた。どうやらロシア風ロールキャベツ――ゴルブツィー――をつくっている最中のようで、レオは夕食の支度を続けるように言った。話はキッチンでもできるから、と。

そう言ってうしろにさがり、父親が挽《ひ》き肉（干からびた肉ではなく、新鮮な肉で、レオの地位だけが叶《かな》えられる夢のひとつだ）とおろした新鮮なニンジン（これまたレオの地位の賜物だ）と調理済みの米を混ぜるのを眺めた。母親のほうは茹でて色の褪《さ》めたキャベツの葉を剥《む》きはじめた。ふたりともいい知らせでないことを察していた。それで急《せ》かすことなく、レオが切り出すのを待っているのだった。レオはふたりが料理の手を休めないことをありがたく思った。

「仕事のことはこれまで父さんにも母さんにもあまり話したことがなかったよね。話さないのが一番の策だけれど、それでも自分の仕事が困難に思われることもないわけじゃない。おれの仕事じゃ、自分を誇ることはできなくてもやらなければならない仕事というのがある。そういう仕事をおれはこれまで何度かしてきた」

レオはそこでことばを切り、ここからさきはどうやって進めるのが最善か考えてから、ふたりに尋ねた。

「父さんや母さんの知り合いで、逮捕されたことがある人っているかな？」

奇妙な質問だった。レオにもそれはよくわかっていた。ステパンもアンナも互いに顔を見合わせてから、また夕食の支度に戻った。何かすることがあってよかった。ふたりの顔にはそう書いてあった。アンナが肩をすくめて言った。

「誰だって知り合いに逮捕された人のひとりぐらいいるものよ。でも、わたしたちはそのことを疑問に思ったりしない。少なくともわたしは自分にこう言い聞かせることにしてる。証拠を握ってるのはおまえみたいな捜査官だってね。人というものは見えてるところしかわからない。でも、親切に見せたり、正常に見せたり、忠実に見せたりするのはむずかしいことじゃない。そういうことの奥を見るのがおまえの仕事よ。おまえにはこの国にとって何が大切かということがよくわかってる。それはわたしたちみたいな人間が判断することじゃない」

レオはうなずいて、母親の意見に自分の意見をつけ加えた。

「この国には多くの敵がいる。われわれの革命は世界じゅうで嫌われている。だから、われわれは革命を守らなきゃいけない。残念ながら、自分たち自身からもね」

彼はそこでことばを止めた。国家のレトリックを繰り返すためにやってきたわけではなかった。彼の両親はふたりとも挽き肉の脂《あぶら》でべとついた手を止めて、彼を見ていた。

「昨日、おれはライーサを告発するように言われた。上司たちは彼女のことを国家の裏切り者と思っている。どこか外国の情報機関の手先になってるスパイだとね。で、捜査しろという命令を受けた」

ステパンの指から脂が一滴床に落ちた。彼はその脂のしずくを見ながら言った。

「ほんとうにそうなのか？」

「父さん、彼女は学校の先生なんだよ。仕事に出て、家に帰って、仕事に出て、家に帰っての繰り返しなんだよ」

「だったらそう言えばいい。何か証拠があるのか？　そもそもどうしてそんなことになったんだ？」

「処刑されたスパイの供述書にライーサの名前が出てきたんだ。ライーサと一緒に仕事をしてたなんて言って。だけど、その供述書はでたらめだ。そんなことはわかってる。だいたいそいつ自身スパイでもなんでもないんだ。ただの獣医だったんだ、ほんとうは。われわれは誤認逮捕をしてしまったんだよ。だから供述書自体誰か捜査官の創作なんだ。おれを罪に陥《おとしい》れようとしてる捜査官のね。ライーサが無実なのはわかってる。すべてがおれに対する意趣返しなんだよ」

ステパンはアンナのエプロンで手を拭《ふ》いて言った。

「だったら真実を話すことだ。きっと上司も聞いてくれるだろう。おまえを恨んでる捜査官の悪だくみを白日のもとにさらせばいい。権限を持ってるのはおまえのほうなんじゃないのか？」

「捜査官の創作であれなんであれ、今言った供述書は正当なものとしてもう認められてしまってる。つまり公的な書類にライーサの名前が挙がってるということだ。だから、ライーサを弁護すれば、それは国家の書類の正当性を疑うことになる。国家が自らの過《あやま》ちをひとつでも認めたら、結局のところ、全部認めたことになる。国家には後戻りはできない。そんなことをしたら、その影響は途方もないものになる。すべての供述書の正当性が問われることになる」

「そのスパイだが……獣医をスパイとしたのは過ちだったと言うわけにもいかないのか？」

「言えなくはない。だからそうしようと思っている。でも、そういう異議を唱えても彼らに認めてもらえなかったら、今度はライーサだけでなく、このおれも逮捕されることになるだろう。で、彼女が有罪となったら、そんな彼女を無実だと主張したわけで、おれも有罪になるだろう。それだけじゃない。こういうことがどういうことになるのか、おれにはよくわかってる。父さんや母さんも逮捕される可能性がきわめて大きい。司法の慣行として、こういう場合、犯罪者の家族なら誰でも狙《ねら》われるんだ。ただ、関わりがあるというだけで有罪になる」

「ライーサを告発したら？」

「どうなるかはわからない」

「いや、おまえはわかってるはずだ」

「われわれは生き延び、ライーサは生き延びられないだろう」

レンジの上では湯がまだぐつぐつと沸き立っていた。ステパンが重い口を開いて言った。

「おまえが訪ねてきたのは、おまえ自身どうしていいかわからなかったからでもあり、おまえが善良な人間だからでもある。それで、正しいことをするように、人間の道にはずれないことをするように、おまえは親に忠告をしてもらいにやってきた。それはつまり、当局のしてることはまちがってると訴え出ることだ。ライーサは無実だとね。その結果どうなるかなどものともせず」

「そうだね。そういうことだね」

ステパンはうなずき、アンナを見やり、ややあってから続けた。

「でも、私にはそういう忠告はできんよ。だいたいおまえは私がそんな忠告をすると、ほんとうに思ってやってきたんだろうか。どうして私にそんな忠告ができる？　私は母さんには生きていてほしい。息子にも生きていてほしい。自分も生きたい。自分たちが生きていくこと、それを確固たるものにするためならなんだってしよう。私の理解では、今回の場合はひとつの命対三つの命ということになる。すまない。おまえは私にもっと多くのことを期待していたと思う。だけど、私も母さんももう歳だ、レオ。収容所では生きられない。お互い別々にされ、ひとりぼっちで死ぬことになるだろう」

「もし若かったら、父さんの忠告はどうなってた?」

ステパンはうなずいて言った。

「なるほどな。私の忠告はさっき言ったことと変わらなかっただろう。どうか怒らんでくれ。いったいおまえは何を期待して来たんだ? 私らは死んでもかまわないと言うとでも思ったのか? しかし、その私らの死はなんのための死だ? それでおまえの妻は救われるのか? それでおまえたちは一緒に幸せに暮らせるのか? そういうことなら、おまえたちふたりのために喜んでこの命を差し出そう。しかし、そういうことにはならないだろう。われわれ全員が死ぬ。そうなるだけのことだ。われわれ全員がな、四人全員がな——ただ、その場合は、自分たちは正しいことをしたと思って死ねるわけだが」

レオは母親を見た。彼女の顔は手に持っている茹でたキャベツほどにも色をなくしていた。それでもいたって落ち着いた顔をしていた。夫の考えに反論するかわりに彼女はレオに訊《き》いてきた。

「結論はいつまでに出さなければいけないの？」

「証拠集めに二日もらってる。二日経《た》ったら報告書を出さなければならない」

彼の両親はまた夕食の準備にかかった。挽き肉をキャベツの葉で巻き、ひとつずつ天板に並べはじめた。ロールキャベツが切断された太い親指の列のように見えた。天板がいっぱいになるまで、誰も口を利《き》かなかった。ステパンが言った。

「おまえも一緒に食べていかないか？」

母親のあとについて居間にはいると、すでに三人分の席が用意してあった。

「誰か来ることになってるの？」

「ライーサよ」

「ライーサ？」

「夕食を食べにくることになってたの。だから、おまえがノックしたときには彼女かと思ったわ」

アンナはそう言って、四枚目の皿をテーブルに置いた。

「ほとんど毎週来てるのよ。ラジオを相手にひとりで夕食をとるのがどれだけ味気ないものか。ライーサはあなたに知らせたくなかったのね。でも、おかげでわたしも父さんもライーサのことがとても好きになった」

確かに、レオが仕事を終えて七時に帰宅するなどというのはまずありえないことだった。長時間労働は不眠症で一日四時間しか眠れなかったスターリンが育《はぐく》んだ習慣だ。政治局の人間はスターリンの執務室の明かりが消えるまで――通常それは午前零時を過ぎた――退庁が許されないという話をレオは聞いたことがある。このルールがルビヤンカにも適用されることはなかったが、同じような献身が求められることに変わりはなかった。一日の労働時間が十時間以下という職員はきわめて少なかった。その労働時間の中でどれだけ無為に過ごす時間があろうと。

ノックの音がした。ステパンがドアを開け、ライーサが廊下にはいってきた。両親同様、ライーサもレオを見て驚いた顔をした。ステパンが説明した。

「仕事でこの近所まで来たそうだ。たまにはみんなで家族らしく一緒に食事をするのも悪くない」

ライーサはジャケットを脱いだ。ステパンがそれを受け取った。彼女はレオのそばまで来ると、頭から爪先《つまさき》まで見て言った。

「これは誰の服？」

レオも自分が身につけているズボンとシャツ――死んだ男の服――を見て言った。

「借りものだ。仕事だよ、これも」

ライーサはレオに身を寄せると、声をひそめ、彼の耳元で囁《ささや》いた。

「このシャツ、汗くさい」

レオはバスルームに向かい、ドアのまえで立ち止まり、うしろをちらっと振り向いた。ライーサは彼の両親を手伝って、食卓の用意をしていた。

レオは湯など出ない家で育っていた。父親の伯父一家と共同のアパートメントで、部屋はふたつしかなく、それぞれの家族がひとつずつ使っていた。屋内トイレもバスルームもないアパートメント・ビルで、住人はみな外の設備を使わなければならなかった。その外の設備にしても、もちろん湯など出ることはなく、朝は長い列ができ、冬には待っている者たちの頭に雪が降り積もった。あの頃は湯がたっぷりと溜《た》められた個人用のシンクなどありえない贅沢《ぜいたく》、夢のまた夢だった。レオはシャツを脱ぎ、上半身を洗い、洗いおえると、ドアを開けて、シャツを貸してくれるよう父親に呼ばわった。彼の父親は、組立てラインで長年働いた労働者の常として、自らつくってきた戦車の砲弾のように背中が曲がっていたが、逞《たくま》しく幅の広い肩をしており、体型はほぼ息子と同じで、父親のシャツはレオの体にもしっくりときた。

着替えをして、レオは食卓についた。ゴルブツィーがオーヴンで焼き上がるまで彼らは前菜――ザクースキ――を食べた。ピクルスにマッシュルーム・サラダ。それにマヨラナと一緒に調理してゼラチンの中で冷やした子牛の舌のスライスに、ホースラディッシュをつけて食べた。思いがけない贅沢なふるまいだった。レオはまじまじと皿を見つめ、ひとつひとつの単価を計算しないわけにはいかなかった。誰の死がこのマヨラナの代金を払ってくれたのか。この子牛の舌はアナトリー・ブロツキーの命と引き換えにここにあるのではないのか。気分が悪くなった。それでも彼は言った。

「きみが毎週来るわけがわかったよ」

ライーサは微笑《ほほえ》んで言った。

「ええ。すっかり甘やかされちゃってる。お粥《カーシャ》で充分だって言ってるんだけど――」

ステパンがライーサのことばをさえぎって言った。

「あんたはわれわれ自身を甘やかす口実なのさ」

努めてさりげなく聞こえるように、レオは妻に尋ねた。

「仕事のあとまっすぐ来たのか？」

「ええ」

嘘《うそ》だ。イワンとさきにどこかに寄ってから来たのだ。が、そのことをさらに考える暇をレオに与えず、ライーサは自ら訂正した。

「まっすぐじゃなかったわね。いつもはまっすぐ来るんだけど、今日は予約があったから。それでちょっと遅れたの」

「予約？」

「そう、病院の」

ライーサは笑みを浮かべて続けた。

「ふたりだけのときに言おうと思ってたんだけど、訊かれたら答えるしかないわね……」

「何を？」

アンナが立ち上がって言った。

「わたしたちは席をはずしたほうがいい？」

レオは手ぶりで母親に坐《すわ》るように示した。

「坐ってくれ、母さん。おれたちは家族じゃないか。秘密はなしだ」

ライーサが言った。

「赤ちゃんができたの」

レオは眠れなかった。眼を開け、妻のゆったりとした寝息を聞きながら、ただ天井を見つめつづけた。妻の背中が脇腹《わきばら》に押しつけられた。が、それは意図的な親愛の行為ではなく、たまたまのことだった。ライーサは寝相が悪い。それは告発に値することだろうか。もちろん値した。レオにはそういうことがどのように記されうるかもわかった。

二月二十日

おだやかに休めないということは、夢にうなされているわけで、明らかに私の妻は自らの秘密に苛《さいな》まれている。

彼としてはこの捜査を誰かほかの捜査官に委《ゆだ》ねることも――自らを欺《あざむ》き、判断を人に任せることも――できなくはなかった。被疑者はあまりに自分に近しく、あまりに親密な相手だからということで。しかし、そんなことをすれば、結論は眼に見えていた。捜査がもうすでに始まっているのだから。レオを除いて国家保安省の誰もがライーサの有罪を初めから予測しているのだから。

レオはベッドを出ると、居間の窓辺に佇《たたず》んだ。その窓から市《まち》は見えず、見えるのは向かい側のアパートメント・ビルだけだった。いくつもの窓の中、三つだけ明かりのともっている窓があった。約千の窓のうち三つ。そこの住人にはいったいどんな悩みごとや揉《も》めごとがあるのだろう？　何が彼らを眠らせないのか？　彼はその三つの四角く黄色い明かりに奇妙な親近感を覚えた。時間は朝の四時。逮捕の時間だ――人の寝起きを襲うのに最適の時間帯。誰もが起きぬけで、頭がぼうっとし、無防備な時間帯。実際、何人もの捜査官にいきなり踏み込まれて、不用意に口走った被疑者のことばが、尋問の際には被疑者に不利な証拠としてよく利用される。自分の妻が髪をつかまれ、床を引きずられているようなときにも沈着冷静でいるというのは、かぎりなくむずかしいことだ。レオ自身、いったいこれまで何度ブーツの底でドアを蹴破《けやぶ》ったことだろう？　いったいこれまで何度夫婦がベッドから引きずり出され、寝巻き姿のまま、その眼に懐中電灯の光をあてられるところを見てきただろう？　いったいこれまで何度被疑者の性器を眼にした捜査官の嘲笑《ちょうしょう》を聞いてきたことだろう？　彼自身、いったいこれまで何人の被疑者をベッドから引きずり出したことだろう？　いったいこれまでいくつのアパートメントのドアを壊したことだろう？　両親が連行される際、子供たちの何を抑えつけてきたのだろう？　彼は覚えていなかった。努めて覚えないようにしてきた。被疑者の名前も顔も。あいまいな記憶だけで充分だった。むしろ忘れる術《すべ》というものを身につけてきたのではなかったか。メタンフェタミンは長時間労働をするためではなく、もしかしたら、職務の記憶を消すためだったのではないか。罰を受けることなく言うことができ、職員のあいだで人気のあるジョークにこんなのがある。夫婦がベッドで寝ていると、ドアを鋭くノックする音がした。最悪の場合を考えて、ふたりは起きると、さよならのキスをした。

愛してるよ、おまえ。

愛してるわ、あなた。

そうして別れを告げ合い、ドアを開けた。すると、半狂乱の隣人が立っており、廊下には煙が充満し、猛火が天井を舐《な》めていた。夫婦は安堵《あんど》の笑みを交わし、神に感謝した。なんだ、ただの火事じゃないか。レオはこれまでこのジョークのいくつものヴアリエーションを聞いてきた。火事ではなく、武装した強盗というのもある。現れたのは悪い知らせを伝えにきた医者だったというのもある。以前はそんなジョークに彼も笑ったものだ。自分の身にはそんなことなど絶対に起きるわけがないと確信できていた頃は。

ライーサは妊娠している。その事実によって何かが変わるのだろうか？　上司たちのライーサに対する態度は変わるかもしれない。ライーサは彼らに好かれていなかった。今もまだ子供が産めていないからだ。近頃はとみにそうしたことが求められる。夫婦が子供を持つことが。戦争では何百万もの人々が戦って死んだわけで、その後の社会では、子供は社会的責務みたいなものだ。なのに、どうしてライーサは妊娠しないのか。どこへ行ってもふたりの結婚生活にはその質問がついてまわった。そして、そのただひとつの答は、ライーサにはどこか具合の悪いところがあるのではないか、というものだった。そのプレッシャーはここへきて増すばかりで、同じ質問が以前よりはるかに頻繁に繰り返されるようになっていた。それで、ライーサは医者にかよいはじめたのだが、いずれにしろ、彼らの性生活はそうした外圧に動機づけられた、いたって実務的なものだった。レオは皮肉っぽく思わないわけにはいかなかった。上司たちの望みどおりになったというのに——ライーサが妊娠したというのに——彼らは今、ライーサの死を望んでいる。ライーサが妊娠したことを彼らに伝えたら？　そう思って、レオはすぐにその考えを捨てた。裏切り者は裏切り者だ。そんなことが免罪の一因になるわけがない。

レオはシャワーを浴びた。水は冷たかった。着替えをして、オートミールの朝食をつくった。が、食欲がなく、冷えて固まるオートミールをただ眺めていた。ライーサがキッチンにはいってきて椅子《いす》に坐り、眼をこすって眠気を払った。彼は立ち上がってオートミールを温めた。その間、ふたりとも無言だった。彼が彼女のまえにオートミールを置いても、彼女は何も言わなかった。彼は薄い紅茶をいれ、テーブルの上のジャムの瓶の横に置いて言った。

「これからは少し早く帰るようにするよ」

「わたしのために生活のリズムを変えることはないわ」

「とにかくそうするよ」

「レオ、わたしのために生活のリズムを変えることはないって」

レオはアパートメントを出て、玄関のドアを閉めた。まだ夜明けだった。外付けの通路のへりから、路面電車を待つ人々の姿が数十メートル下に見えた。彼はエレヴェーターのあるところまで歩き、エレヴェーターが来ると、最上階のボタンを押した。

最上階の三十一階で降りると、通路を端まで歩き、〝立入禁止〟という表示のあるドアまで来た。ドアの錠前はとっくの昔に壊されていた。そこから折り返す恰好《かっこう》で屋上まで階段があった。ここに引っ越してきた頃、この屋上にのぼったことがあった。西にはモスクワ市街が望め、東にはモスクワ市が終わって雪原が始まる田園地帯のへりが眺められた。四年前、その眺めに感嘆しながら、彼は自分のことを生きている中で一番幸運な男と思ったものだ。実際、彼は英雄だった。そのことを証明する新聞の切り抜きもあった。権力をともなう仕事に就き、美しい妻を娶《めと》り、国家に対する揺るぎない忠誠心を持っていた。今はもうあのときの感覚を失ってしまったのだろうか。確固として揺るぎない完全無欠の信念。そう、そんなものはもうどこにもなかった。

十五階までまたエレヴェーターで降り、アパートメントに戻った。ライーサはもう仕事に出かけていた。キッチンには、彼女がオートミールを食べたボウルが洗われることもなく置かれていた。彼はジャケットとブーツを脱ぎ、手を温め、仕事にかかる準備をした。

家宅捜索は、一戸建ての住宅にしろ、アパートメントにしろ、オフィスにしろ、これまで何度も捜索隊を編成し、その指揮も執ってきた。国家保安省の職員は競ってその仕事をこなした。国家への献身ぶりを誇示するために、彼らはどこまで完璧《かんぺき》な捜索をするか、その手の仲間うちの逸話はいくらもある。貴重品はみな壊される。肖像画もほかの絵画も額から切り取られる。本は引き裂かれる。壁全体が取り壊されることもある。ここはレオの家であり、ここにあるものはレオの所有物だったが、自分の家だけ例外にするつもりはなかった。枕《まくら》カヴァーもシーツも剝《は》がし、マットレスは裏返しにして、インチ刻みで手で探った。盲人が点字を読むように。マットレスに貼《は》りつければ、どんな書類も簡単に隠せる。そうした隠匿物《いんとくぶつ》を見つける唯一《ゆいいつ》の方法は手で探ることだ。何も見つからなかった。彼は本棚に移った。ページのあいだに何かはさまれていないか、一冊一冊確かめた。百ルーブル——一週間の賃金をいくらか下まわる額の金が出てきた。その金を眺め、いったいなんの金だろうと思った。が、その本が自分の本であるのを見て、自分のへそくりだったことを思い出した。これが誰か別の捜査官なら、被疑者が投機家である証拠と主張するかもしれない。レオはその金をまたページのあいだに戻し、次に引き出しを開け、きれいにたたまれたライーサの衣類を見た。そのひとつひとつを手に取り、手ざわりで確かめ、振りまわし、次々に床に放り出した。中身をすべて出すと、引き出しの側面と裏側と底を調べた。何もなかった。振り向いて部屋そのものを調べた。壁に張りつき、どこかにくぼみや穴がないか指を這《は》わせた。新聞の切り抜きを入れた額もおろした。まだ燃えているドイツ軍の戦車の脇に立つ彼の写真。そのときのことを思うと、いつも奇妙な気分になる。なにしろ死体に取り囲まれながら、この上なく幸福なときを過ごしているのだから。額を解体すると、切り抜きがひらひらと床に落ちた。それをまたもとに戻し、額も元通りにすると、次はベッドを横にして壁に立てかけ、床に膝《ひざ》をついた。床板はねじでしっかりと固定されていた。キッチンからドライヴァーを持ってきて、床板をひとつひとつはずした。その下にあったのは埃《ほこり》と水道管だけだった。

キッチンに行って手を洗った。ようやく湯が出はじめた。気長に小さな石鹼《せっけん》を泡だて、汚れが落ちたあともしばらく手をこすった。ふと思った。自分は手から何を落とそうとしているのだろうか。妻の反逆行為を洗い流そうとしているのではないか。いや――メタファーになど興味はない。手を洗っているのは手が汚れたからだ。自分のアパートメントを家宅捜索しているのはそうすることが必要だからだ。何事も考えすぎてはいけない。

ドアをノックする音がした。彼は手首から肘《ひじ》までクリーム色の泡だらけになっている前腕をゆすいだ。またノックが聞こえた。手からしずくを垂らしながら、レオは廊下に出て呼ばわった。

「どなた？」

「ワシーリーです」

レオは思わず眼をつぶった。一気に脈拍が上がったのがわかり、努めて怒りを抑えようとした。ワシーリーはまたノックした。レオは玄関まで行って、ドアを開けた。ワシーリーはふたりの捜査官を連れてきていた。ひとりはレオの知らない若い捜査官で、紙のように白くて柔和な顔をしていた。が、パン生地にガラス玉を埋め込んだような、まったく表情のない眼でレオを見ていた。もうひとりの捜査官はフョードル・アンドレエフだった。ワシーリーは周到にこのふたりを選んでいた。青白い顔のほうはボディガード用だろう。射撃の名手か、ナイフの使い手か、手強《てごわ》いやつにまちがいない。フョードルを連れてきたのには明らかに悪意が込められていた。

「なんだ?」

「手伝いにきたんですよ。クズミン少佐に言われて」

「それはどうも。だけど、捜査は順調に進んでるから」

「それはわかってます。だから、われわれはただ手伝いにきただけで」

「ありがとう。でも、その必要はない」

「いいじゃないですか。こっちもわざわざ来たんだから。ここは寒いし」

レオは脇にどいて三人を中に入れた。

三人のうち誰ひとりブーツを脱ごうとしなかった。ブーツを覆《おお》う氷も靴底にへばりついた氷片も溶け、絨毯《じゅうたん》を濡《ぬ》らした。レオはドアを閉めた。ワシーリーがレオを挑発しにきたのは明白だった。レオの神経を逆撫《さかな》でして、理性を失わせようというのだ。言い合いになり、レオが感情的になって発したことばをとらえて、それをレオに不利な証拠に使おうというのがワシーリーの魂胆だ。

よかったら、とレオは三人に紅茶かウォッカを勧めた。ワシーリーの酒好きはよく知られていたが、まわりからはいたって些細《ささい》な悪癖と思われていた。そもそもそれが悪癖だとして。ワシーリーは首を振ってレオの申し出を断り、寝室をのぞいた。

「何か見つかったのかな？」

返事を待たず、彼は寝室にはいり、壁に立て掛けられたベッドを見た。

「まだ切り裂いてないじゃないですか」

そう言って膝をつくと、ナイフを取り出し、マットレスを切り裂こうとした。その手をつかんでレオは言った。

「マットレスに何か貼りつけられていても、手で探ればわかる。切り裂く必要はない」

「ということは、これはまたもとに戻すんですね？」

「そうだ」

「奥さんはまだ無実だと思ってるんですね？」

「有罪を示す証拠が見つからない以上はね」

「ひとつ忠告させてもらってもいいですかね？　新しい女房を見つけることです。ライーサはそりゃきれいだけどね。でも、きれいな女なんて大勢いる。いや、もしかしたら、そんなにきれいじゃない女のほうがうまくいくかもしれない」

ワシーリーはポケットに手を入れると、写真の束を取り出して、それをレオに差し出した。ライーサが国語教師のイワンとふたりで学校の外に立っている写真だった。

「奥さんはこいつとヤッてます。つまり国家だけじゃなくて、あんたも裏切ってる」

「これは学校のまえで撮られた写真だろうが。ふたりともこの学校の教師だ。ふたりが一緒に写っていてもなんの不思議もない。こんなものは何も証明してないよ」

「こいつを知ってます？」

「イワン、といったと思うが」

「われわれはここしばらくこいつに眼をつけてましてね」

「われわれは大勢の人間に眼をつけてる」

「もしかして、こいつ、あんたの友達とか？」

「会ったこともない。話したことも」

床に衣類が放り出されているのを見て、ワシーリーはしゃがむと、ライーサのショーツを取り上げた。そして、両の手の中に包み込み、まるめ、自分の鼻の下に持っていった。その間、ずっとレオから眼を離さなかった。その挑発に憤《いきどお》りを覚えるかわりに、レオはこれまでとは異なる見方でワシーリーという男を見直した。ここまでおれを嫌っているこのワシーリーというのは、実際、どんな男なのだろう？　この男のこの憎しみはキャリアに関わる妬《ねた》みがもたらしているのか、それともなりふりかまわぬ野心によるものなのか。レオは、ライーサのショーツのにおいを嗅《か》いでいる眼のまえの男を改めて見て、ワシーリーの憎悪《ぞうお》はきわめて個人的なものだと思った。

「ほかの部屋も見ていいですかね？」

証拠をでっち上げられることを恐れ、レオは言った。

「私も一緒に行くよ」

「いや、ひとりでやりたいんですがね」

レオはしかたなくうなずいた。ワシーリーは寝室を出た。

怒りに咽喉元《のどもと》を締めつけられ、レオは息をするのさえ困難になり、壁に立て掛けたベッドをじっと見つめた。いきなりおだやかな声が聞こえ、レオは驚いた。フョードルだった。

「これ、全部自分でやったんですか？　自分の妻の衣類を調べ、自分のベッドをひっくり返し、自分の寝室の床板を剝がしたんですか。そうやって自分の暮らしを自分で切り裂いたんですか」

「われわれは誰もがこういう家宅捜索には従わなきゃならないからね。スターリン大《だい》元帥《げんすい》は……」

「知ってます。われらが偉大な指導者は言っておられる。必要とあらば、ご自身のアパートメントが捜索されることもありうるってね」

「われわれは誰もが捜査されうるんじゃなくて、されるべきなのさ」

「だけど、あなたは私の息子のことは捜査しなかった。ちがいます？　自分の妻も自分自身も友達も隣人も捜査するけど、あなたは私の息子の遺体は見ようともしなかった。ちがいます？　息子の腹がどんなふうに切り裂かれてたか、息子がどんなふうに口に土を詰め込まれてたか、それを見るのにほんの一時間、割こうとしなかった。ちがいます？」

フョードルはおだやかだった。声音もいたって静かだった。彼は今ではその憤りを剝《む》き出しにはしていなかった。彼の怒りは、氷のように冷たくなっていた。こだわりなく、率直にレオに語っていた。しかし、それはもはやレオが彼にとって脅威ではなくなったからだ。

「フョードル、きみも息子さんの遺体を見てはいない」

「だけど、息子の遺体を見つけた老人とは話しました。その老人は自分が見たことを話してくれました。そのときの老人の眼がショックをよく物語ってた。私は目撃者とも話した。あなたに怯《おび》えて帰ってしまった女です。男が息子の手を引いて線路沿いを歩いてるところを見たという女です。その女は男の顔も見ていて、どんな男か説明もできた。なのに、誰も彼女にしゃべらせたがらなかった。だから、今じゃもう怯えきっていて、何も話しちゃくれません。息子は殺されたんです。だけど、民警が目撃者の供述を全部変えさせてしまった。私はそう思った。あなたのことは友達だと思ってた。そんなあなたが私の家にやってきてくれた。だけど、あなたが私の家族に言ったのは口を閉じてろということだけだった。そんなふうにあなたは悲しみに暮れる家族を脅して、つくり話を読み上げ、その嘘《うそ》っぱちを心に刻むように言った。息子を殺した犯人を探すかわりに、あなたがしたのは葬儀を監視下に置くことだった」

「フョードル、私はきみを助けようとしたんじゃないか」

「それはわかってますよ。あなたはわれわれに生き延びる道を教えてくれた」

「そうだ」

「その意味じゃ、感謝してます。あなたの言うことに従わなかったら、結局のところ、息子を殺した犯人は息子だけじゃなくて、私も私の家族も殺すことになってたかもしれないんですからね。あなたは私の家族を救ってくれたんです。だから来たんですよ。いい気味だと思うためじゃなくて、ご恩返しに。ワシーリーの言ってることは正しいです。奥さんのことはもうあきらめることです。わざわざ証拠なんか見つけようとしたりしないで。奥さんを告発すれば、あなたは生き延びられるんですから。奥さんがスパイだってことはもう決まったことなんですから。私もブロツキーの供述書を読みましたよ。私の息子の事故報告書と同じ黒いインクで書かれた供述書をね」

いや、フョードルはまちがっている。彼はやはりまだ怒っている。レオは自分の目的はいたって明快なことを自分に思い出させた。捜査をしてわかったことを報告する。妻は無実だと。

「ブロツキーの供述に妻の名前が挙がっているのは意趣返しのためだ。それ以外の何物でもない。これまでの私の捜査がそのことを裏づけている」

ワシーリーが部屋に戻ってきた。フョードルとのやりとりを彼にどこまで聞かれたか。それはなんとも判断がつかなかった。が、ワシーリーのほうから答えてくれた。

「供述書に挙がった六人の人間はもう全員逮捕されてますがね。六人とももう自白もしてる。つまり、ブロツキーの情報は測り知れないほど有益な情報だったということです」

「そういう情報提供者を逮捕できてよかったと思ってるよ」

「あんたの奥さんはそういう有罪が確定したスパイに名前を挙げられてるんですよ」

「私も彼の供述書は読んだよ。確かに、妻の名前がリストの最後に挙がってた」

「順番は重要さとなんの関係もない」

「彼は私に対する仕返しに妻の名を最後につけ加えた。私はそう信じてる。彼は私を個人的に痛めつけたかった。私はそう信じてる。そんなあからさまな死にもの狂いの計略に引っかかる者など誰もいないと思うが。捜査の協力に来てくれてありがとう……そういうことだったよね？　しかし、見ればわかると思うが……」

レオは剝《は》がした床板を示した。

「私も徹底的にやったよ」

「奥さんのことはあきらめることです。現実的になることです。あんたにはキャリアもあり、両親もいる。同時に、国家の裏切り者の尻軽《しりがる》女房もいた。そういうことなんだから」

レオはフョードルの顔をちらっと見やった。彼の顔には嬉《うれ》しさも悪意の秘められた喜びも表れてはいなかった。ワシーリーは続けた。

「女房が尻軽だってことはあんただって知ってたんでしょ？　だって以前女房に尾行をつけたりしてるくらいなんだから」

レオの憤りは驚きに取って代わられた。みんな知っていたのだ。彼らはずっと知っていたのだ。

「誰も知らなかったと思ってたんですか？　みんな知ってますよ。女房を告発することです。このことにはもうけりをつけることです。女房を疑うことにもね。あれこれうじうじ考えることにもね。あきらめるんです。あとでみんなで飲みにいきましょう。女なんて新しいのが今夜のうちに見つかりますよ」

「わかったことは明日報告する。ライーサがスパイだったら、そのとおり報告する。スパイでなかったら、やはりそのとおり報告する」

「まあ、ご幸運を、同志。この醜聞を耐え抜けるようなら、あんたはいずれ国家保安省のトップにだってなる人だよ。請け合いますよ。そういうあんたの下で働くことは、そりゃもう名誉なことでしょうよ」

玄関のドアのところで、ワシーリーは振り向いて言った。

「おれの言ったこと、忘れないでください。あんたの命とあんたの両親の命。それと女房の命との重さが計られてるわけだ。そんなにむずかしい選択じゃないと思いますがね」

レオはドアを閉めた。

足音が遠ざかっていくのを確かめた。気づくと、手が震えていた。寝室に戻り、惨状を見まわした。床板をもとに戻し、ねじでとめ直した。ベッドももとに戻した。シーツをいったんぴんと張ってから、いくらか皺《しわ》をつけ、もとの状態に戻した。ライーサの衣類もしまった。たたんで引き出しに入れた。取り出したときにはどんな順にしまわれていたか、はっきりとは思い出せなかったが。厳密でなくてもかまわないだろうと思った。

コットンのシャツを取り上げると、何か小さなものが足元に落ち、床を転がった。彼はしゃがんで拾い上げた。一コペイカ銅貨だった。彼はベッドサイド・キャビネットの上に放った。すると、その拍子に銅貨がふたつに割れ、そのふたつがキャビネットの上を互いに反対方向に転がった。怪訝《けげん》に思って、レオはキャビネットに近づき、膝《ひざ》をつくと、ふたつになった銅貨を取り上げた。片方の内側が空洞になっていた。ふたつ合わせると、見るかぎり通常のコペイカ銅貨と変わらない。が、レオは以前それと同じものを見たことがあった。それはマイクロフィルムを隠して国内外に運ぶための小道具だった。

二月二十一日

レオの宣誓証言には、クズミン少佐、ワシーリー・ニキーチン、それにアナトリー・ブロツキーの尋問をレオに替わっておこなったティムール・ラファエロヴィッチが立ち会った。レオはラファエロヴィッチのことをさほど詳しく知らなかった。が、口数は少ないが、覇気があり、信頼の置ける人物だということは聞いて知っていた。だから、そんなラファエロヴィッチが、ライーサの名前が挙がったことも含めて、ブロツキーの尋問の正当性を示す証人になったというのは、レオにとって驚き以外の何物でもなかった。ラファエロヴィッチはワシーリーの取り巻きでもなんでもない。ワシーリーに敬意を払ってもいなければ、ワシーリーを恐れてもいない。ワシーリーはいったいどうやってライーサの名前を供述書にまぎれ込ませたのか。ワシーリーはラファエロヴィッチに対してなんの影響力も持っていない。階級に従えば、尋問中はラファエロヴィッチの補佐をしていたはずだ。この二日間、レオは、今度のことはワシーリーの意趣返しだと決めつけて動いていた。が、もしかしたら、その推測がまちがっていたのだろうか。ワシーリーとは無関係のことなのだろうか。ラファエロヴィッチのような地位にいる者の協力まで取りつけ、供述書を細工できる人物といえば、クズミン少佐以外いない。

レオは思った——これはおれが庇護《ひご》を受け、師と仰いできた上司その人によって企てられた策略なのか。アナトリー・ブロツキーの件では彼の忠告に従わなかった。クズミンはそのことの意味をおれに教えようとしているのだろうか。あのときクズミンはなんと言ったのだったか。

感傷は人の眼を曇らせることがある。

もしかしたらこれはテストなのかもしれない。クズミン少佐はおれに試練を与えようとしているのかもしれない。今回の捜査で問題となっているのは、むしろおれの捜査官としての能力なのではないか。ライーサとはそもそも無関係のことなのではないか。夫は自らの妻に関する捜査ではどのような行動を取るか。そうしたことがそもそもの関心事でないかぎり、夫に妻を調べさせることにどんな意味がある？　実際、おれ自身尾行されたではないか。自分のアパートメントを真面目《まじめ》に家宅捜索している最中に、ワシーリーがわざわざやってきたではないか。ワシーリーの関心は何が見つかるかなどということにはなかった。彼の関心はこのおれの捜査のしかたにあったのだ。そう考えると、すべて納得がいく。昨日、ワシーリーはライーサを告発するように苛《いら》立《だ》たしいほどしつこく言っていた。あれはそんなふうに言われれば言われるほど、こっちは彼の忠告に耳を貸さず、ライーサを弁護することを見越した上でのことだったのではないだろうか。ほんとうはライーサを告発してほしくなかったから、あんなことを言ったのではないだろうか。ワシーリーはこのテストにおれがパスすることを望んでいない。おれが党より個人の暮らしを優先させることを望んでいる。これは罠《わな》だ。だから、今おれがやるべきことは、妻を告発して、クズミン少佐におれの国家保安省に対する忠誠心をはっきりと示すことだ。おれの信念の揺るぎないことを――その信念のためなら冷酷無比にもなれることを示すことだ。むしろそうすることで自分たち全員が救われるのだ。ライーサも、生まれてくる子供も、両親も。国家保安省でのおれの未来も。それでワシーリーなどどこかに蹴散《けち》らすことができる。

しかし……すべてただの推測でしかない。本人が認めたとおり、ブロツキーがほんとうに反逆者だったら？　なんらかの形でブロツキーとライーサがつながっていたのだとしたら？　もしかしたら、彼は真実を語ったのかもしれない。あの男が無実だとどうして断言できる？　妻が無実だとどうして確信できる？　だいたいどうしてライーサは反体制気取りの国語教師などと仲がいいのか。あんな妙なコペイカ銅貨がどうして家にあったのか。ほかの六人は逮捕され、すでに全員自供したのではなかったか。ブロツキーの供述が真実だったことはすでに証明され、そんな彼が挙げた者の中にライーサがいるのだ。そう、ライーサはスパイで、そのことを証明する銅貨までこのポケットの中にあるのだ。その銅貨を今、机の上に置いて、ただちにライーサとイワン・ジューコフを尋問するよう申し出ることもできなくはない。そう、おれは騙《だま》されていたのだ、ワシーリーの言うとおり。ライーサはスパイだった。子供もおれの子供ではないかもしれない。彼女がおれに不実だったのはずっとわかっていたことではないか。彼女はもうおれを愛していない。それはわかっている。そんな彼女のために、どうしてすべてを危険にさらさなければならない？　これほど冷たい女のために。よくておれに寛大だったという程度の女のために。彼女はおれが働き、求めてきたものすべてを危うくしようとしている。両親のために、自分自身のために、おれが勝ち得てきたものすべてを危うくしようとしている。彼女は国家を危うくしようとしている。おれが戦い、守った国家を。

明らかではないか。彼女は有罪だと言えば、それですべてけりがつく。それで自分にも両親にも危害は及ばない。それだけは言える。それだけが唯一《ゆいいつ》の安全策だ。それに、もしこれがおれの適性を試すテストなら、彼女を告発することでライーサも救えるのだ。本人は何も知らなくていい。一方、彼女がスパイなら、すでに証拠がほかにあがっており、今はこのおれがライーサとグルかどうか確かめようとしているのかもしれない。いや、彼女がほんとうにスパイなのだとすれば、おれはなんとしても告発しなければならない。反逆は死に値する罪だ。取るべき道はひとつ、妻を告発することだ――レオはそう思った。

クズミン少佐が聴聞《ちょうもん》を始めて言った。

「レオ・ステパノヴィッチ、きみの妻は外国の情報機関に通じている。われわれにはそう信じるに足る理由がある。もちろん、きみ自身はいかなる罪にも問われていない。だから、きみにその捜査を命じたわけだ。わかったことを報告してくれ」

求めていた確証がこれで得られた、とレオは思った。クズミン少佐の意図は明らかだ。妻を告発しさえすれば、今後も変わらない信頼を置こうと言ってくれているのだ。ワシーリーは昨日なんと言ったか？

この醜聞を耐え抜けるようなら、あんたはいずれ国家保安省のトップにだってなる人だよ。請け合いますよ。

今後の昇進はこれから言うおれのひとことにかかっている。

部屋はしんとしていた。クズミン少佐が身を乗り出して言った。

「レオ?」

レオは立ち上がり、制服の皺を伸ばして言った。

「妻は無実です」

三週間後

ウラル山脈の西
ヴォウアルスクの町
三月十三日

ヴォルガの車体組立てラインが夜のシフトに切り替わった。イリーナヤは作業を切り上げ、不快なにおいのする黒い石鹸《せっけん》で手を洗った。そんな石鹸しかないのだ。それもあればの話だ。水は冷たく、石鹸は泡立たず、ただグリースのようになって、削《そ》げるだけだった。が、彼女の頭には次の勤務が始まるまでの時間のことしかなかった。夜の予定はもう決めてあった。まず爪《つめ》のあいだにはさまった油と金属のやすりくずを取る。それから家に帰り、着替えをし、頬紅を差し、それから駅のそばのレストラン――バサロフの店に出かける。

バサロフの店は、仕事でシベリア横断鉄道を利用する役人たちに人気のある店で、東西に移動する途中、彼らはよくその店に立ち寄った。レストランだから、当然料理を出したが——雑穀のスープや大麦の粥《カーシャ》やニシンの塩漬けなど——イリーナヤはそのどれもがひどいものだと思っていた。バサロフの店のいいところはアルコールを出してくれるところだった。食べものを売らずにアルコールだけ売ることは法律で禁じられており、料理はそのための手段だった。ただアルコールを出すためだけの。実際、バサロフの店はいい加減なレストランで、個人に百グラム以上のウォッカを売ってはならないという法律も端《はな》から無視していた。店に自分の名をつけたバサロフ自身、始終酔っぱらっており、たびたび暴力的になる男で、イリーナヤが彼の店で商売をしようとすると、ショバ代を求めてきた。ただ愉《たの》しみのためだけに飲みにきているふりをするのは無理だった。金を払ってくれる行きずりの客とこそやっていては。だいたいただ飲む愉しみだけのためにバサロフの店に来る客などひとりもいなかった。みな旅の客で、地元の人間はいなかった。が、それがイリーナヤには都合のいいところなのだった。もう地元の男相手には商売ができなくなっていたから。このところ、あまり体調がすぐれず、それも腫《は》れものができたり、皮膚が赤くなったり、ただれたりするといった具合で、同じような症状を呈した何人かの常連客が町じゅうにそのことを触れまわったのだ。で、今では彼女のことを知らない相手としか商売ができなくなっていた。町に長く滞在することのない客としか。ウラジオストックかモスクワか

——それはその客がどっちに向かっているかによったが——そのあたりまで旅して、やっと小便に膿《うみ》が混じっていることに気づく客としか。もちろん、そういった病気を客にうつしてしまうことを彼女が喜んでいたわけではない。たとえ相手があまりやさしくない客であっても。しかし、この町では性病で医者の診察を受けるというのは、性病にかかる以上に危険なことだ。未婚女性にとってそれは供述書を提出し、汚辱にまみれて署名するようなものだ。治療を受けようと思えば、闇市《やみいち》に行くしかない。が、それには金がかかる。おそらくは大金が。今のところ、彼女はもっと大切なことのために貯金していた。もっとずっと大切なこと——この町を出ることのために。

彼女が着いた頃には、店内は混み合い、窓は湯気で曇っていた。安煙草《やすたばこ》——マホルカ——のにおいが立ち込め、ドアを抜ける四十メートルほど手前から、酔っぱらいの笑い声が聞こえていた。兵士が来ているはずだと思って来たのだが、その見当はあたっていた。山ではよく軍事演習がおこなわれ、拘束時間を解かれた兵士がまっすぐにめざすのがこのバサロフの店なのだ。そういった客にはバサロフ自身が特別に相手をし、水で薄めたウォッカを出した。客に文句を言われると——そういうことはしょっちゅうあった——彼は悪酔いしないための親心だと言い返した。それでよく喧嘩《けんか》になった。バサロフ本人はいかに大変な暮らしをしているか、いかにここの客はひどいか、始終文句を垂れていた。が、イリーナヤは知っていた。彼が水で薄められていないウォッカを薄めることで、こまめに利益を上げていることを。バサロフは投機家だった。そしてクズ野郎だった。二ヵ月ほどまえのことだ。彼女は週に一度あがりの一部を払っているのだが、金を持って二階にあがると、寝室のドアが少し開いていた。そこからそっと中をのぞくと、彼はルーブル紙幣を何枚も何枚も数えていた。その金はブリキの缶に入れられ、ひもでぐるぐる巻きにされていた。ほとんど息もできず、のぞき見ていると、バサロフはそれを布でくるんで煙突の中に隠した。それ以来、イリーナヤはその金を盗み、この町から逃げ出すことをずっと夢見てきた。捕まったら、まちがいなく彼に首の骨をへし折られるだろう。が、ブリキの缶がなくなっているのがわかったところで、彼の心臓は煙突のそばで鼓動を止めてしまうのではないか。彼女はそう思っていた。彼の心臓とそのブリキの缶はひとつのもの、同じものだからだ。

予想どおり、兵士たちはあと二、三時間は飲んで騒いでいそうだったが、そのうち兵士がしていることはただ彼女を触りまくることだけになった。それは無料のサーヴィスだった。彼女にウォッカをおごることを勘定に入れなければ。彼女は勘定に入れていなかった。ほかの客たちのほうを見まわし、兵士たちが時間を気にしはじめるまえにも、いくらか稼げそうだと彼女は思った。兵士たちはまえのほうのテーブルに陣取っていて、ほかの客は店の奥に追いやられていたが、みなひとりで坐《すわ》っていた——手つかずの料理と飲みものをまえにして。疑問の余地はなかった。彼らもまたセックスを求めているのだ。ほかに店に居坐らなければならない理由など何もない。

イリーナヤは着ているものを整え、グラスをあおると、触られたり、声をかけられたりしても無視して兵士たちのあいだを縫い、奥のテーブルに移った。そこに坐っていた男は四十ぐらいか、それよりいくらか若いか、歳《とし》はなんとも言えなかった。ハンサムではなかったが、むしろそのためにこそいくらか多めに払ってくれるかもしれない、と彼女は思った。見てくれのいい男の中にはただでできるなどと思い上がっているのがいる。互いに愉しめるのだからと。彼女は男の脇《わき》に坐ると、脚をずらし、男の太腿《ふともも》に押しつけて言った。

「あたしはターニャ」

こういうときには、自分は誰か別の人間だと自分に思わせることが役に立つ。

男は煙草に火をつけると、手をイリーナヤの膝《ひざ》に置いた。そして、わざわざ彼女に飲みものを注文するかわりに、まわりにいくつも並べられている使ったグラスのひとつにウォッカの残りを注いで、彼女のほうに押し出した。彼女は男が何か言うのを待って、グラスを弄《もてあそ》んだ。男は自分のグラスの中身を飲み干したが、ことさら話したがっているようには見えなかった。あきれて眼を大げさにまわしたくなる衝動をこらえ、イリーナヤは自分のほうから切り出した。

「あんたの名前は？」

男は何も答えなかった。ただ、ジャケットのポケットに手を入れ、しばらくまさぐってからまた出した。が、その手はぎゅっと握りしめられていた。イリーナヤは何かの遊びだろうと思い、それにつきあうことにして、男の拳《こぶし》を指で軽く叩《たた》いた。男は手のひらを返し、一本ずつ指を開いた……

手のひらの真ん中に小さな金《きん》の塊があった。彼女はもっとよく見ようと顔を近づけた。が、きちんと見るまえにまた閉じられてしまった。男はその手をまたポケットに入れた。まだひとことも発していなかった。彼女は男の顔をまじまじと見た。酔っぱらった血走った眼をしていた。彼女にしてみればまったく好きになれそうにない男だった。もっとも、彼女には好きな人間などそもそもいなかったが。寝た男の中にはひとりもいなかった。それだけは言えた。しかし、そういうことを言いたいのなら、こんなことはすぐにやめて、地元の男と結婚し、人生をあきらめ、ここに骨を埋《うず》める気になればいいのだ。レニングラード――彼女の家族が今も住み、こんな聞いたこともない町への転勤を命じられるまで彼女が生まれ育ったところ――に戻る唯一《ゆいいつ》の方法は、役人を買収できるだけの額の金を貯《た》めることだ。交通関係に高官の知り合いなどひとりもいない彼女にとって、その金《きん》はなにより必要なものだった。

男はグラスを叩いて、初めて口を利《き》いた。

「飲め」

「まずあんたがお金を払うのよ。指図するのはそれからにして。それがルールよ。それが唯一のルールよ」

まるで顔に小石でもぶつけられたかのように、男は顔の皮膚をぴくつかせた。一瞬、彼女は男の無表情な丸顔の下に、何か不快なものを見たような気がした。何か思わず顔をそむけたくなるようなものを。それでも、金《きん》が彼女に男の顔を見させせつづけた。椅子《いす》に坐らせつづけた。男はポケットから金《きん》を取り出すと、彼女に差し出した。が、彼女が手を伸ばし、つまみ取ろうとすると、汗ばんだその手を閉じ、彼女の指を包み込んだ。痛くはなかったが、彼女は男に指をぎゅっとつかまれた恰好《かっこう》になった。男の握力の言いなりになるか、それとも金《きん》はあきらめて指を引き抜くか。自分に期待されていることを想像し、彼女は無力な少女のように微笑《ほほえ》み、笑い声をたてて、つまんだ金《きん》の塊を放した。すると、彼もまた手の力をゆるめた。彼女は金《きん》をつまみ直してしげしげと見た。歯の形をしていた。彼女は男を見て言った。

「どこで手に入れたの？」

「人間、進退きわまると、持ってるものはなんでも売るものさ」

そう言って笑った。彼女は気分が悪くなった。金歯がお金とは。男がウォッカのグラスを叩いた。しかし、その歯は彼女がここから出るための切符だった。彼女はウォッカを飲み干した。


イリーナヤは歩みを止めて言った。

「製材所で働いてるの？」

そうでないことはわかっていた。が、まわりの家はどれも製材所の労働者の家だった。男は答えようともしなかった。

「ねえ、どこに行くのよ？」

「もうすぐだ」

男は彼女を町はずれの駅まで連れてきていた。駅自体は新しくできたものだが、そのあたりは町で最も古くからある地区に位置していた。下水のにおいがどこまでも続く道の両側に、ブリキ屋根に薄っぺらな板一枚の壁といった、今にも壊れそうな小屋やあばら家が続いており、それらのあばら家はどれも製材所の労働者の住まいで、ひ

とつの部屋に五人、六人、あるいは七人が暮らしていた。今ふたりが考えていること
にもってこいの場所とはおよそ言えなかった。
凍えるほど寒かった。イリーナヤは酔いもすっかり醒《さ》めて、脚も疲れてきた。
「この時間も料金にはいってるのよ。あんたの金《きん》が買ったのは一時間なんだから。そ
れはもう言ったでしょ？　時間をこうしてつかっちゃったら、レストランに帰るのに
も時間がかかるから、今からでももう二十分ぐらいしかないわよ」
「駅の裏手だ」
「駅の裏には森しかないけど」
「行きゃわかる」
男は歩を速め、駅の脇まで来ると、暗闇を指差した。彼女はジャケットのポケット
に手を突っ込み、男に追いつくと、男が指差すほうに眼を凝らした。線路が森の中に
消えている以外何も見えなかった。
「何があるの？」
「あそこだ」
男は森のへりからさほど離れていないあたりを――線路脇にぽつんと建っている小
さな丸太小屋を指差していた。

「おれは鉄道技師なんだよ。鉄道で働いてるんだ。あれは保線小屋だ。あそこならふたりだけになれる」

「普通の部屋でもふたりだけにはなれると思うけど」

「今いるところにはおまえを連れていけない」

「行けるところならいくつか知ってるけど」

「おれはこのほうがいいんだ」

「あたしはあんまりよくないわ」

「ルールはひとつだ。おれは金を出す。おまえはおれの言うことを聞く。金《きん》を返すか、おれの言うとおりにするか」

金《きん》以外何もいいことはなかった。男は手を差し出して、金《きん》が返されるのを待った。が、怒っているようにもがっかりしているようにも苛立《いらだ》っているようにも見えなかった。イリーナヤはその無関心さにいくらか安堵《あんど》し、小屋に向けて歩きだした。

「中にはいったら、もう十分しかないわよ。いいわね？」

返事はなかった。彼女はそれを〝イエス〟と解した。

小屋には錠前がかかっていた。が、男は鍵《かぎ》の束を持っており、その中から合ったものを見つけると、不器用に錠前をはずしにかかった。

「凍えそうだな」

彼女はなんとも答えず、そっぽを向いてため息をつき、ことさら不快さを示した。今いるところには連れていけないと言う以上、男には妻がいるのだろう。しかし、男はこの町には住んでいないはずだ。何が問題なのか彼女には測りかねた。もしかしたら、家族か友達と一緒に滞在しているのか。もしかしたら、党の要職に就いている人間なのか。どうでもいいことだが。彼女の望みはこれからの十分間が早く終わることだけだった。

男はしゃがむと、南京錠《ナンキンじょう》を両手で包んで息を吹きかけた。鍵が挿し込まれ、錠がはずれた。彼女はそれでも外に立っていた。明かりがないようなら、それでもう終わりだ。戦利品として金《きん》だけもらえばいい。もうこの男には充分時間を与えたのだから。こんなに人を歩かせて時間を無駄づかいしたのはこの男の勝手だ。

男は小屋の中にはいると、暗闇に姿を消した。マッチが擦られる音がして、天井から吊《つ》るされたフックに掛けられた火屋《ほや》付きランプの明かりがともった。彼女は小屋の中をのぞいた。あちこちに予備の線路やねじやボルト、道具や材木が置かれていた。タールのにおいがした。男は行為のためのスペースをつくりはじめた。彼女は笑って言った。

「お尻《しり》にとげが刺さりそうね」

驚いたことに男は顔を赤らめ、ただスペースをつくっただけでなく、そこに自分のコートを脱いで広げた。彼女は中にはいって言った。

「紳士なのね……」

いつもなら上着を脱いで、たぶんベッドに腰かけ、思わせぶりにストッキングを脱いだことだろう。が、ここにはベッドも暖房機もなく、彼女はただワンピースの裾《すそ》をまくるだけにしておこうと思った。ほかはみな着たままで。

「上着を着たままでもいいでしょ？」

そう言ってドアを閉めた。それでいくらかでも暖が取れると思ったわけでもないが。小屋の中も外とほとんど変わらないほど寒かった。ドアを閉め、彼女は振り向いた。

男は思っていた以上にそばにいた。何か金属的なものが向かってくるのを一瞬見たような気がした。何かまではわからなかった。それが頬にあたり、その衝撃とともに痛みが頬から背骨を伝って脚まで突き貫《ぬ》けた。筋肉が瞬時に弛緩《しかん》し、まるで腱《けん》を切られでもしたかのように脚から力が抜けた。小屋のドアに背中からぶつかった。視野がぼやけ、顔が焼けるように熱く感じられ、口の中に血の味が広がった。意識が遠のきはじめた。が、それに逆らった。気を失うまいと必死にこらえ、薄れる意識を彼の声に集中させた。

「おれの言うとおりにするんだ」

おとなしく従えばこの男はそれで満足するだろうか？　折れた歯が歯茎にあたり、彼女はそんなことはありえないと確信した。だいたいこんな男のなけなしの慈悲にすがる気になどなれなかった。嫌《いや》でならないこの町で——国家の強制命令で移転させられたこの町で——家族がいるところから千七百キロも離れたこの町で——死ぬことになるのなら、せめてこの豚野郎の眼を抉《えぐ》り出して死にたい。彼女はそう思った。

男は彼女の両腕をつかんだ。明らかにどんな抵抗も予期していないつかみ方だった。彼女は血の混じった唾《つば》と痰《たん》を男の眼に吐きかけた。さすがにそれには男も驚いたのだろう、彼女をつかむ手を放した。彼女はうしろのドアを手探りで探し、背中で押した。ドアは勢いよく開き、彼女は仰向《あおむ》けに外の雪の上に倒れた。空が見えた。男は彼女の足をつかんだ。彼女は狂ったように蹴《け》って、男から逃れようとした。男は彼女の片足だけつかむと、小屋の中に引きずり込もうとした。彼女は心を集中させ、狙《ねら》いを定めた。彼女のもう一方の足の踵《かかと》が男の顎《あご》をとらえた。しっかりと命中した感覚があった。男は頭をのけぞらせ、叫び声をあげた。彼女の足をつかんだ手を放した。彼女はすぐに腹這《はらば》いになって立ち上がると、駆けだした。

ただやみくもに走りだしたために、自分が小屋を飛び出し、町からも駅からも離れるほうに向かって線路の上を走っていることがわかるのに数秒かかった。彼女の本能はひたすら男から離れることを彼女に命じていた。が、その本能が彼女を裏切ってもいた。結果的に、彼女は安全からも離れようとしていた。うしろを振り返った。彼女を追って、男も走っていた。この方向に走りつづけるか、踵《きびす》を返して、追ってきている男のほうに向かうか。男をよけ、すれちがうだけの余裕はなかった。叫ぼうと思った。が、口の中には血があふれており、血にむせた。口の中の血を吐いた。それで走るリズムが狂い、男との距離がちぢまってしまった。今にも追いつかれそうになった。

そのとき突然、地面が振動しはじめた。顔を起こすと、貨物列車が音をたて、機関車の煙突から煙をたなびかせ、彼女たちのほうに向かってきていた。彼女は両手を上げて振った。しかし、たとえ機関士が彼女に気づいたとしても、彼女とのあいだは五百メートルたらずしかなく、その距離で停止するのは不可能だった。このままではあと数秒で轢《ひ》かれることになる。が、彼女は線路から退《の》かなかった。むしろ走る速度を上げ、列車に向かっていった。その下にもぐり込むつもりで。列車にはスピードを落とす気配がなかった。金属ブレーキの軋《きし》る音も汽笛もなかった。振動で彼女の足が震えた。それほどの距離まですでに近づいていた。

撥《は》ねられる寸前、彼女は線路から飛びのき、線路沿いの深い雪の中に突っ込んだ。機関車と貨物車は轟音《ごうおん》をあげ、そばの木々に積もった雪を振るい落としながら、通り過ぎていった。息を切らして、彼女はうしろを見た。男が列車に真っぷたつにされているところを期待して。列車の下敷きになっているか、愚かにも彼女とは反対側の線路沿いに飛びのいたことを期待して。しかし、男は男で機敏に反応していた。彼女と同じ側に飛びのいて、雪の上に腹這いになっていた。と思う暇もなく、立ち上がり、雪の上をよろよろと彼女のほうに向かってきた。

彼女は口の中にたまった血を吐き出して、叫んだ。助けを求めた。死にもの狂いで。しかし、そばを走っているのは貨物列車で、彼女の叫び声を聞きつけたり、彼女の姿を見たりできる人間は誰も乗っていなかった。彼女も立ち上がり、走った。森のへりまで来ても速度をゆるめなかった。突き出している枝を掻《か》き分け、走った。森にはいり、大きく弧を描いてまた線路に戻り、町をめざす。そうするつもりだった。ここで隠れることはできない。男との距離がなさすぎた。月が明るすぎた。ただひたすら走るべきだ。それは彼女にもわかっていた。が、誘惑に負けた。見なければならない。男がどこにいるか知る必要がある。彼女はうしろを振り向いた。

男の姿はどこにもなかった。どこにも見えなかった。列車はまだ轟音をあげてそばを走っていた。森にはいったところで見失ったのだ。彼女は走る方向を変えた。町に向けて、安全に向けて走りだした。

いきなり木の陰から飛び出してきた男に胴を抱えられた。ふたりとも雪の上に倒れ込んだ。男は彼女の上に馬乗りになると、彼女のジャケットを引き裂き、怒鳴った。貨物列車の轟音の中ではなんと言っているのか彼女にはわからなかった。男の歯と舌しか見えなかった。そこで突然思い出した。こういうときのために用意しておいたものを。上着のポケットに手を入れ、仕事場から持ち出してきた鑿《のみ》を探った。それをこれまでに使ったこともないわけではなかった。が、そのときにはただ脅しとして使っただけだった。いざとなれば、戦うつもりがあることを示しただけだった。木の柄をつかんだ。チャンスは一度しかないと思った。男が彼女のワンピースの裾をまくり上げようとしたのをとらえ、男の側頭部に鑿を思い切り突き刺した。男はびくっとして上体を起こし、耳を手で押さえた。彼女はさらに鑿を振りまわした。鑿の刃が耳を押さえた男の手を切り裂いた。彼女としてはさらにもう一度、いや、何度も切りつけるべきだった。その場で男を殺すべきだった。が、とにもかくにも逃げ出したいという欲望が勝《まさ》った。血まみれの鑿をまだ手に持ったまま、うしろ向きに這った、昆虫のように。

男も四つん這いになって、彼女を追ってきた。片方の耳たぶが途中で切れ、ぶら下がっていた。怒りに顔がゆがんでいた。彼女の足首を狙って手を伸ばした。すんでのところで彼女はそれを逃れた。男より早く這った。が、それも背中が木の幹にぶつかるまでのことだった。いきなり動けなくなり、追いついた男に足首をつかまれた。彼女は男の手を狙って鑿を繰り出した。男は彼女の手首をつかみ、自分のほうに引き寄せた。顔と顔が近づいた。彼女は自分のほうからさらに顔を近づけ、男の鼻にかぶりつこうとした。男はもう一方の手で彼女の咽喉《のど》をつかみ、自分から遠ざけた。彼女は喘《あえ》ぎ、その手から逃れようとした。が、男の手はびくともしなかった。彼女は息ができなくなり、体重を横にかけた。ふたりとも転がった。互いに重なり合い、雪の上を何回転も転がった。

そこでどういうわけか男は手を放した。男の手から逃れ、彼女は咳《せ》き込み、息をついた。男はまだ彼女の上になり、彼女を押さえつけていた。が、彼女のほうを見てはいなかった。別の何かに関心を移していた。ふたりの脇《わき》にある何かに。彼女も男が見ているほうを見た。

彼女のすぐ脇の雪の中に全裸の少女の死体が埋まっていた。その肌はまさに透き通るように白かった。髪はほとんど白といってもいいほど色の薄いブロンドで、大きく口が開かれ、その中に泥が詰まっているのが見えた。泥は口の中で団子状になり、少女の青白い唇のあいだから盛り上がっていた。少女の腕にも脚にも顔にも外傷は見られなかった。ふたりが転がったために凹凸ができていたが、薄い雪の層が少女の体を覆《おお》っていた。上半身は見るも無残な状態だった。切り裂かれ、内臓が露出していた。皮膚の大半がなくなっていた。切り取られたか、剝《は》がされたか。まるで狼《おおかみ》の群れに襲われたかのようだった。

イリーナヤは男を見上げた。男はもう彼女のことなど忘れてしまったかのような顔をしていた。少女の死体をただ凝視していた。そして、いきなり上体を折り曲げて吐きはじめた。何も考えず、彼女は握った鑿を男の背中に叩《たた》きつけた。そして、この男がどんな男か、この男に何をされたか思い出しながら、鑿の刃を男の背中から引き抜き、駆けだした。今度は彼女の本能も彼女を裏切らなかった。森から出ると、駅に向かって走った。男が追いかけてきているかどうかはわからなかった。今度はもう叫ばなかった。走る速度をゆるめもしなければ、うしろを振り返りもしなかった。

モスクワ
三月十四日

レオは眼を開けた。懐中電灯の光に眼がくらんだ。時間を確かめるのに、わざわざ腕時計を見るまでもなかった。逮捕の時刻――朝の四時。心臓の鼓動が一気に高まった。ベッドを出て、暗がりの中、方向感覚をなくしてよろけた。と思ったら、ひとりの男にぶつかり、脇に押しやられた。ふらつきながらもバランスを取った。光をあてられ、まぶしさに眼を細めると、三人の捜査官が見えた。全員十八になったかならないかといった若い捜査官で、三人とも武装していた。顔に見覚えのない連中だったが、どんな種類の捜査官かはすぐにわかった。階級の低い、盲目的に命令に従う捜査官だ。与えられればどんな命令もこなす連中だった。彼らはためらうことなく暴力を振るう。どんな些細《ささい》な抵抗にも横暴な権力を振るう。煙草《たばこ》と酒のにおいを漂わせていた。三人ともゆうべから寝ていないのだろう。この任務を遂行するために、一晩じゅう飲んでいたのだろう。だから、アルコールが彼らそのものを予測不能に、あるいは些細なことでも暴発する状態にしているはずだった。このあとの数分を生き延びるためには、レオとしても慎重に、従順に、振る舞う必要があった。ライーサもそのことをちゃんと理解していることを彼は祈った。

彼女も起きており、寝巻き姿でレオの脇に立っていた。震えていた。しかし、それは寒さのためではなかった。ショックのためか、恐怖のためか、怒りのためか、それは本人にも判然としなかった。いずれにしろ、その震えが止まらなかった。それでも、彼女は三人から眼をそらそうとは思わなかった。少しも恥ずかしいとも思わなかった。むしろ若い捜査官に恥じ入らせたかった。彼らの無礼な振る舞いを彼らに思い知らせたかった。自らよれよれの寝巻きと寝乱れた髪をさらすことで。しかし、彼らのほうはそんなことにはまるで頓着《とんちゃく》していなかった。相手がどんな姿であれ、彼らには同じことだ。ただの仕事の一部にすぎない。少年兵の眼には繊細さのかけらもなかった。どんよりと濁り、視線を左右にちらちらと向けていた。トカゲのように——まさに爬《は》虫類《ちゅうるい》の眼のように。ライーサは思った。国家保安省は鉛の心を持ったこんな若者をどこから見つけてくるのだろう？　そう思って、すぐに思い直した。省が彼らをこんな人間に変えてしまうのだ。夫を見やった。レオは手をまえで組み、相手の眼を見ないように頭を垂れていた。ことさら従順で卑屈な態度を取っていた。それが賢明な振る舞いであることは彼女にもよくわかっていた。しかし、今の彼女は賢明になりたい気分ではなかった。三人の暴漢に土足で寝室に乗り込まれたのだ。彼女としては夫に怒り狂ってほしかった。もっと傲岸《ごうがん》な態度を取ってほしかった。それが人としてなにより自然な反応ではないか。まともな男なら誰しも怒るはずだ。夫はこんなときにも政治的に振る舞おうとしている……

三人のうちのひとりが寝室を出て、またすぐに戻ってきた。小さな鞄《かばん》をふたつ持っていた。

「持っていけるのはこの中に入れられるものだけだ。服と書類以外は何も持っていくな。準備ができようとできまいと、あと一時間でここを出る」

鞄は木の骨組にキャンヴァス地を張った代物《しろもの》で、なんともつつましいスペースを提供していた。日帰り旅行なら間に合いそうなズック鞄だ。レオは妻のほうを向いて言った。

「できるだけ着込んでいくといい」

そう言って、振り返った。ひとりは煙草を吸っていた。じっと彼を見ていた。

「外で待っててくれるか？」

「よけいなことを言って、時間を無駄にしないほうがいいと思うけどね。どんなことを頼まれようと、こっちの答は〝ノー〟だ」

ライーサは、その捜査官の爬虫類の眼が自分の体に注がれているのをはっきりと感じながら、着替えをした。できるかぎり重ね着をした。何枚も何枚も。レオも同じことをした。これが別な状況なら、木綿とウールでふくれあがった彼らの恰好《かっこう》は滑稽《こっけい》に見えたかもしれない。着られるだけ着て、ライーサは所持品のうち何を持っていき、何を置いていくか考え、ズック鞄を見た。幅は九十センチあるかないか、高さは六十センチ、奥行は二十センチ程度のものだ。自分たちの暮らしをこのスペースに押し込めなければならない。

荷造りを命じるというのは、死を宣告されたのではないかと相手に不安を与えないための――パニックを起こさせないための――ただの方便である可能性もあった。それぐらいレオもよく知っていた。人を移動させる際、それがどんなに小さなものであれ、もしかしたら生き延びられるかもしれないという希望にしがみつかせておいたほうが、ことは簡単だからだ。しかし……とレオは思った。自分に何ができる？　あきらめる？　闘う？　とっさに計算をした。この貴重なスペースの一部は『プロパガンディストの書』や『共産党史小教程』で埋めなければならない。両方とも入れなければば、それが反政府的行動と解釈されるのは明らかだ。現在彼らが立たされている苦境を考えると、それはもう自殺行為に等しい。彼はその二冊を手に取り、なによりさきに鞄に入れた。若い捜査官はすべて見ていた。ケースに何が入れられるか、何が選ばれるか。レオはライーサの腕に触れて言った。

「靴も持っていこう。お互い一番いいやつを一足ずつ」

上等の靴はどこでも貴重品で、いくらででも売れる商品だ。

レオは衣類、貴重品、それに写真を入れた。彼らの結婚式の写真。彼の両親、ステパンとアンナの写真。ライーサの家族の写真は一枚もなかった。彼女の両親はふたりとも大祖国戦争で死んでいた。彼らが住んでいた村そのものが消滅したのだ。ライーサはそのとき着ていた服以外、すべてを失ったのだった。自分の鞄がいっぱいになると、レオは額に入れて壁に掛けた新聞の切り抜きにしばらく眼をとめた。彼自身の写真に。戦争の英雄、戦車の破壊者、占領された領土の解放者に。彼のそんな過去も三人の捜査官にはなんの意味もないものだった。一枚の逮捕状で、どれほど英雄的で自己犠牲的な行為も取るに足りないものになる。レオは切り抜きを額から取り出した。何年ものあいだ大事に保管し、壁に掛け、聖像のように崇《あが》めてきたものをふたつにたたみ、ズック鞄に放り込んだ。

与えられた時間がなくなった。レオは鞄を閉めた。ライーサも自分の鞄を閉めた。レオはこのアパートメントをまた見る日がいつかは来るのだろうかと思った。ありそうになかった。

通路を歩き、五人は狭いエレヴェーターに体を押しつけ合って乗った。車が待っていた。捜査官ふたりがまえに坐《すわ》り、ひとりがうしろに――レオとライーサのあいだに坐った。息がくさかった。

「両親に会いたい。会って別れを言いたい」

「何を寝ぼけたことを」

まだ朝の五時だったが、駅の待合室はすでに混み合っていた。兵士や一般市民や駅の職員がシベリア横断鉄道の急行列車を取り巻いていた。機関車――まだ戦時中の装甲が施されていた――の側面には〝共産主義万歳〟の文字が浮き彫りにされていた。ほかの乗客が乗るあいだ、レオとライーサはズック鞄を手に持ち、武装した捜査官のあいだにはさまれ、プラットフォームの端に立っていた。まるでふたりが伝染性のウイルスに侵されてでもいるかのように、そばにやってくる者はひとりもいなかった。ふたりは混み合った駅で孤立した泡だった。説明はまだ何もなかった。レオもあえて訊《き》こうとは思わなかった。これからどこに行かされるのか、行った先では誰が待っているのか、見当もつかなかった。ふたりが別々の強制労働収容所に送られ、もう二度と会えなくなることも充分考えられた。しかし、ここに停まっている列車はどう見ても客車だ。ザック車両――囚人を護送するのに使われる赤い家畜運搬車両ではない。ひょっとして助かるのか？　これまでのところは明らかに幸運だった。ふたりはまだ生きていて、一緒にいるのだから。それはレオにしてみても思いがけない僥倖《ぎょうこう》だった。

尋問のあと、上層部の裁定がなされるまで自宅監禁ということになったのだが、残された時間は一日もないと思いながらアパートメントに戻り、十五階まで上がったところで、彼は犯罪をにおわせる、中が空洞の妙な銅貨をまだポケットの中に持っていることに気づいた。その銅貨についてはあまり深く考えないことにしていたのだ。ワシーリーがわざと置いたのかもしれなかったからだ。が、そうでなかったとしても、それももう大した問題ではなくなっていた。ライーサが学校から戻ったときには、彼らのアパートメントのドアのまえには武装したふたりの捜査官が立っており、所持品検査を受けたあと、彼女はアパートメントから出ないように命じられた。レオは帰ってきた妻に自分たちの置かれている状況を説明した。彼女にかけられた嫌疑のことも、自分が彼女を捜査したことも、彼女の容疑を否認したことも話した。ふたりが生き延びられる可能性の低さについては、わざわざ話すまでもなかった。彼の説明のあいだ、彼女はひとこともことばをはさまず、質問もせず、無表情に聞き、説明が終わると言った。そのことばに彼は少なからず驚いた。

「自分たちにはこういうことは起こらない。そんなふうに考えていたとすれば、わたしたちはあまりに世間知らずだったということね」

ふたりはいつやってきてもおかしくない国家保安省の捜査官をただじっと待った。ふたりとも料理をする気にもなれなかった。自分たちを待ち受けているものに対する備えとして、今のうちにできるだけ食べておくというのは賢明な策だったのだが、ふたりともまるで空腹を覚えなかった。ベッドにはいる支度もせず、キッチンテーブルから離れなかった。ただ無言で待った。もう二度と会えなくなるかもしれないことを考え、レオは妻と語り合っておきたいという強い衝動を覚えた。必要なことは今言っておきたいと思った。が、それがなんなのかわからなかった。時間が経《た》つうち、これほど長く誰にも邪魔されず、顔を突き合わせて過ごすのは、記憶にあるかぎり初めてだと思った。だから、ふたりともその時間をどうしていいかわからないのだった。

その夜、ノックはついに聞こえてこなかった。朝の四時が過ぎてもふたりはまだ逮捕されていなかった。正午近くなり、レオは何を手間取っているのかと訝《いぶか》りながら朝食をつくった。最初のノックがようやく聞こえたとき、ふたりは息を呑《の》んで立ち上がった。これが最後だと思った。今から連行され、別々に尋問を受けることになるのだろうと思った。が、実際には些細なことだった。立哨《りっしょう》のシフトが替わり、捜査官のひとりがトイレを貸してくれと言ってきたのだ。そのときには何か食べものを買ってこようかとも訊かれ、束《つか》の間《ま》、レオは期待に胸をふくらませた。もしかしたら、証拠が何もあがらなかったのではないだろうか。自分たちの無実が証明され、省は容疑を取り下げたのではないだろうか。しかし、そんな思いも長くは続かなかった。証拠がないからという理由だけで、告発が取り下げられるなどありえない。どっちみち同じことなのだ。そんなふうにして一日が二日になり、二日が四日になったのだった。

監禁が一週間に及んだところで、ひとりの捜査官が真っ青な顔をして中にはいってきた。レオはとうとうそのときが来たと確信した。ところが、実際に聞いたのは、偉大なる指導者スターリンが死んだという知らせだった。その捜査官は感情を抑えきれず、震える声でその訃報《ふほう》をふたりに伝えた。もしかしたら生き延びられるかもしれない、とレオが思ったのはまさにそのときだ。

偉大なる指導者の逝去《せいきょ》の詳細については、ほとんど何もわからなかったが——新聞も捜査官もただヒステリックになっているだけだった——レオにわかったかぎり、スターリンは自宅のベッドで安らかに息を引き取ったということだった。彼の最後のことばは、自分たちの偉大な国と偉大な国の未来に関するものだったというのが、巷《ちまた》の噂《うわさ》のようだが、レオはそんな噂など一瞬たりとも信じなかった。そうしたつくり話の瑕疵《かし》に眼をつぶるには、妄想症と策略に関する知識が彼にはありすぎた。国家保安省の職員として、レオはスターリンが最近国家を代表するような医師たちを逮捕したことも知っていた。傑出したユダヤ人パージの一環として、スターリンは自分の健康管理を任せてきた医師たち——偉大なる指導者の健康を気づかうことに生涯を捧《ささ》げてきた医師たち——を逮捕したのだ。スターリンの突然の病気の原因を特定できる専門家がいないときに、彼が一見自然死に見える死に方をしたというのは、レオにはただの偶然とは思えなかった。倫理的な面を別にしても、偉大なる指導者のこのパージは戦術的な過《あやま》ちだった。その結果、本人の健康が危険にさらされることになったのだから。ただ、もちろん、スターリンが暗殺されたのかどうかまではレオにもわからなかった。ただ、主治医たちが監獄に入れられていれば、そのぶんどんな暗殺者の仕事も楽になる。そのぶん好きに仕事ができる。うしろにさがって、スターリンが死ぬところを気長に見ていればいい。その死を食い止めることができる者はみな鉄格子《てつごうし》の中なのだから。そういう推理も可能なら、スターリンが病気になっても、彼の命令に逆らって、獄中の医師たちを解放するだけの勇気を持った者がひとりもいなかった、ということも考えられた。そういう英断をしたら、スターリンが回復した場合、命令不服従ということで処刑されかねないのだから。

いずれにしろ、陰謀であれなんであれ、レオにはどうでもいいことだった。重要なのはスターリンが死んだという事実そのものだ。誰もが確実さと秩序に対する感覚をなくしていた。誰が後継者となるのか。今後この国はどうやって運営されていくのか。どのような決定がなされるのか。どんな役人が優遇され、どんな役人が冷遇されるのか。スターリンの支配下では受け入れられたものも、新体制のもとでは受け入れられなくなるかもしれない。指導者の不在は一時的な機能麻痺《まひ》をもたらす。自分の決定が受け入れられることがはっきりしないかぎり、誰も新たな決定などしたがらない。何十年ものあいだ、役人たちは誰ひとり自分の取る行動が正しいかどうかという信念に基づいて行動してこなかった。誰もが指導者を喜ばせられるかどうかということだけを基準に行動してきた。人々の生死もこれまですべてスターリンのリストの注釈によって決められてきた。名前が横線で消されていれば助かり、横線が引かれていなければそれは確実な死を意味した。それがこの国の司法制度だった、横線があるかないかが。眼を閉じると、レオにはルビヤンカのくぐもったパニック状態が思い描けた。あまりに長く無視されてきた彼らのモラルの羅針盤は、まずまちがいなくやみくもにぐるぐるまわっているはずだった。北が南になったり、東が西になったりしているにちがいなかった。何が正しくて何がまちがっているかということも、もはや誰にもわからなくなっているはずだった。みな決断のしかたなどとうに忘れてしまっているのだから。こういった際における一番の安全策はできるだけ何もしないことだ。

レオは思った――そのため、われわれのケースは、意見や感情の衝突が考えられるむずかしいケースということで、決定を引き延ばすのが最善策ということになったのではないか。だから指令が遅れているのだ。誰もが関わりたがっていないのだ。みなクレムリンの新勢力と新たな関係を築くことにあたふたしているのだろう。さらにことを複雑にしているのがスターリンの側近中の側近、ラヴレンチー・ベリア――暗殺が真実だとしたら、その首謀者はベリアだとレオは睨《にら》んでいた――が偉大なる指導者の後継者を自認し、陰謀説を退け、医師たちを解放したことだ。無実ということで容疑者が釈放される――これまでにそんな話を聞いた者がひとりでもこの国にいただろうか。少なくともレオはどんな前例も記憶になかった。そんな状況下で、勲章を受けた戦争の英雄――〈プラウダ〉の一面を飾った男――をなんの証拠もなく断罪するというのは、いささか危険な裁定ということになる。レオは思った――三月六日、自分たちの今後の命運を知らされるかわりに、偉大な指導者の国葬に参列することを許されたのは、おそらくそのせいだろう。

法的には自宅監禁の身であることに変わりはなかったので、レオとライーサにはふたりの警備兵が義務的につき、四人とも群衆に交じって赤の広場をめざした。多くの人が泣いていた。中には身も世もなく泣きじゃくっている者もいた。男も女も子供も。レオはつくづく思わざるをえなかった。この何十万という人の中には、見るかぎりみんなが嘆き悲しんでいる男のせいで家族や友人を亡《な》くすことになった者はひとりもいないのだろうか。抑えきれない悲しみが充満したこの雰囲気は、おそらく死んだこの男の偶像化と関係があるのだろう。レオはこれまで何度も聞いたことがあった。残忍な尋問の最中に何人もの被疑者が訴える叫び声だ。彼らはそんなときにあってさえ、スターリンが国家保安省のこの〝ゆきすぎ〟をお知りになったら、きっと阻止してくださるだろうと叫ぶのだ。一方――彼らの悲しみの背後にどんな真実の理由があるにしろ――この葬儀が長年鬱積《うっせき》した悲嘆の合法的な捌《は》け口になっているのは、事実だった。泣いたり、隣人と抱き合ったり、悲しみを心おきなく表明したりする機会というものを人々に与えていた。そのどれもが国家批判を示唆《しさ》するものとして、これまでは公《おおやけ》に示すことを許されていない行為だった。

議事堂《ドゥーマ》のまわりの大通りは人、人、人で埋め尽くされ、ほとんど息もできないほどで、人はみな地すべりを起こした土くれのように、自らの意志とは無関係にまえに移動していた。レオは四方八方からの圧力を肩に受けながらもライーサの手を決して放さず、離れ離れにならないように気をつけた。ふたりの警備兵とはすぐにはぐれてしまった。広場に近づくと、人の密集度がさらに増し、集団ヒステリー的な緊張感の高まりを覚えて、レオはもうたくさんだと思った。で、たまたま群衆のへりに押し出され、建物の戸口に追いやられたところで、ライーサの手を引っぱり、自分たちを群衆から引き離した。そして、その戸口から群衆がぞろぞろと移動を続けるさまを眺めた。それは正しい判断だった。前方の密集度はまさに殺人的なまでになっていた。

そうした混乱の中、逃亡を企てることもできなくはなかった。実際、ふたりはそのことを考え、戸口に身をひそめて小声で話し合いもした。警備兵はもうどこにもいないのだから。ライーサは逃げたがった。しかし、逃げればふたりを処刑する恰好《かっこう》の理由を国家保安省に与えることになる。さらに現実問題として彼らは一ルーブルも持っていなかった。匿《かくま》ってくれそうな友人もいなければ、身を隠せるあてもなかった。あまつさえ、ふたりが逃げたらレオの両親が処刑されることになる。これまでのところ、ふたりにはつきがあった。結局、レオはそのつきがさらに続くほうに賭《か》けることにしたのだった。

乗客はもう全員乗っていた。が、列車はまだ出発していなかった。プラットフォームに——機関車のそばに——制服を着た一団がいるのに気づいた駅長が出発を止めたのだ。何があったのかと機関士が運転室から顔をのぞかせた。物見高い乗客も窓からレオとライーサを盗み見ていた。何か面倒なことになっているのか。

制服姿の男がひとり、レオたちのほうに歩いてやってきた。ワシーリー。彼の登場はレオも充分予測していた。あの男がこうした好機を見逃すわけがなかった。レオは激しい怒りを改めて覚えた。が、今は感情を抑えることがなにより求められるときだ。罠《わな》が仕掛けられている可能性はまだ充分に考えられた。

ライーサはワシーリーにこれまで会ったことはなかったが、レオからその風体も性格も聞いていた。

英雄の顔に下衆《げす》の性根。

一目見ただけで、彼女にはワシーリーにはどこかいびつなところがあるのがわかった。ハンサムな男であることはまちがいない。笑みを浮かべていたが、それは笑みというものがまるで邪悪な意志を表明するためにだけ発明されたかのような笑みだった。近づくと、レオが置かれている屈辱的な状況を心から喜んでいるのがわかった。同時に、思ったほどレオがその状況を屈辱的に感じていないことにがっかりしていることもわかった。

そんなワシーリーが笑みを広げて言った。

「おれが発車を遅れさせたんだよ。あんたにさよならを言うためにね。それと、どういう裁定がなされたか説明するために。こういうことは自分でやりたかったもんでね。わかるよな?」

心おきなく愉《たの》しんでいた。しかし、どれほど挑発されようと、ここまで生き延びながら、ワシーリーを怒らせる危険を冒すというのは愚の骨頂だ。どうにか聞き取れるほどの低い声で、レオは言った。

「それはどうも」

「転属だ。答えられない疑問だらけの人間を国家保安省に置いておくことはできないからな。あんたには民警にはいってもらう。といっても、刑事《スイシク》としてじゃなくて、一番階級の低い巡査長《ウチャストコーヴィ》としてだが。留置場の掃除をしたり、記録をつけたり――つまり言われたことをする仕事だ。生き延びたければ、命令を受けることに慣れることだな」

レオにはワシーリーの失望が手に取るようにわかった。中央から地方の警察への配属。なんとも軽い懲罰だ。嫌疑の重さを考えれば、コルイマで二十五年間、金《きん》の採掘をさせられてもおかしくなかった。気温は氷点を五十度下まわり、囚人の手はみな凍傷で変形し、平均余命が三ヵ月という地で。ふたりは命を助けられただけではなく、自由も与えられたのだ。が、レオはクズミン少佐が感傷からそういう裁定を下したとは思わなかった。自分の秘蔵っ子を処刑するというのは、彼にとっても都合の悪いことだったのだろう。今のような政治的に不安定なときには、配置換えという名目で本人を遠ざけたほうがはるかにいい。はるかに賢明なことだ。クズミンとしても自分のこれまでの判断を問われたくなかったのだろう。結局のところ、レオがスパイなら、どうしてそんな男に眼をかけ、昇進させたのか？　そのような疑問がまわりから起これば、クズミンとしてもまずいことになる。それより箒《ほうき》で掃いて絨毯《じゅうたん》の隅の下にでも隠したほうが簡単で安全だ。ほっとしたような顔をすれば、それがワシーリーを苛立《いらだ》たせることがわかっていたので、レオはできるだけしょげた顔をして言った。

「必要とされるところで最善を尽くすだけだよ」

ワシーリーはまえに来ると、列車の切符と書類をレオに手渡した。レオは書類を手に列車のほうに向かった。

ライーサがステップを上がったところで、ワシーリーが大声をあげて、彼女に言った。

「旦那《だんな》に尾行されてたなんて話を聞いたときはさぞ辛《つら》かっただろうな。それも一度じゃないんだからな。その話はもう旦那から聞いたと思うけど。旦那はあんたを二度も尾行してるんだよな。一度は国家には関係のないことで。そのとき旦那はあんたのことをスパイとは思っちゃいなかった。尻軽《しりがる》女房だと思ってた。だけど、それぐらいは赦《ゆる》してやらないとな。誰だってそんなふうに疑ったりするものさ。あんたは可愛《かわい》いし。まあ、個人的な好みを言わせてもらえば、だからといって何もかもなげうつほどの値打ちがあんたにあるとは思えないが。どんな掃きだめにやられたのかわかったら、旦那はきっとあんたを憎むだろうよ。おれが旦那なら、あのアパートメントを取って、反逆者ってことであんたを銃殺させてたよ。だけど、そうしなかったってのは、きっとあんたはそれほどいいオマンコだってことなんだろう」

ライーサは夫に対するワシーリーの妄執のあまりの強さに驚いた。が、何も言わなかった。どんな口答えも今は文字どおり命取りになる。彼女は鞄《かばん》を持って、客車のドアを開けた。

レオもそのあとに続いた。振り返ったりしないように極力気をつけた。ワシーリーのにやついた顔を見たら、もう自分を抑えられなくなる。そう思ったのだ。

ライーサは窓の外を眺めた。列車が動きはじめた。空いている座席はなく、ふたりはくっつき合って立っていなければならなかった。しばらくふたりとも無言で、市《まち》が過ぎ去るのを眺めた。ようやくレオが口を開いた。

「すまない」

「彼は嘘《うそ》を言ってたんでしょ？　あなたを苛立たせるためなら、彼はなんだってしたでしょう」

「いや、あの男の言っていたことはほんとうだ。おれはきみに尾行をつけたことがある。仕事とはなんの関係もないことで。おれは……」

「わたしが浮気をしてると思った？」

「きみがおれに口を利《き》いてくれなくなったときがあった。きみはおれに触ろうともしなかった。セックスもなかった。おれたちはまるで他人だった。どうしてなのか、おれにはわからなかった」

「国家保安省の捜査官と結婚して、尾行されないでいられるなんて、そんなことはとても望めないことよね。それより言って、レオ。どうしてわたしに浮気なんかできるの？　それって自分の命を賭けることになるのよ。きっと言い合いにもならなかったでしょう。あなたはきっとわたしを逮捕させてたでしょう」

「そういうことになっていたと思うのか？」

「わたしの友達のゾーヤを覚えてる？　一度会ってるはずだけど」

「かもしれない。覚えてないが」

「ええ、そうよね。あなたは人の名前をまるで覚えない、でしょ？　どうしてなの？　それが夜眠れるようにするためのあなたのやり方なの？　その日起きたことを記憶から消し去るというのが」

ライーサは口早ながら落ち着いた声で話していた。そして、その声にはレオがそれまで聞いたことのない力強さがあった。彼女は続けた。

「あなたはゾーヤに会ってる。それはまちがいないわ。でも、あなたの記憶には残らなかった。彼女は党という観点から見たら、すごく重要な人物というわけじゃないから。いずれにしろ、彼女には二十年の刑が宣告された。教会から出てきたところを逮捕されたのよ。反スターリン的な祈りを唱えたということで。祈りよ、レオ。彼らは自分たちが聞いたこともない祈りを理由に彼女を有罪と断じたのよ。彼女の頭の中にあることを理由に逮捕したのよ」

「どうして話してくれなかった？　助けることができたかもしれないのに」

ライーサは首を振った。レオは尋ねた。

「おれが彼女を告発したと思ってるのか？」

「どうしてあなたにわかるの？　彼女が誰か覚えてもいないのに」

レオはさきほどから驚いていた。ふたりがこんなふうに言い合うのは初めてのことだった。日々のことやあたりさわりのない会話ではなく、こんなふうに言い争うのは。実際、ふたりはこれまで声を荒らげ合ったことのない夫婦だった。ふたりは議論というものをしたことが一度もなかった。

「あなたが彼女を告発したのではなかったとしても、レオ、あなたにどうやって彼女を助けられたというの？　彼女を逮捕するように命じた人はあなたのような人なのに。国家に身も心も捧《ささ》げている国家の僕《しもべ》みたいな人なのに。あの夜、あなたは家に帰ってこなかった。わたしにはわかった。あなたはあなたでまた別な誰かの親友や両親や子供を逮捕してることが。教えて。正確なところ、あなたはこれまで何人の人を逮捕したの？　見当がつく？　数を言って——五十人？　二百人？　それとも千人？」

「きみを彼らに差し出すのを拒んだのはこのおれじゃないのか」

「彼らはわたしを狙《ねら》ってたわけじゃなかった。彼らの狙いはあなただった。他人を逮捕してるかぎり、その人は有罪だって、あなたは自分を騙《だま》すことができた。自分がしてることは大きな目的のためだって、自分に信じ込ませることができた。でも、彼らにはそれだけじゃ不充分だった。彼らは自分たちの命令ならなんでもすることをあなたが身をもって証明することを求めた。たとえ心の底ではあなたにはその命令が誤っていることがわかっていても。それが無意味なことがわかっていても。彼らはあなたが盲目の追従者であることを身をもって証明することを求めたのよ。そのテストに妻というのはもってこいの課題だった」

「そのとおりなのかもしれない。だけど、われわれは今は自由の身だ。チャンスがもう一度与えられただけでものすごく運がよかったということがきみにはわからないのか？　おれはふたりで新しい人生を始めたい。家族として」

「レオ、ことはそう単純じゃないわ」

ライーサはそこでことばを切り、夫を注意深く見つめた。まるで初めて会ったときのように。

「あなたの両親の家で夕食を食べたとき、玄関のドア越しに廊下で聞いてしまったのよ。あなたたちはわたしをスパイとして告発すべきかどうか議論していた。わたしとしてはすごいショックだった。どうしていいかわからなかった。わたしだって死にたくはない。だから、また階下《した》に降りて、しばらく通りを歩いた。気持ちを整理しようと思った。わたしは思った。あなたはわたしを告発するだろうかって。わたしを見捨てるだろうかって。あなたのお父さんはとても説得力のあることをあなたに言っていた」

「親爺《おやじ》も怖かったのさ」

「三つの命対ひとつの命。お父さんはそう言った。それではそもそも議論にならない。でも、もし三つの命対ふたつの命だったら？」

「きみは妊娠したわけじゃなかったのか？」

「妊娠してなくてもあなたはわたしの側に立ってくれた？」

「きみはそのことを今まで黙っていた」

「それはあなたに気持ちを変えられるのが怖かったからよ」

これがふたりの関係だった。剝《む》き出しにされた生《なま》の関係だった。レオにはすべてが不確かなものに感じられた。乗っている列車も、そばに立っている人も、事件も、自分が着ている服も、外の市《まち》の景色も――そのどれもが今は現実とは思えなかった。どれひとつ信じられなかった。見ることができ、触れることも感じることもできるものでさえ。これまで信じていたすべてが偽りに思えた。

「ライーサ、きみはおれを愛したことがあるのか？」

沈黙が流れ、ふたりは列車の揺れに身を任せた。レオのその質問は悪臭のように宙に漂った。最後に、ライーサは答えるかわりに屈《かが》んで靴のひもを結び直した。

ヴォウアルスク
三月十五日

ワーラム・バビニッチは、定員を超えている寄宿舎の部屋の隅に――悪臭を放つコンクリートの床の上に脚を組んで坐《すわ》っていた。ドアに背を向け、自分の体を盾にして、眼のまえのものが呈している眺めを誰にも見せないようにしていた。何かに興味を持つとすぐ割り込んでくるほかの少年たちに邪魔されたくなかった。彼はまわりを見まわした。三十人ばかりの少年は誰ひとり彼に注意を払っていなかった。その大半は、共有せざるをえない小便のしみ込んだ八つのベッドに、並んで横たわっていた。そのうちのふたりがトコジラミに食われて腫《は》れたお互いの背中を掻《か》いていた。自分はそういう心配のないことに満足しながら、ワーラムは眼のまえに並べたものに関心を戻した。それらは彼が何年もかけて集めたもので、彼にとってはどれもとても貴重なものだった。一番最近集めた――今朝盗んだ――生後四ヵ月の赤ん坊も含めて。

赤ん坊を盗むのは悪いことだとは彼にもおぼろげながらわかっていた。捕まると面倒なことになることも。それも今までで一番面倒なことに。赤ん坊が喜んでいないこともわかっていた。泣いているのだから。しかし、泣き声については心配していなかった。赤ん坊がひとり泣いたからといって、誰も気にしたりなどしない。実際のところ、彼は赤ん坊がくるまっていた黄色い毛布ほどには赤ん坊自身に興味があるわけではなかった。それでも、誇らしげに自らのコレクションの真ん中に新しい所有物を置いた。黄色いブリキ容器や、黄色いシャツの古着や、黄色いペンキが塗られたレンガや、黄色い地の部分だけを破ったポスターや、黄色い鉛筆や、黄色いソフトカヴァーの本を並べた中央に。去年の夏には森で摘んだ野生の黄色い花をコレクションに加えたのだが、花は長持ちせず、花弁が萎《しお》れ、黄色が褪《あ》せて茶色に変色するのを見ることほど彼を悲しませたこともなかった。彼は思ったものだ。

黄色はどこに行くのか。

わからなかった。が、自分もいつか死んだら同じところに行きたいと強く思っていた。黄色という色は彼にとってなにより誰より大切なものなのだ。そして、黄色こそ彼がここにいる理由だった。ヴォウアルスクの〈インテルナート〉——知的障害のある子供たちのための国立施設に。

まだ幼い頃、彼はよく太陽を追いかけたものだった。充分遠くまで走れば、最後には太陽を捕まえることができて、家に持って帰れることを信じて疑わなかった。五時間近く走りつづけ、捕まり、家に連れ帰されたこともある。そのときには自らの探求を阻止されて怒り狂い、泣き叫んだものだ。打擲《ちょうちゃく》することで彼の〝特殊性〟を正そうとした両親も、最後には自分たちのやり方ではなんにもならないという事実を受け入れ、国家に彼を委《ゆだ》ねたのだが、国家のやり方も両親のそれとさほど変わらなかった。〈インテルナート〉に入所して最初の二年は、農家の犬が木につながれるように、ベッドのフレームに鎖でつながれていた。が、ワーラムは頑《かたく》なな意志を持った肩幅の広い逞《たくま》しい子供だった。つながれて数ヵ月のあいだ、ベッドのフレームを壊し、鎖を引っぱってゆるめてはよく逃げ出した。走っている列車の黄色い車両を追いかけ、町はずれまで走ったこともある。最後には疲労困憊《こんぱい》し、脱水症状になっているところを捕まり、〈インテルナート〉に連れ戻されたのだが、そのときには食器戸棚の中に監禁された。しかし、それもこれも大昔の話だ。十七歳になった今では施設のスタッフにも信用されていた。太陽に追いつけるほど遠くまで走ったり、太陽を手に取れるほど高くのぼったりなどできないということがわかる程度には、充分賢くなっていた。かわりに、もっと身近な黄色いもの——この赤ん坊のような——を見つけることに心を向けるようになっていた。赤ん坊は窓から手を伸ばして持ち帰ってきたのだが、慌《あわ》てていなければ、毛布だけ取って赤ん坊は置いてきただろう。が、捕まることを思うとパニックになり、両方とも持ってきてしまったのだ。それでも今、泣き叫ぶ赤ん坊を見ていると、毛布のせいで赤ん坊の肌がほのかに黄色に見え、結局のところ、両方とも盗んできたことに彼はすこぶる満足していた。

寄宿舎の外に二台の車が停まり、六人の武装したヴォウアルスク人民警察の警察官が車から降り立った。指揮しているのはネステロフ署長、ずんぐりとして筋骨逞しいコルホーズの労働者のような体型の中年男だった。建物を取り囲むように手振りで部下に命じると、副官とともに入口に向かった。民警は通常、銃を携行しないが、今日はネステロフの判断で全員が武装していた。それはつまり容疑者を殺してもいいということだ。

事務室は開いていた。ラジオが低い音で流れ、テーブルの上にはカードが取り散らかされ、部屋にはアルコールのにおいが漂っていた。職員の姿はなかった。ネステロフと副官はさらに廊下を進んだ。アルコールのにおいが糞便《ふんべん》と硫黄のにおいに変わった。硫黄はトコジラミ除《よ》けのものだ。糞便については説明は要らなかった。糞便は床にも壁にもあった。ふたりがはいった寄宿舎には一部屋に四十人ほどの子供が押し込められており、みな汚れたシャツか汚れたパンツといった恰好《かっこう》で、両方とも身につけている者はひとりもいなさそうに見えた。ひとつのベッドに三人か四人、薄っぺらな汚れたマットレスの上に折り重なるようにして横たわっていた。その多くが動いていなかった。ただ天井を見つめていた。中にはもう死んでいる者もいるのではないか、とネステロフは思った。なんとも言えなかった。立っていた子供たちが駆け寄ってきて、ネステロフと副官の銃と制服に触ろうとした。大人との接触に飢えているのだろう。ふたりはまたたくまに飢えた子供たちの手に取り囲まれた。ネステロフとしてもひどい状況はある程度予測していた。が、どうすればここまでひどくなれるのか、それは彼の理解を超えていた。そういう話をここの所長としようかと思った。いや、それはまたの機会にしよう。

一階の捜索を終えると、ネステロフは二階に向かった。副官は子供の一団をついてこさせないようにしていた。厳しい眼を向けたり、身振りで示したりして。しかし、子供たちはそれをゲームのように思ったらしく、ただ笑うばかりで、押しやっても、また押してもらおうと先を争ってまえに出てくるだけだった。ネステロフは苛立《いらだ》って言った。

「放っておけ。好きにさせろ」

ふたりは金魚の糞のように子供たちをぞろぞろと引き連れざるをえなかった。

二階の子供たちは一階の子供たちより歳《とし》がいっており、年齢によっておおざっぱな区分けがされているようだった。容疑者は十七歳。施設の被収容者の上限年齢で、十七歳を過ぎると、彼らはどんな男も女もやりたがらない辛《つら》い重労働に就かせられる。平均寿命が三十歳といった職場に遣《や》られる。ふたりは廊下のつきあたりまで来ており、探さなければならない部屋はあとひとつとなった。

ドアに背を向け、ワーラムは赤ん坊の毛布を撫《な》でることに夢中になっていた。ただ、赤ん坊がどうしてもう泣かなくなったのか不思議に思った。彼は汚れた指で赤ん坊をつついた。いきなり部屋に声が響き、彼は背中をこわばらせた。

「ワーラム、立ってこっちを向け。ゆっくりとな」

ワーラムは息を止め、眼を閉じた。そうすればその声が消えるとでもいうかのように。そうはならなかった。

「もう二度と言わないぞ。立ってこっちを向け」

ネステロフはまえに進み、ワーラムのいるところに近づいた。少年が何を隠しているのかはわからなかった。赤ん坊の泣き声は聞こえなかった。部屋のほかの少年はみなベッドの上で上体を起こし、魅せられたように彼らを見つめていた。いきなりワーラムが何かを腕に抱え、弾《はじ》かれたように立ち上がって振り向いた。抱えているのは赤ん坊だった。その赤ん坊が泣きだした。ネステロフはほっとした。少なくともまだ生きている。が、危険が去ったわけではなかった。ワーラムは赤ん坊を胸に押しつけるようにして抱いており、腕が赤ん坊の無防備な首にまわされていた。

ネステロフはうしろを振り返った。副官は好奇心旺盛《おうせい》な子供たちに囲まれて戸口に立っていた。銃の撃鉄を起こし、いつでも撃てる態勢でワーラムの頭に狙いをつけ、命令を待っていた。副官とワーラムのあいだに障害物は何もなかったが、副官はよく言って並みの射撃手だった。銃を見て、何人かの子供たちが叫びはじめた。笑いだした者もいれば、マットレスを叩《たた》きだした者もいた。徐々に状況が制御不能になりつつあった。このままではワーラムがパニックを起こすかもしれない。ネステロフは銃をホルスターにしまうと、両手を上げ、ワーラムをなだめにかかった。子供たちのわめき声に逆らって言った。

「赤ん坊を返してくれ」

「おれ、ただじゃすまないよね」

「そんなことはない。赤ん坊は元気じゃないか。よかったよ。よくやってくれた。ちゃんと面倒を見てくれてよかった。それが言いたくて来たんだよ」

「おれ、よくやった？」

「ああ、よくやった」

「だったら持っててていい？」

「そのまえに赤ん坊が元気かどうか確かめさせてくれ。念のために。そのあと話し合おう。赤ん坊を見せてくれるかな？」

ワーラムにはみんなが怒っていることがわかった。赤ん坊を取り上げられ、自分は黄色のない部屋に閉じ込められることも。赤ん坊をきつく抱きしめると、彼は黄色い毛布を自分の唇に強く押しつけ、窓のほうにあとずさり、外を見た。民警の車が停まり、武装した男たちが建物を取り巻いていた。

「おれ、やっぱりただじゃすまない」

ネステロフはじりじりとまえに進んだ。無理やり赤ん坊を取り上げるわけにはいかない。揉《も》み合いになったら、赤ん坊の無事は保証できない。彼は副官を見やった。副官はうなずいて、いつでも撃てることを示した。ネステロフは首を振った。赤ん坊とワーラムの顔の位置が近すぎる。危険が大きすぎる。ほかの方法があるはずだ。

「ワーラム、誰もきみをぶったり殴ったりしない。とにかく赤ん坊を寄越してくれ。それから話し合おう。誰も怒っちゃいないから。悪いようにはしない。約束するよ」

ネステロフはさらに一歩まえに進んで、副官とワーラムのあいだに立つようにした。床に並べられた黄色のコレクションが見えた。ワーラムのことはまえから知っていた。このまえは干された洗濯物の中から黄色いワンピースを盗んだのだ。だから、赤ん坊が黄色い毛布でくるまれているということはずっと彼の頭にあった。

「赤ん坊を返してくれたら、赤ん坊のお母さんに黄色い毛布はきみにあげるよう頼んでみるよ。きっとくれると思う。こっちが欲しいのは赤ん坊だけなんだから」

悪くない取引きに思え、ワーラムは緊張を解くと、赤ん坊をまえに差し出した。ネステロフはすばやくワーラムに近づき、赤ん坊を奪い取った。そして、見るかぎりどこにも怪我《けが》をしていないことを確かめてから、副官に渡した。

「病院に連れていってくれ」

副官は急いで部屋を出た。

ワーラムはまるで何事もなかったかのように、またドアに背を向けて床に坐ると、赤ん坊がいなくなってできたスペースにほかのコレクションを持ってきて置いた。廊下にいた子供たちはまた静かになった。ネステロフはワーラムの脇《わき》にしゃがんだ。ワーラムが訊《き》いてきた。

「毛布はいつもらえるの？」

「まず私と一緒に来てくれ」

ワーラムはコレクションを並べ替えつづけた。黄色い表紙の本がネステロフの眼を惹《ひ》いた。それは軍の教範で、秘密文書だった。

「その本はどうしたんだ？」

「見つけた」

「見せてくれるかな。私が見てもきみは騒いだりしないよね？」

「指はきれい？」

ワーラム自身の指は泥だらけだった。

「きれいだ」

ネステロフはそう言って本を取り上げ、何気なくページをめくった。本の真ん中あたりのページとページのあいだに何かがはさまれていた。ネステロフは本を逆さにして振ってみた。かなりの量のブロンドの髪が一房床に落ちた。ネステロフはそれを取り上げ、指にはさんでこすり合わせた。ワーラムは顔を赤らめていた。

「おれ、やっぱりただじゃすまないね」

モスクワの東八百キロ
三月十六日

愛しているかと訊かれ、ライーサは答を拒んだ。彼女はすでに妊娠について嘘《うそ》をついたことを認めていた。だからたとえ、愛している、ずっと愛してきた、と答えてもレオは信じなかっただろう。彼女としても彼の眼を見つめ、夢のような話をするつもりはなかった。だいたいそんな問いかけにどんな意味があるのか？　彼女にはわからなかった。レオは突然天啓でも得たのだろうか。自分たちの結婚は愛の上にも情の上にも築かれていない、と。彼女がほんとうのことを言っていたら――いいえ、あなたを愛したことは一度もないと答えていたら――それでいきなりレオは犠牲者になることができる。彼らの結婚は彼女が彼を騙《だま》して仕組んだものと思うことができる。彼女は彼の騙されやすい心を弄《もてあそ》んだ詐欺師《さぎし》ということになる。そのために訊いたのだろうか。いずれにしろ、彼はいきなりロマンティストになった。仕事を失ったショックのせいかもしれない。しかし——と彼女は思う——いったいいつから愛が自分たちの結婚生活の一部になったのか？　これまで彼がこんなことを訊いてきたことは一度もなかった。彼自身一度も言ったことのないことばだ。

愛している。

彼女のほうもそんなことは期待していなかった。結婚のプロポーズをしたのはもちろん彼のほうだ。それはまちがいない。彼女がイエスと答えたのも。彼は結婚を求め、妻を求め、ライーサを求め、望んだものを手に入れた。それが今はそれだけでは充分ではなくなった。権威をなくし、好きな相手を誰でも逮捕できる権力をなくして、彼は今、感傷で窒息しそうになっている。彼女はそう思った。なのに、どうして彼は自分の深い不信ではなく、わたしの現実的な嘘のほうを気にするのだろう？　どうしてそれが自分たちの恵まれた結婚生活を破壊してしまったなどと思い込むのだろう？　それよりさきに自らの愛をわたしに示すべきではないのか。結局のところ、わたしが不貞を働いているなどと誤解して、監視チームを組織したのは彼のほうではないか。結果によってはわたしはいとも簡単に逮捕されていたかもしれないのに。こっちがお互いの信頼を裏切らざるをえなくなるよりずっとまえに、彼のほうが裏切っていたのに。わたしが嘘をついたのは生き延びるためにしかたなくやったことだ。それに引き換え、彼のほうは情けない男の無意味な嫉妬《しっと》ではないか。

自分たちの名前を婚姻の台帳に載せる以前から——つきあいはじめた頃から——レオの不興を買うと、自分は殺されることさえありうるという思いが彼女の心を離れたことは一度もなかった。それが彼女の人生の漠然とした現実だった。自分は夫を幸せにしなければならない。ゾーヤが逮捕されたときには、夫を、その制服を、見ただけで、彼が国家について語ることばを聞いただけで、腹立たしくてならず、レオとはほとんど口を利《き》く気にもならなかったのだが、結局のところ、問題はきわめて単純明快だった。自分は生きたいのかどうか。彼女は苦難を生き延びた人間だった。家族でただひとり生き残った人間で、その事実が彼女という人間を規定していた。ゾーヤが逮捕されたことに腹を立てるなどというのは、贅沢《ぜいたく》以外の何物でもないのだ。そんなことで腹を立ててもなんにもならない。そう思い直し、彼女は彼のベッドにはいり、彼の傍らで眠り、彼とセックスもしてきたのだった。彼のために夕食もつくってきたのだった——彼が食事をするときにたてる音を嫌悪《けんお》しながらも。彼の洗濯物も洗ってきたのだった——彼のにおいを嫌悪しながらも。

この数週間、アパートメントで無為に過ごして、彼女には彼が思いあぐねているのが手に取るようにわかった。自分は正しい判断をしたのかどうか。ほんとうに彼女の命を救うべきだったのかどうか。それだけの値打ちが彼女にあるのかどうか。彼女は充分可愛《かわい》いだろうか、充分気だてがいいだろうか、充分いい妻だろうか。そんな夫の様子を見て、彼女はつくづく思ったものだ。どんな仕種《しぐさ》もどんな一瞥《いちべつ》も彼を喜ばせるものでないかぎり、自分は決定的な危険にさらされることになる。それが今までのふたりの結婚生活だった。しかし、そんなときはもう終わった。もううんざりだ。夫の善意にしがみついて生きる暮らしなどというのは。しかし、レオは今わたしに貸しがあると思っている。そのように見える。彼はただあたりまえのことを言っただけなのに。わたしが外国のスパイではなく、小中学校の先生だと言っただけなのに。その返礼に愛の告白を求めてきた。そんなのは侮辱でしかない。今はもう何も要求できる立場にはいないのに。わたしが彼に対して何も持たないのと同様、彼にもわたしに対する影響力などもうなくなったのに。今はふたりとも同じ窮地に立たされているのに。今やそれぞれひとつのズック鞄《かばん》に収められる程度の所持品しか許されず、どこか辺鄙《へんぴ》な町に追いやられようとしているのに。これまではそうではなかったとしても、ふたりは今ではまったく平等だというのに。愛のことばが聞きたいのなら、ふたりの愛の詩の最初の連は彼のほうが歌うべきだ。

レオはただじっと坐《すわ》っていた。ライーサに言われたことを考えていた。彼女はまるでおれという人間を判断し、軽蔑《けいべつ》する権利を自らに与えてしまったかのようだ。自分の手はきれいなふりをして。しかし、と彼は思う。彼女にしてもおれの仕事がどんな仕事か知りもせずに結婚したわけではないだろう。彼女自身、おれの仕事の余得に与《あず》かってきたのではないのか。おれが持ち帰る珍しい食べものを食べてきたのではないのか。政府の役人だけがはいることを許される、品揃《しなぞろ》えのいいスペツトルギで買いものをしてきたのではないのか。それほどおれの仕事が嫌だったのなら、どうしてそういったことを拒否しなかったのか。生き延びるためには妥協が必要だ。そんなことは誰でも知っている。確かに、おれはこれまで不快な仕事もしてきた。自らのモラルに反するようなことも。しかし、汚《けが》れひとつない良心などというものは、たいていの人間にとってありえない贅沢品以外の何物でもない。彼女自身およそ望めないものだ。自分だけは学校の子供たちに自らの信念に基づいた授業をしてきたとでもいうのか。そんなことはありえない。国家の保安機構に対する義憤をどれほど覚えようと、彼女もまたその機構に対する支持を表明してきたはずだ。われわれの国家はどれほどうまく運営されているか説明し、そのことを賞賛し、そのことに共鳴するように子供たちを教化し、共鳴しない者たちは告発するよう生徒を促しさえしてきたはずだ。そうでなければ、彼女のほうが生徒のひとりにまずまちがいなく告発されていただろう。彼女の仕事は統制に服することを教えるだけではなく、疑問というものを覚える生徒たちの能力を抑え込むことでもあったのだから。その仕事は新しい町に行っても変わらないだろう。要するにわれわれは同じ車輪につけられたスポークだということだ。

列車はムタヴァ駅に一時間停車した。ライーサが丸一日の沈黙を破って言った。

「何か食べたほうがいいわね」

彼女はそのことばで、自分たちは実務的なやりとりだけしていたほうがいいことを暗に示していた。それこそ今までのふたりの関係の基盤だったのだから。どのような困難の中を生き永らえるにしろ、それこそがふたりをくっつけている糊《のり》だったのだから。愛ではなく。ふたりは列車を降りた。枝編みの籠《かご》を持った女がプラットフォームを歩いていた。ふたりはその女から茹《ゆ》で卵と小袋に入れた塩と固いライ麦のパンを買った。そして、ベンチに腰かけ、殻を膝《ひざ》に落としながら卵を剝《む》き、塩を分け合った。お互いひとことも話さなかった。

山が近づき、黒いマツの林にはいると、列車の速度が落ちた。下顎《したあご》から突き出している不揃いな歯のように、木々の先端の向こうに山が見えた。

そのうち広々としたところに出た。高い煙突に、互いに連接し合った倉庫のような建物という、巨大な組立て工場が荒地のど真ん中にいきなり出現した。まるで神がウラル山脈に腰かけ、眼のまえの地形を拳《こぶし》で叩《たた》きつけ、木々を吹き飛ばし、この新しい土地は煙突と型抜き機で埋めるべし、とでも宣したかのようなところだった。それがふたりの新しい居場所が見せた最初の顔だった。

その町に関するレオの知識は、プロパガンダと渡された書類からのものでしかないが、もともとは製材所とその労働者のための掘っ立て小屋があるだけの人口二万人ほどの集落だった。それがスターリンの眼を惹き、天然資源と人造資源に関する詳しい調査の結果、大元帥《だいげんすい》はこの地の生産性にはまだまだいくらでも余力があると思ったのだろう。ウファ川が近くを流れ、製鉄工場のあるスヴェルドロフスクがほんの百六十キロ東にあり、山には金鉱があり、シベリア横断鉄道が町を通り、巨大な機関車が毎日走っているという利点があり、木材資源については今さら言うまでもないといった理由から、ヴォウアルスクはGAZ20の生産に理想的な町と宣せられたのだった。GAZ20というのは西側社会でつくられている自動車に対抗し、最高の仕様に基づいて設計された車だった。その後継モデルとなるヴォルガGAZ21はソヴィエトの技術力を示す尖塔《せんとう》として――ゆとりのある車高、羨望《せんぼう》の的となるようなサスペンション、防弾エンジン、防錆《ぼうせい》処理など、厳しい気候を耐え抜く車として――アメリカでも聞かれないほどの基準で設計の途上にあった。アメリカでも聞かれないかどうかについてはレオもなんとも言えなかったが、ただはっきりしているのは、ソヴィエト人民のほんの数パーセントの人間にしか手の出ない車だということだ。少なくとも、男女を問わず、その組立て工場で働いている者には夢のまた夢のような車だった。

　工場の建設は戦後まもなく始まり、その十八ヵ月後にはマツ林のど真ん中にヴォルガの組立て工場が建っていた。記録上、工場の建設に際して何人の囚人が死んだか。レオは記憶になかった。どっちみち、覚えていたとしてもそれはあまり信用できる数字ではないだろうが、レオがこの工場に深く関与したのは完成してからのことだ。新たに生じた労働力不足を補うために、何千という〝自由な〟労働者が審査され、市からの一枚の令状で強制的に全国から集められ、わずか五年のあいだにこの工場町の人口は五倍にふくれ上がったのだが、レオが関わったのはここに移送されるモスクワの労働者の身上調査だった。審査にパスした者は一週間以内に荷造りをして移転することを命じられ、審査にパスしなければ逮捕される。つまり、レオはかつてこの町の門番を務めたことがあったということだ。ワシーリーがレオの移転先にこの町を選んだのは、まずまちがいなくそのためだ。その皮肉がワシーリーには面白かったのだろう。ライーサは列車からは自分たちの新しい居場所を見ていなかった。眠っていたのだ。コートにくるまり、窓に頭をあずけ、列車のかすかな揺れに身を任せていた。妻の横の席に移って、レオは自分たちが向かっている前方を窓から見た。町は犬の首の血を吸うノミのように巨大な組立て工場の側面にしがみついていた。まず第一に、ここはなにより工業生産の場所であり、遠く離れて第二に、住む場所なのだ。アパートメント・ビルの明かりが灰色の空を背景に鈍いオレンジ色の光を放っていた。レオはライーサをそっと突いた。彼女は眼を覚まし、まずレオを見てから窓の外を見た。

「着いた」

列車が駅に着いて停まると、ふたりはズック鞄を取り上げ、プラットフォームに降り立った。モスクワより少なくとも二、三度は寒かった。疎開《そかい》して田舎に初めてやってきた子供のように、ふたりは見慣れないまわりの景色を見まわした。どんな指示も受けていなかった。知る者もひとりもいない。かける電話番号ひとつなかった。出迎える者もいなかった。

切符売り場に男がひとり坐っている以外、駅舎にも誰もいなかった。男の年恰好《としかっこう》は二十《はたち》になったかならないかといった程度で、ふたりがやってくるのを鋭い眼つきで見ていた。ライーサが近づいて声をかけた。

「すみません。人民警察の本部に行きたいんですけど」

「モスクワから？」

「そうです」

男は切符売り場のブースのドアを開け、待合所に出てくると、ガラスのドア越しに外の通りを指差した。

「もう待ってますよ」

駅の出口から百メートルほど離れたところに民警の車が停まっていた。石板に彫られているので化石のようにも見える、雪をかぶったスターリン像のまえを通り、レオとライーサは車が停まっているほうに向かった。まずまちがいなくこの町でつくられたGAZ20だ。近づくと、前部座席に男がふたり坐っているのが見えた。ドアが開き、ひとりが降りてきた。肩幅の広い中年の男だった。

「レオ・デミドフか？」

「はい」

「ネステロフ署長だ。ヴォウアルスク人民警察の」

どうしてわざわざ出迎えられたのだろう、とレオは思った。この体験をできるだけ不愉快なものにするためのワシーリーの差し金だろうか。いや、ワシーリーがなんと説明しようと、あまり意味はなかったのだろう。国家保安省の元捜査官がモスクワからやってくるのだ。地元の民警が警戒しないほうがおかしい。レオがただ単に彼らの部隊に伍《ご》するためにやってきたなどとはおそらく信じてはいまい。ほんとうの目的はなんなんだろうと怪しんでいるに決まっており、目的がなんであれ、その元捜査官はモスクワに自分たちのことを報告する。そう思っているにちがいない。ワシーリーがそうではないと力説すればしただけ、彼らはよけいに疑心暗鬼になったはずだ。どうして国家保安省の元捜査官がわざわざ何百キロも旅して、地方の小さな警察になどやってくる？　説明がつかない。階級のない社会で、人民警察官は人民の底辺のすぐ近くにいた。

子供たちはみな学校で、殺人も窃盗もレイプもすべて資本主義社会の病気だと教えられる。だから、民警の役割もそれに準じてランクづけされている。人はものを盗む必要もなければ、暴力的になる必要もない。なぜならみな平等なのだから。だから共産主義社会では警察は理論上必要ないのだ。人民警察が内務省の下部の一分課にすぎず、職員の給料も安ければ、人々の尊敬を集める仕事でもないのはそのためだ。実際、人民警察官の大半は小中学校を卒業できなかった者、コルホーズから追い出された農場労働者、退役軍人、ウォッカのボトルを半分空けて決断した者たちで占められていた。建前として、ソヴィエト社会主義共和国連邦の犯罪率はゼロに近く、新聞はしばしば、アメリカ合衆国ではピカピカの警察車両やきれいな制服姿の警察官をあらゆる街角に配置するために、どれほどの防犯予算が浪費されているか報じる。そういう浪費をしないと、社会が崩壊してしまうのだと。そのため、西側社会では犯罪と戦うために最も勇敢な男女が何人も雇われる。本来ならもっと建設的な仕事に従事できる人々が。ここではそうした人的資源は必要ない。放っておけば酔っぱらって喧嘩《けんか》をする以外能力のない、ただ腕っぷしが強いだけのごくつぶしを集めればそれで充分事足りる。それが建前で、実際の犯罪件数についてはレオも知らなかった。それを知っている人間が定期的にたぶん〝整理されている〟ことがわかってからは、さして知りたいとも思わなくなった。一方、工業生産に関する数字は日ごと〈プラウダ〉の第一面を、中ページを、最終面を埋めている。つまり、いいニュースだけが報道する価値のあるニュースということだ――高い出生率や、山の頂上を越える鉄道の開通や、新しい運河の建設だけが。

いずれにしろ、レオの赴任はそれほど異様な異動だったということだ。国家保安省の職員というのは、ほかのどんな職種の者より多くの賄賂《ブラート》を受け取り、尊敬を集め、影響力を持ち、物質的な恩恵に浴している人種だ。そんな職員が自分から降格を望むわけがない。上司の不興を買ったのなら、どうして逮捕されていないのか。国家保安省とは無縁の身になっても、レオにはまだその影がつきまとっていた——それは潜在的で貴重な遺産と言えた。

ネステロフは、まるで空《から》の鞄を持ち上げるかのように軽々とふたりのズック鞄を取り上げ、車に運んでトランクに入れると、ふたりのために後部座席のドアを開けた。レオは車に乗り込むと、助手席に坐った新しい上司を観察した。高級車の中でも大きすぎた。膝頭がほとんど顎に届きそうになっていた。若い警察官が運転席についていたが、ネステロフはわざわざ紹介しようとはしなかった。国家保安省と同様、民警でも車両一台ごとに専属の運転手がいる。職員に個人用の車は与えられず、職員は自分では運転をしない。運転手はギアを入れ、閑散とした通りに乗り出した。見るかぎり、車はほかに一台も走っていなかった。

ネステロフはしばらく何も言わなかった。新しい職員に根掘り葉掘り訊《き》きたがっているように思われたくないのだろう。ややあってからバックミラー越しにレオを見て言った。

「きみがこっちに赴任することを聞いたのは三日前のことだが、これはきわめて異例の人事だ」

「われわれはどこであれ必要とされたところに行かなければなりません」

「そもそも誰かやってくること自体しばらくなかったことだ。人員補充の要求など出してもいないしね」

「ここの工場の製品はきわめて重要な生産物と考えられています。この町の治安を確実なものにするのに、人員を何人増やしても増やしすぎということにはならないでしょう」

ライーサは夫を見やり、彼はわざとわかりにくい返答をしているのだろうと思った。たとえ降格処分を受けようと、国家保安省から放り出されようと、レオは省が人々に与える恐怖を最大限に利用しようとしている。さきが読めない状況の中、それは賢明な自衛策と言えなくはない。ネステロフが尋ねた。

「言ってくれ。きみは刑事《スイシク》になるのか？　われわれは受けた命令に戸惑っている。命令にはそうは書かれていないからだ。きみを巡査長《ウチャストコーヴィ》として受け入れろというのが省からの命令だ。きみのような地位にいたものにはあまりにひどい降格だと思うが」

「私が受けた命令はただあなたに報告しろというものです。ですから、私の処遇についてはあなたにすべてお任せします」

沈黙ができた。ネステロフは疑問をそのまま突き返されたことが気に入らないようだった。それはライーサにもわかった。ぎこちない雰囲気の中、ネステロフは不承不承言った。

「とりあえず、宿に身を落ち着けてくれ、適当なアパートメントが見つかり次第、きみにまわすようにするから。ただ、空き待ちのリストはきわめて長いものだ。そのことに関して私にできることは何もない。人民警察署長といっても特典というものがないんでね」

車はレストランらしい建物のまえで停まった。ネステロフはトランクからふたりの荷物を取り出し、舗道に置いた。レオとライーサは立って指示を待った。ネステロフはレオに向かって言った。

「部屋に荷物を置いたらまた戻ってきてくれ。奥さんは連れてこないでいい」

ライーサはまるで自分がそこにいないかのように言われて、腹が立った。が、顔には出さず、レオがわざとネステロフの真似《まね》をして両手に鞄《かばん》をさげるのを黙って見た。彼のその虚勢は思いがけなかったが、邪魔をしようとは思わなかった。鞄を持たされても別に文句は言えないのだから。夫のまえに進み出て、彼女はレストランのドアを開け、中にはいった。

窓のよろい戸がおろされており、中は薄暗く、饐《す》えた煙草《たばこ》の煙のにおいがした。ゆうべ使われたグラスがそのままテーブルの上に散らかっていた。レオは鞄を置くと、脂《あぶら》じみたテーブルを拳《こぶし》で叩《たた》いた。戸口に男の人影が現れた。

「まだやってないよ」

「レオ・デミドフという者だ。こちらは妻のライーサ。今、モスクワから着いたばかりなんだが」

「ダニル・バサロフだ」

「ネステロフ署長からここに泊めてもらえると言われたんだが」

「二階の部屋だね？」

「そこまではわからないけれど、たぶんそうなんだろう」

バサロフはたるんだ腹を掻《か》いて言った。

「案内するよ」

小さな部屋だった。シングルベッドがふたつ、あいだに少しだけ隙間《すきま》をあけて置かれていた。マットレスはともに凹《へこ》んでいた。壁紙には思春期の子供の顔のようなぶつぶつが浮かび、壁のへりには触ると手がべとつきそうな油染《あぶらじ》みができていた。料理の油だろうとレオは思った。その部屋は厨房《ちゅうぼう》の真上にあった。床板の隙間から階下《した》が見え、その隙間から階下《した》で調理されるもの――モツと軟骨と動物の脂を煮込んだもの――のにおいが立ち昇っていた。

バサロフはネステロフの要望でその部屋を空けさせられたのだった。その部屋は――ふたつのベッドも――それまで彼の〝従業員〟が使っていたのだ。すなわち客の〝相手〟をする女が。それでも、ネステロフの要求は拒めない。建物の所有者ではないバサロフは、商売を円滑に続けるために民警との良好な関係を望んでいた。民警は彼が利益を上げていることを知っていたが、その分け前に与《あず》かれるかぎり、彼が儲《もう》けているというのは民警の職員にとってもけっこうなことだった。申告する必要のない非公式の利得――閉じられた経済システムというわけだ。いずれにしろ、バサロフもレオたちは国家保安省の人間だという事実を聞かされているのだろう、ふたりに対していささか神経質になっていた。普段ならもっとぞんざいな態度を取っていただろうが、そんなところは鳴りをひそめていた。廊下の先を――少しだけ開いているドアを示して彼は言った。

「あれがバスルーム。家の中にある」

ライーサは窓を開けようとした。が、釘《くぎ》が打たれ、固定されていた。彼女は窓ガラス越しに外を見た。掘っ立て小屋のような家、汚れた雪。これが彼らの新たな住まいだった。

レオはにわかに疲労を覚えた。屈辱が観念のままだったうちはどうにか対処できた。それが今、現実のものとして形を取った。この部屋だ。ひたすら眠りたかった。眼を閉じ、世界を自分から閉め出したかった。が、また外に戻らなければならない。彼はズック鞄をベッドに置いた。ライーサを見ることができなかった。が、それは怒りのためではなく、恥ずかしさのためだ。ものも言わず、彼は部屋を出た。


町の電話局まで車でネステロフに連れられ、レオは中に案内された。それぞれに許された時間――二分の通話――のために、数百人の人が列をつくっていた。大半はここで働くために移転させられ、家族と離れ離れになっている人たちだろう、レオにはその二分がどれほど貴重なものかよくわかった。ネステロフは列に並ばなくてもよかった。仕切りのひとつにまっすぐに向かった。

電話がつながると、どんな会話が交わされたのか聞こえなかったが、レオは受話器を渡された。レオは受話器を耳にあてて待った。

「宿の設備はよかったかな？」

ワシーリーだった。彼は続けて言った。

「切りたいだろうな、すぐに。だけど、そんなことはあんたにはできない。そんなことさえね」

「どういう用件かな？」

「連絡は密に取るように。そっちの暮らしぶりを知らせてくれ。こっちもこっちの様子を教えるから。そうそう、忘れないうちに言っておくと、あんたが親に住ませてた快適なアパートメントだが、返してもらうことになった。あんたの両親には今の身分にふさわしいところを見つけた。狭くてちょっと寒いようだが。汚いのは言うまでもない。なにしろ七世帯共同なんだからな。その中には小さな子供が五人いたはずだ。そう言えば、あんたの親爺《おやじ》さんはひどい腰痛《ようつう》持ちなんだってな。知らなかったよ。引退まであと一年というところで、また組立てラインに戻らなきゃならないとはな。気の毒なことだよ、まったく。仕事が愉《たの》しめなきゃ、その一年が十年にも感じられる。まあ、そういうことはあんたにもすぐにわかると思うが」

「私の両親にはなんの罪もない。ふたりともこれまで真面目《まじめ》に懸命に働いてきた人たちだ。きみが何か不利益をこうむったわけでもないと思うが」

「それでもこっちとしては不利益を与えるだけのことだよ」

「おれに何を望んでるんだ？」

「謝罪だ」

「ワシーリー、ほんとうにすまなかった」

「あんたには何がすまないのかもわかっちゃいないんじゃないかな」

「おれはきみにひどいことをした。すまなかった」

「だから何がすまないんだ？　具体的に言ってくれ。あんたの親はあんた次第なんだから」

「きみを殴ったりすべきじゃなかった」

「そんな言い方じゃな。もっと誠意をもって言ってもらいたいね」

レオはもう必死の思いだった。声が震えた。

「きみの望みがわからない。きみはすべてを手に入れ、おれにはもう何も残されていないじゃないか」

「簡単なことだ。あんたが恥も外聞もなく嘆願するのが聞きたいだけだ」

「頼む、ワシーリー。聞いてくれ。心からお願いする。どうか両親には手を出さないでくれ。頼む……」

ワシーリーはそこで電話を切った。

ヴォウアルスク
三月十七日

一晩じゅう歩き――足にはまめができ、ソックスは血まみれになり――レオは公園のベンチに腰をおろし、頭を抱えて泣いた。

ゆうべは一睡もしなかった。何も食べなかった。ライーサが話し合いを求めてきても無視した。彼女が階下《した》のレストランの料理を持ってきても無視した。悪臭のこもる小さな部屋にいることに耐えられなくなり、階下《した》に降り、客たちを肘《ひじ》で掻き分け、外に出たのだった。方向もわからず、やみくもに歩いた。心がどこまでも鬱屈《うっくつ》し、怒りがあまりに激しく、じっとしてはいられなかったのだ。それが――何もできないということが――現在置かれている苦境の本質ということはよくわかっていても。またしても不正と向き合いながら、今の彼にはそれをどうすることもできないのだった。彼の両親が頭をうしろから撃たれるということはないだろう。それは迅速すぎる。むしろ慈悲深すぎる。かわりに、彼らは少しずつ処刑されるのだ。卑《いや》しく執念深くサディスティックな心がどんな選択肢を考えているか、レオには容易に想像できた。ふたりともそれぞれの工場で降格され、若い者たちにとってさえ辛《つら》い汚れ仕事をやらされることだろう。また、不名誉で恥辱に満ちたレオの異動についてもいちいち伝えられることだろう。もしかしたら、レオは強制労働収容所送りになり、二十年の刑期でカトルガ——重労働——に就かされているなどと聞かされているかもしれない。アパートメントを共有している住人もどこまでもふたりに辛くあたるだろう。うるさくすればチョコレートをやる、などと子供たちは言われているかもしれない。大人たちのほうは、食料を盗むなり、諍《いさか》いを起こすなり、あらゆる手段を使って、両親の暮らしを耐えがたいものにすれば、アパートメントを独占できることが約束されているのかもしれない。しかし、その詳細をあれこれ想像するまでもない。ワシーリーが嬉々《きき》として逐一報告してくることはわかりきっていた。といって、レオのほうから電話を切ることはできなかった。そんなことをしたら、両親がどんな苦難を味わっているにしろ、それが倍になることが眼に見えていた。つまり、ワシーリーは遠く離れたところからレオを破壊しようとしているのだった。レオの弱点——両親——に計画的に圧力を加えることで。もはや彼の両親にはどんな後ろ盾もない。手をまわせば、レオにも両親の新しい住所がわかるだろう。しかし、わかったところで、彼にできることといえば、自分が無事であることを手紙に書くことぐらいだろう。それも途中で配達を妨げられ、焼かれたりされないという保証はどこにもない。変化にはうまく適応できない老齢になって、快適な暮らしを足元からすくわれるというのはどんなものか。結局のところ、彼は両親にそんな暮らししか提供できなかったということだ。

寒さに震えながらベンチから立ち上がった。次にするべきことを何も考えられないまま、苦労して自分の足跡をたどり、彼は新しい家に向かった。

ライーサは一階にいた。テーブルについて坐《すわ》っていた。一晩じゅう彼を待っていたのだった。ワシーリーが言ったとおり、妻を告発しなかったことをレオが後悔しているのが彼女には痛いほどよくわかった。その代償はあまりに高すぎた。しかし……と彼女は思う。だったら、わたしはどうすればよかったのか。あなたは完璧《かんぺき》な愛のためにすべてをなげうった。それがあなたのしたことだと本人に思わせればよかったのか。しかし、それは求められてもできる芸当ではなかった。そういうふりだけでもしようとしても、どうやればいいのか彼女にはわからなかった。なんと言えばいいのかわからなかった。そもそもどういうふりをすればいいのかも。もっと彼に理解を示すことはできたのかもしれない。が、正直なところ、心のどこかで彼女は彼の降格を歓迎していた。悪意からでも恨みからでもなく。ただ、彼に知ってほしかったのだ。

あなたが今感じているのはわたしが毎日感じてきたことだ。

無力感、恐怖——彼女は彼にも自分と同じものをただ感じてほしかった。わかってほしかったのだ。自分も体験することで。

レオがレストランにはいると、睡眠不足で疲れきった眼で彼女は彼を見上げた。そして、立ち上がり、夫に近づき、その血走った眼に気づいた。夫の涙を彼女はこれまで見たことがなかった。レオは顔をそむけると、近くにあったボトルからグラスにウオッカを注いだ。彼女は彼の肩に手を置いた。一瞬の出来事だった。レオは弾《はじ》かれたように振り向くと、彼女の咽喉《のど》をつかんで絞めた。

「みんなおまえのせいだ」

血管をふさがれ、彼女の顔がみるみる赤くなった。息ができなかった。まったくできなかった。レオはそのまま彼女を持ち上げた。彼女は爪先《つまさき》でどうにか立ち、彼の手をまさぐった。が、レオは放そうとしなかった。彼女には彼の絞めつけを解くことはできなかった。テーブルに手を伸ばし、グラスを探して指を伸ばした。視野がぼやけてきた。どうにかグラスに指が届き、グラスが手もとに転がった。彼女はそれをつかむと、レオの頬に叩《たた》きつけた。グラスが彼女の手の中で割れ、手のひらが切れた。まるで呪《のろ》いを解かれたかのように、レオは手を放した。ライーサはうしろに倒れ、咽喉を押さえて咳《せ》き込んだ。ふたりは睨《にら》み合った。もはや他人になっていた。これまでのふたりの歴史が一瞬にして、洗い流されてしまっていた。ガラスの破片がまだレオの頬に刺さっていた。レオは手探りでそれを頬から抜き取り、手のひらにのせてじっと見た。ライーサはレオに背を向けることなく、階段のところまであとずさり、彼を残して駆け上がった。

レオは妻のあとを追いかけようとはせず、すでに注いであったウォッカを飲んだ。さらにもう一杯注いで飲んだ。さらにもう一杯。ネステロフの車の音が外から聞こえてきたときには、一本をあらかた飲んでしまっていた。彼はふらふらと立ち上がった。体も洗わず、ひげも剃《そ》らず、酔っぱらい、怪我《けが》をし、やみくもに暴力的な気分になっていた。つまるところ、一日たらずで人民警察官に求められるレヴェルに落ちぶれたということだ。

ネステロフは車に乗ってもレオの頬の傷のことを訊《き》いてこなかった。ただひとしきり町について話した。レオはまるで聞いていなかった。まわりを意識することさえできなかった。いったい自分は何をしたのかという疑問の虜《とりこ》になっていた。自分はほんとうに妻を絞め殺そうとしたのか、それともあれは睡眠不足の頭がもたらした幻覚か何かだったのか。頬の傷に触れてみた。指先に血がついた。どう考えても実際に起きたことだ。実際に自分がやったことだ。下手をすればもっとひどいことになっていたかもしれない。あと数秒長かったら、あと少し指に力を入れていたら、ライーサは死んでいただろう。しかし、と彼は思った。発作のような激情に身を任せてしまったのは、偽りのことばのために、ふたりを結ぶ偽りの家族の絆《きずな》のためにすべてを――両親を、キャリアを――失う破目になったからだ。ライーサはおれを騙《だま》した。人の命の数をごまかして、おれの判断を鈍らせた。そして、自分の身が安全になり、おれの両親に災厄が降りかかると、妊娠は嘘《うそ》だったことを認めた。それればかりか、これまでどれほどおれを軽蔑《けいべつ》していたか、あけすけに語りだした。つまるところ、彼女はまずおれの感情を操り、しかるのち、おれの顔に唾《つば》を吐きかけたのだ。これほどの犠牲を払いながら――彼女の有罪を示す証拠に眼をつぶりながら――結局、おれは何も得られなかった。

自分にそう言い聞かせながらも、彼にはその自分のことばが少しも信じられなかった。自己正当化の時間はもう終わっていた——おれがしたことはどう考えても赦《ゆる》されないことだ。それにライーサがおれを軽蔑していたというのは少しもまちがっていないではないか。いったいおれはこれまで何人の兄弟、姉妹、母親、父親を逮捕してきた？　道徳的に自分の対極にいると思っているワシーリー・ニキーチンと、どれほどちがっている？　ワシーリーは無分別に残虐《ざんぎゃく》で、おれのほうは観念的に残虐だっただけのことだ。一方が空虚で冷淡な残虐さなのに対して、もう一方は——自分で勝手に必要不可欠と思っているだけの——もったいぶった残虐さというだけのことだ。しかし、現実には——身も蓋《ふた》もなく言えば——このふたりにほとんど開きはない。自分がどんなことに関わっているか、おれはそのことを理解する想像力にあまりに欠けていたということだ。いや、それよりもっと悪く考えれば、想像することをわざと避けていたということだ。おれは自分の考えを頭から閉め出し、常に脇《わき》に掃き捨ててきたのだ。

ぼろぼろになった彼の確信の瓦礫《がれき》の中にひとつの事実が残った。それはライーサのために自らの人生をなげうちながら、そのライーサを殺そうとしたということだ。狂っているとしかほかに言いようがない。その意味において彼には何も得られなかった。自分が結婚した女でさえ。彼としては言いたかった、自分が愛した女でさえと。しかし、とレオはさらに思い直した――おれはほんとうに彼女を愛していたのだろうか。おれはライーサと結婚した。それは愛していることと同じではないのか。いや、ちがう――おれがライーサと結婚したのは、彼女が美人で、頭がよくて、一緒にいると得意になれる相手だったからだ。自分のものと思えることが誇らしかったからだ。仕事、家庭、子供という完璧なソヴィエト的生活へのひとつのステップだったからだ。あらゆる意味において、彼女はおれの人生の暗号を解く鍵《かぎ》だった。おれの野心をまわす歯車のひとつだった。華々しいキャリアを積んでいくために、人民の鑑《かがみ》となるために、必要な内輪の小道具だった。だから、ワシーリーが彼女のかわりなどすぐに見つかると言ったのは正しかったのだ。列車の中でおれはライーサに、自分への愛をはっきりと示して慰めてくれと頼んだ。自分がヒーローを演じるロマンティックな夢を与えてくれと。なんと哀れな願いであったことか。レオは傍にも聞こえる大きなため息をつくと、額をこすって思った。すでに負けている。惨《みじ》めさが賭《か》けのチップというゲームで、おれはすでにワシーリーに負けている。ワシーリーは自分でライーサを殴り、傷つけるのではなく、その役をおれに割り振った。ワシーリーが書いたシナリオどおりに、おれはその役を演じてしまったのだ。

気づくと、車はどこかに着いていた。停まっていた。ネステロフはすでに車を降りて、レオを待っていた。どれほど待たせてしまっているのか、レオにはわからなかった。それでもドアを開け、車から降りた。そして、上司のあとについて人民警察本部に向かった。彼の人民警察官としての一日目が始まった。ほかの職員に紹介された。握手に会釈《えしゃく》。しかし、何も伝わってくるものはない。名前と職務をただ浴びただけだった。ひとりロッカールームに行き、制服が眼のまえに吊《つ》るされているのを見て、ようやく彼は現在に時間の焦点を合わせることができた。靴を脱いで、血だらけの足からおもむろに靴下を剝《は》がし、冷水が赤く染まるのを見つめながら足を洗った。靴下の替えはなく、新しい靴下を求めるわけにもいかず、それまで履いていたものを履き直した。皮の破れたまめがひりひりと痛み、顔をしかめながら。着ていた私服を脱いでロッカーの中に山にして放り込み、新しい制服のボタンをとめた。赤いひも飾りのある生地のごわごわしたズボンを穿《は》き、重たい軍服を着て、鏡に映した。眼の下には黒い隈《くま》ができ、左頰の傷はまだじくじくしていた。上着の記章を見た。ウチャストコーヴィ。何者でもなかった。

ネステロフのオフィスの壁にはさまざまな証書や賞状が額に入れて飾ってあった。

それを順に見て、レオは新しいボスがアマチュア・レスリングの大会とライフル射撃大会で優勝していること、この地でも前任地のロストフ・ナ・ドヌーでも何度も〝今月の職員〟として表彰されていることを知った。いかにもこれ見よがしに飾られていたが、彼の地位が人々の敬意をさほど集めるものではないことを思うと、こういうことをしたくなる気持ちもわからないではなかった。

ネステロフは賞状を見ているレオをじっと観察していた。レオという男をまだ計りかねていた。国家保安省の元高官で、勲章を受けるような戦歴も持っている男なのに、今のこいつのざまはなんだ？　爪《つめ》が汚れ、顔からは血を流し、髪も洗っておらず、アルコールのにおいをぷんぷんさせ、見るかぎり降格処分などまるで気にしていないように見える。なぜだ？　もしかしたら、こいつはすでに聞かされているとおりの男なのかもしれない。ともかく無能で、信用に値しない男なのかもしれない。ということなら、わからないではない。しかし、ネステロフには確信が持てなかった。この外見は見せかけかもしれないではないか。レオの異動の通知を受けて以来、ネステロフはどうにも気持ちが落ち着かなかった。彼にとって、レオは彼にも部下にも決定的なダメージを与えうる潜在的な脅威だった。ろくでもない報告書ひとつですべてが決まってしまう。で、彼はしばらく様子を見るのが得策だと思ったのだった。そばに置いて試していれば、そのうちこの男も手の内を明かすだろう。

レオはネステロフから渡されたファイルをしばらくただじっと見つめた。何を求められているのかわからなかった。どうしてこんなものを渡されたのか。もっとも、それがなんであれ、どうでもよかったが。彼はため息をついて、ファイルに眼を通すことを自分に強いた。少女の白黒写真がはいっていた。黒ずんだ雪の中、少女は仰向《あおむ》けに横たわっていた。黒い雪……血を吸って黒ずんで見えるのだろう。少女は叫んでいるように見えた。が、よく見ると、口の中に何かが詰められているのだった。ネステロフが言った。

「口に泥を詰め込まれてるんだ。だから助けを求めて叫ぶわけにはいかなかった」

写真を持つ手に思わず力がはいった。少女の口を凝視するうち、それまで考えていたことは――ライーサのことも両親のことも自分のことも――すべて蒸発していった。大きく開かれた口に詰め込まれた泥。次の写真も見た。少女は裸で、損傷を受けていないところの肌はそれこそ雪のように白かった。ただ、胴は見るも無残なありさまで、内臓が露出していた。レオは次から次へと写真を見ていった。が、もうそこに少女の姿を見てはいなかった。彼が見ていたのはフョードルの息子の姿だった。裸にもされず、腹を切り裂かれもせず、口の中に泥を詰め込まれもせず――殺されもしなかった少年の姿だ。レオは写真をテーブルに置いた。何も言わなかった。ただ、壁に飾られた証書と賞状をまた見まわした。

同日

このふたつの事件――フョードルの息子とこの少女の死――はなんの関係もない。たまさかのむごい関係など考えられない。何百キロも離れたところで起きた事件だ。たまさかのむごい出来事ではあるが、それ以上のものではない。しかし、フョードルの申し立てを受け付けなかったのはまちがいだった。フョードルが説明したのとまさに同じやり方で殺された少女が現にいる以上。そういうことが起こりうることが明らかになった以上。フョードルの息子、アルカージーにほんとうは何があったのか、それを知る手だてはもうなかった。レオはアルカージーの死体を見ようともしなかった。もちろん、アルカージーの死は事故だったのかもしれない。あるいは、秘密裡《り》に揉《も》み消された事件だったのか。後者が真実だとすれば、レオは揉み消し工作に手を貸したことになる。愚かしいほど威張りちらし、子供の死を嘆き悲しむ遺族を最後には脅しさえしたことになる。

ネステロフ署長は殺人の詳細を語るのにいかにも屈託がなかった。事件を指すのに〝殺人〟ということば以外使わず、残忍で恐ろしい犯罪であることを認めたがらないところは、まるで見られなかった。その率直さがかえってレオを不安にさせた。どうして彼はここまで冷静でいられるのか。彼の管轄《かんかつ》の年間統計もあらかじめ決められたパターンに従わなければならないはずなのに。犯罪件数は年々減少し、社会の調和度は年々向上しなければならないのに。町はすさまじい人口増加を体験していたが――故郷から駆り出された労働者がすでに八万人に達していた――より多くの労働、より進んだ公平性、より少ない搾取《さくしゅ》という原理原則が指示されている以上、犯罪件数は減少していなくてはならないのに。

被害者の名前はラリサ・ペトロワといい、四日前、駅からさほど遠くない森の中で発見されていた。死体発見の経緯については、いささかあいまいなところがあり、レオが執拗《しつよう》に問いただしても、ネステロフにはどこかしらあいまいなままにしておきたがっている節があったが、いずれにしろ、レオが聞き出せたのは、死体の発見者は酔っぱらいのカップルということだった。酔いに任せ、森の中でことに及ぼうとして少女を見つけてしまったのだ。死後すでに数ヵ月経《た》っていたが、雪の中で凍りついており、保存状態はきわめてよかった。少女の歳《とし》は十四歳、小中学校の生徒だったが、民警もよく知っている子供だった。というのも、同年代の男の子より年上の男と性的関係を持ちたがり、ウォッカの一リットル壜《びん》一本で体を売ることでよく知られた問題児だったのだ。母親と口論をして、ある日失踪《しっそう》したのだが、その失踪自体はあまり問題にはされなかった。まえから家出をすると両親を脅しており、とうとうそのことばを実行してしまったように思えたからだ。だから誰も彼女を探そうとしなかった。ネステロフによると、両親は評判のいい人たちで、父親はヴォルガ工場で会計係をやっており、両親とも娘を一家の恥と思っていた。そのため事件そのものにあまり関わりたがらず、捜査は秘密裡に進められていた。揉み消されたわけではなかったが、かといって公《おおやけ》にもされていなかった。両親は娘の葬儀をおこなうことも拒み、あくまで失踪したままであることにしたがっていた。実際、町の誰もが知らなければならないようなことではなく、民警の人間以外、殺人事件であることを知っているのはごくわずかだった。そのわずかな人たちも――発見者のカップルも含めて――そういうことをべらべらしゃべるとどういうことになるか、よく心得ていた。いずれにしろ、すでに容疑者がひとり逮捕されており、事件は解決したも同然だった。

犯罪事件であることが公にされないかぎり、民警には捜査を始めることができず、犯罪であることが公にされるのは、解決できることが明らかになってからだ。それぐらいレオも知っていた。容疑者を有罪にできないなどというのは、およそ容認されることのない大失態で、その結果はきわめて過酷なものだ。事件が裁判所に持ち込まれる意味はひとつしかない。容疑者は有罪だということだ。だから、複雑であいまいな難事件の場合には、そもそも事件が公開されることがない。ネステロフとその部下が落ち着いているのは、すでにまちがいなく真犯人を捕まえたとみな確信しているからだった。彼らの仕事はもう終わったのだ。捜査に関わる頭脳労働も証拠の提示も尋問も最後の処刑も、それらは国家の捜査班、検察官事務所、取調官《スリエドヴァチエリ》から成るチームの仕事だった。だから、レオは捜査を手伝ってほしいと言われたのではなかった。求められているのは視察だった。彼らがどれほど有能か、それを見て驚嘆することを期待されているのだった。

ヴォウアルスクの人民警察の留置場は、あれこれ改良された精巧なつくりのルビヤンカのそれとは似ても似つかない小さなものだった。コンクリートの壁にコンクリートの床。容疑者が手錠をうしろ手にかけられて坐《すわ》っていた。まだ若かった。十六か十七か、大人の体つきをしていたが、顔はまだ幼かった。これといった目的もなく、あちこちに眼をやっていた。怯《おび》えているようには見えなかった。あまり賢そうにも見えなかったが、おだやかな顔をしていた。肉体的な虐待《ぎゃくたい》を受けた痕《あと》は見られなかった。

もちろん、表面には表われない痛めつけ方などいくらもあるが、少年は拷問《ごうもん》を受けてはいないとレオは直感的に思った。ネステロフが指を差して言った。

「これがワーラム・バビニッチだ」

自分の名前を聞いて、少年はネステロフのほうを見た。犬が飼い主を見つめるように。ネステロフは続けた。

「こいつの所持品の中からラリサの髪が出てきたんだ。実際、ラリサを追いまわしていたことがあってね。彼女の家のまえで長いことねばったり、街角で彼女に言い寄ったり。こいつのことはラリサの母親が何度も見かけてる。母親は娘がこいつのことをうるさがって、あれこれ言ってたことも覚えていた。よくラリサの髪に触ろうともしていた」

ネステロフは容疑者のほうを向いて、ゆっくりと言った。

「ワーラム、何があったのか話してくれ。なんできみの持ちものの中にラリサの髪があったのか」

「おれ、彼女を切った。おれがいけない」

「ここにいる捜査官にどうして彼女を殺したのか話してくれ」

「おれ、彼女の髪が好きだった。欲しかった。おれ、黄色い本を持ってる。黄色いシャツも。黄色いブリキの缶も黄色い髪も。だから、彼女を切ったんだ。ごめん。あんなことしちゃいけなかったのに。毛布はいつもらえるの?」

「それはまたあとで話し合おう」

レオが横から言った。

「毛布?」

「二日前、こいつは赤ん坊を誘拐したんだ。その赤ん坊が黄色い毛布にくるまってたのさ。こいつは黄色という色に取り憑《つ》かれていてね。幸い、赤ん坊は無事だったが。だけど、こいつには善悪の区別がつかないんだよ。だから、結果を考えずに、なんでも好きなことをしちまう」

ネステロフはワーラムに近づいて言った。

「きみの本からラリサの髪が出てきたとき、どうして自分はただじゃすまなくなると思った? この人にそのとき私に言ったことを話してくれ」

「彼女はおれのこと嫌いだった。いつもあっちへ行けって言われた。でも、おれ、彼女の髪が欲しかった。ほんとにすごく欲しかった。でも、髪を切っても、彼女は何も言わなかった」

ネステロフはレオのほうを向くと、直接訊《き》きたければどうぞ、といった顔をして言った。

「何か質問は？」

自分には何が求められているのか。そのことをいっとき考えてからレオは言った。

「どうして彼女の口に泥なんか詰めたんだね？」

ワーラムはすぐには答えなかった。困っているように見えた。

「うん、彼女の口の中に何かあったね。思い出したよ。でも、ぶたないで」

ネステロフが言った。

「誰もきみをぶったりしないよ。質問に答えてくれ」

「どうしてかな。すぐ忘れちゃうんだよ。でも、うん、彼女の口の中には泥があったね」

レオは続けた。

「きみが彼女を殺したときのことを話してくれ」

「おれ、彼女を切った」

「きみは彼女の髪を切ったのか、彼女を切ったのか」

「ごめん。彼女を切った」

「よく聞いてくれ。きみは彼女の体を切ったのか、それとも彼女の髪を切ったのか」

「彼女を見つけて、彼女を切った。誰かに言わなくちゃいけなかった。でも、怖かったんだ。ただじゃすまないと思ったから」

ワーラムはいきなり泣きはじめた。

「おれ、ただじゃすまない。ごめんなさい。彼女の髪が欲しかっただけなんだ」

ネステロフがまえに出てきて言った。

「もういいだろう」

そのことばにワーラムは泣きだしたときと同じように、いきなり泣くのをやめた。またおだやかな顔つきになった。その顔からはこの少年が殺人者であることを示すものは何もうかがえなかった。

レオとネステロフは外に出た。留置場のドアを閉めながら、ネステロフが言った。

「あいつが犯行現場にいたことを示す証拠がある。足跡があいつのブーツのものにぴたりと一致したんだ。あいつが〈インテルナート〉にはいってることはファイルを読んでもうわかってると思うが、つまるところ、こいつはちょっと足りないということだ」

ネステロフが堂々と殺人事件であることを公言してはばからないわけがレオにも今わかった。容疑者が知的障害者だからだ。ワーラムはソヴィエト社会の一員ではないからだ。共産主義や政治の埒外《らちがい》にいる人間だからだ。犯罪の説明がきちんとつく人間だからだ。ワーラムの行動は党にどんな影響も与えない。犯罪に関する自明の理に少しも反するものではない。なぜならワーラムは真のソヴィエト人ではないのだから。彼は異形にすぎない。ネステロフが続けて言った。

「しかし、だからといって、暴力的になる能力があいつにはないなどと考えると過《あやま》ちを犯す。彼女を殺したことをすでに本人が認めてるわけだしね。あいつには動機があった。異様な動機だが、動機は動機だ。あいつは自分にないものを欲しがった――被害者のブロンドの髪だ。欲しいものが手にはいらなくなると、犯罪まで犯してしまう。前科もある。窃盗に誘拐。それが今度は殺人になってしまった。あいつにとっては、ラリサを殺すのも赤ん坊を誘拐するのも同じことだったんだろう。道徳観念が未発達なのさ。悲しいことだよ。しかし、それは取りも直さず、もっとずっとまえに監禁しておくべきだったということでもある。ここからあとは取調官《スリエドヴァチエリ》の仕事だ」

レオにはよくわかった。捜査はもう終わっていた。ワーラムの死はすでに決まっていた。

同日

部屋には誰もいなかった。レオは膝《ひざ》をつき、床に頭をつけた。ライーサの鞄《かばん》がなくなっていた。立ち上がると、部屋を飛び出し、階下《した》に降りて、厨房《ちゅうぼう》に向かった。バサロフはなんの肉か判然としない黄色っぽい骨付き肉から脂《あぶら》を切り取っていた。

「妻はどこへ行った？」

「酒代を払ってくれたら、教えてやるよ」

バサロフはそう言って、その日の早朝レオが空けた安ウォッカの空き壜を指差し、つけ加えた。

「飲んだのが、あんたであれ、あんたのカミさんであれ、そんなことはどっちでもいい」

「いいから、どこへ行ったか教えてくれ」

「いいから、酒代を払ってくれ」

レオは金を持っていなかった。民警の制服を着ており、私物はすべてロッカーに入れたままになっていた。

「金ならあとで払う。いくらでも」

「あとでねえ。いいだろう、だったらあとで百万ルーブル払ってくれ」

バサロフはそう言って肉を切りつづけ、譲歩するつもりのないところを示した。

レオは階段を駆け上がって二階に戻り、自分の鞄の中身をすべて取り出した。まさかのときの備えに、『プロパガンディストの書』の中に二十五ルーブル紙幣を四枚隠してあった。立ち上がり、部屋をまた飛び出し、階段を駆け降りてレストランに戻ると、二十五ルーブル紙幣を店主に一枚突きつけた。どう考えてもウォッカ一本分の値段よりはるかに多い額だった。

「妻はどこへ行った？」

「二、三時間ほどまえに出ていった。鞄を持って」

「行き先は？」

「何も言わなかった。おれも何も言わなかった」

「いつのことだ？　正確なところ何時間まえのことだ？」

「二時間か、三時間か……」

三時間……それはもうどこかへ行ってしまっていることを意味した。レストランを出ただけではなく、町も出てしまっていることが大いに考えられた。どこに向かったのか、どっちに向けて旅に出たのか、レオには見当もつかなかった。

気前のいい報酬に気をよくしたのか、バサロフのほうから新たな情報を提供してくれた。

「昼下がりの列車には間に合ってないと思うけどね。おれの記憶がまちがってなけりゃ、そのあとはもうそろそろ来る列車が一本あるだけだよ」

「それは何時の列車だ?」

「七時半だったと思うけど……」

あと十分。

疲労困憊《こんぱい》していたが、レオは全力で走った。が、すぐに絶望的な思いに咽喉《のど》を絞めつけられた。息を切らし、駅がどこにあるかおぼろげな記憶しかないことに気づいたのだ。車が走った道を思い出しながら、やみくもに走った。通りの冷たい雪どけ水が撥《は》ね、制服の安っぽい生地がその水を吸い込み、どんどん重くなった。足のまめがつぶれ、また血が出てきて、靴の中が血だらけになった。一歩進むごとにすさまじい痛みが脚を伝った。

角を曲がった。行き止まりだった。ただ木造の家が並んでいた。まったく方向感覚をなくしていた。もう遅すぎる。ライーサは行ってしまった。彼にできることはもう何もなかった。両膝に両手をついて息を整えた。この掘っ立て小屋のような木の家には見覚えがあった。人の排泄物《はいせつぶつ》の悪臭も記憶にあった。駅は遠くない。それはまちがいない。引き返すのではなく、さらに進むことにした。ある小屋の裏口から中にはいった。食べものを囲んで、一家が床に坐《すわ》っていた。背をまるめて、火にあたっていた。全員無言で彼を見た。彼の制服に怯《おび》えていた。ひとことも言わず、彼は子供たちをまたぎ、玄関から外に出た。出ると、そこはメインストリートだった。この町にやってきたとき、車で走った通りで、駅が見えた。レオはより速く走ろうとした。が、逆に遅くなっていった。アドレナリンが疲労を補う限界をすでに超していた。彼の体内にはもう何も残されていなかった。

駅のドアにぶつかり、肩で押し開けた。時計の針は七時四十五分を差していた。十五分遅かった。ライーサが——おそらくは永遠に——行ってしまったという思いに、彼の心に深いひびがはいりはじめた。彼女はまだプラットフォームにいるかもしれない、列車には乗らなかったかもしれないという根拠のない希望に彼はしがみついた。プラットフォームに出て、左右を見た。妻はいなかった。列車も停まっていなかった。

彼は途方もない無力感に襲われた。体をくの字に折って、両手を両膝についた。頬を汗が伝った。男がひとりベンチに坐っているのが視野の隅にとらえられた。どうしてその男はまだプラットフォームにいるのか？　もしかして列車はまだ来ていないのか。彼は上体を起こした。

ライーサはプラットフォームの一番端にいた。物陰に隠れていた。すぐにも走りだして、彼女の手を握りしめたいという衝動を抑えるには大変な努力を要した。レオは息を整え、まずなんと言うべきか考えた。自分を見た。ひどいありさまだった。汗まみれで汚れていた。が、彼女は彼を見てさえいなかった。彼の肩越しに遠くを見ていた。レオは振り向いた。木々のてっぺんから太い煙が上がっていた。遅れた列車がやってきたのだ。

レオは適切なことばを見つけ、雄弁にじっくりと謝罪しようと思っていた。が、その思惑はいともあっさり消し飛んだ。彼女を説得するにはもはや秒を争う。ことばが訥々《とつとつ》と彼の口を突いて出た。

「すまない。何も考えていなかった。きみの首をつかんだのはほんとうのおれじゃない――いや、それはおれがなりたい人間じゃなかった」

なんと不器用な……もっとうまくやらねば。落ち着いて集中して……彼はもう一度やり直した。

「ライーサ、きみはおれのまえからいなくなろうとしている。そう思うのももっともだ。だけど、ひとりでやっていくのはどれほど大変なことか。民警に呼び止められ、不審尋問され、逮捕されるかもしれない。きみは身分を証明する書類も何も持ってないんだから。このままじゃ浮浪者になってしまう。でも、そんなことはおれと一緒にいる理由にはならない。きみはそういう危険を冒してまでやろうとしてる。それはもちろんよくわかってる」

「書類なんていくらでもごまかせるわ、レオ。わたしたちの結婚生活よりそういうごまかしのほうがまだましよ」

そのとおりだった。ふたりの結婚生活は偽物《にせもの》だった。レオはことばをなくした。列車がふたりの脇《わき》に停まった。ライーサの顔には表情がなかった。レオは彼女のまえからどいた。彼女は列車に近づいた。このまま彼女を行かせてしまっていいのか。ブレーキが軋《きし》む音に逆らって、レオは声を張り上げた。

「きみを告発しなかったのはきみが身ごもったことを信じたからでもなければ、おれがそれだけ善人だったからでもない。家族だけがおれにとって恥に思わずにいられるおれの人生の一部だったからだ」

思いがけず、ライーサは振り向いた。

「今のはどこから降って湧《わ》いたの？　一夜にして天啓を得たというわけ？　すごく安っぽく聞こえる。制服もオフィスも権力も剝《は》ぎ取られた今はわたしで間に合わせるしかなくなった。そういうこと？　あなたにとって――わたしたちにとって――これまでは大して大切でもなかったものが、ほかに何もなくなってしまったから、急に大切なものになってしまった。そういうこと？」

「きみはおれを愛していない。それはわかってる。だけど、おれたちが結婚したことには理由があったはずだ。ふたりのあいだに何か、結びつきのようなものがあったはずだ。われわれは――いや、おれはそれをなくしてしまった。だけど、もう一度見つけられるかもしれない」

列車のドアが開き、一握りの客が降りてきた。時間がどんどんなくなっていた。ライーサは列車を見た。選択肢を秤《はかり》にかけた。なんともみじめなふたりの姿だった。彼女には駆け込める友達も守ってくれる家族もいなかった。金も生活の手段もなかった。切符さえ持っていなかった。その意味において、レオがさっき言ったことは正しい。このまま列車に乗れば、いずれ民警に捕まるだろう。そう考えると、途方もない疲労を覚えた。彼女は夫を見た。ふたりには何も残されていなかった、お互い以外何も。

好むと好まざるとにかかわらず。

彼女は鞄をおろした。レオの顔に笑みが浮かんだ。和解できると思ったのだろう。その愚かな解釈に苛立《いらだ》ち、ライーサは手を上げて彼の笑みを制した。

「わたしがあなたと結婚したのは怖かったからよ。あなたのプロポーズを拒絶したら、逮捕されるかもしれないと思ったからよ。すぐにではなくてもある時点で。なんらかの口実を設けて。レオ、わたしはまだ若くて、あなたは権力を持っていた。わたしたちが結婚した理由はそれよ。わたしについてあなたがよく話す話、わたしがレナという名前であるふりをした話。あなたはそれを面白くて、ロマンティックな話だと思ってる。でしょ？ それはちがう。いい加減な名前を言ったのは、あなたにわたしのことを調べられるのが怖かったからよ。つまり、あなたが魅力と思ったことはわたしには自衛手段だったということよ。そう、わたしたちの関係は恐怖の上に築かれていた。もちろん、あなたの立場に立てばそんなことはないでしょうけど――あなたにはわたしを恐れる理由なんて何もないんだから。わたしにどんな力があった？ これまでわたしがどんな力を持ったことがあった？ あなたに結婚を申し込まれて、わたしはそれに黙って従った。それはみんながしていることだからよ。誰しも我慢をしなくちゃいけない。生きていくには耐えなくちゃいけない。あなたはわたしをぶったこともなければ、わたしに声を荒らげたこともない。酔っぱらったこともない。だから比較をすれば、わたしはたいていの人より運がいいんだと思った。でも、レオ、わたしの咽喉を絞めようとしたときに、あなたは壊してしまったのよ、わたしがあなたと一緒にいるただひとつの理由を」

列車が出ていった。レオは列車を見送り、彼女に言われたことを自分なりに理解しようとした。が、彼女は待ってはくれなかった。話しつづけた。そのことばはまるで何年ものあいだ彼女の頭の中で醸成され、今、栓が抜かれたかのようにとめどなくほとばしった。

「今のあなたのように無力になってしまうことの問題点は、人々が急にその人に真実を語りだすことね。あなたはそういうことに慣れていない。あなたが煽《あお》る恐怖に守られた世界にずっと生きてきたから。でも、これからもふたりで暮らしていくのなら、まやかしのロマンティシズムは忘れてほしい。自分たちの置かれている状況そのものがわたしたちをつなげている糊《のり》のようなものなんだから。わたしにはあなたがいる。あなたにはわたしがいる。それ以外、わたしたちにはほとんど何もない。ふたりで暮らしていくのなら、これからあなたに真実を言うわ。耳に心地よい嘘《うそ》じゃなくて。これまで一度もなかったことだけれど、これからわたしたちは平等よ。それが受け入れられないのなら、わたしは次の列車を待つわ」

レオは何も答えられなかった。思いがけないことばに圧倒され、とても反論などできなかった。これまで彼はよりよい住まいやよりよい食べものを手に入れるのに、地位を利用してきた。が、妻までそうして手に入れたものだったとは思いもよらなかった。ライーサが言った。いくらかおだやかな声になっていた。

「恐れなくちゃならないことは山ほどある。でも、今のあなたはそのひとつにもなれない」

「もう二度とあんなことはしない」

「寒いわ、レオ。ここに三時間も立ってたのよ。わたしたちの部屋に帰るわ。あなたも帰る？」

レオはすぐには帰りたくなかった。互いに大きな溝を感じながら、ふたり並んで歩きたくなかった。

「もう少しここにいる。あの部屋で会おう」

鞄《かばん》を取り上げ、ライーサは駅舎に向かった。レオはベンチに腰をおろして森を見つめた。ふたりの思い出をやみくもにたどり、そのひとつひとつを吟味し、現在の理解に基づいて自らの過去を書き直した。

どれほど坐っていたかわからない。気づくと、脇に誰かが立っていた。顔を起こした。ふたりがやってきたときに切符売り場にいた若い男だった。

「もう列車はありませんよ」

「煙草《たばこ》、あるかい？」

「吸わないんです。駅舎の二階にあるから持ってこられるけど」

「いや、いい。ありがとう」

「ぼく、アレクサンドルです」

「レオだ。もう少しここにいてもいいかな？」

「ええ、もちろん。煙草、持ってきますね」

レオが返事をするまえに、アレクサンドルはもう彼のまえからいなくなっていた。

レオはベンチの背にもたれて待った。線路から少し離れたところに木造の小屋が建っていた。少女の遺体が発見されたのがその小屋のそばだった。犯行現場の森のへりが見えた。そこは捜査官やカメラマンや検察官の靴で雪が踏み固められているにちがいない。口に泥を詰め込まれて死んだ少女をみんなで調べているさまが眼に浮かんだ。

あることをふと思いつき、レオは立ち上がると、急ぎ足になり、プラットフォームを降りて線路を渡り、森に向かった。背後から声がした。

「何をしてるんです？」

振り向くと、アレクサンドルが煙草を持ってプラットフォームの端に立っていた。レオはついてくるように身振りで示した。

雪が踏み固められたところまで来た。縦横あらゆる方向へとブーツの跡が残っていた。彼は森の中にはいって二、三分歩いて、死体が発見されたと思われるところまで来ると、しゃがみ込んだ。アレクサンドルがやってきた。レオは顔を上げて尋ねた。

「ここで何があったか知ってるかい？」

「イリーナヤが駅まで走ってくるのを見たのはぼくなんです。彼女、ひどく殴られてて、震えてた——しばらくしゃべれないほどだったんです。ぼくが民警を呼んだんです」

「イリーナヤ？」

「彼女が死体を見つけたんです、たまたまね。彼女と、一緒にいた男が」

森の中のカップル。そのカップルがどこか妙なのは報告書からもわかっていた。

「彼女はどうして殴られてたんだね？」

アレクサンドルは急にそわそわしだした。

「イリーナヤは売春婦なんです。その夜一緒にいたのが党の幹部で。すみません。もうこれ以上訊《き》かないでください」

レオにはよくわかった。党の幹部としてはどんな事件の記録にも名前が載ることをいやがったわけだ。しかし、その幹部は少女殺しの容疑者にはならなかったのか。レオはアレクサンドルにうなずいてみせ、安心させた。

「誰にも言わないよ。約束する」

レオは薄い雪のシートに手を押しつけてみた。

「少女の口の中には泥が詰め込まれていた」柔らかい土だ。ここでおれときみが取っ組み合いにでもなったとしよう。おれは何かきみの口をふさぐものを探そうとして手を伸ばす。きみに叫ばれたくないわけだ。おれはきみの叫び声を誰にも聞かれたくない」

レオは指で地面を掘ろうとした。固かった。石の表面と変わらなかった。彼は別の場所も試してみた。さらに別の場所も。さらに。柔らかい地面などどこにもなかった。どこもみな凍りついていた。

三月十八日

第三七九病院の外で、レオは原本から手書きで写した検死報告の要点を読み直した。

夥《おびただ》しい刺傷
刃渡りは未確定
胴部と内臓の徹底的な損壊
生前または死後にレイプの跡
口の中に大量の泥。しかし、窒息死ではない。鼻腔《びこう》に泥は及んでいない。泥はほかの目的——黙らせるため？

レオは最後の項目を丸で囲った。犯行現場の地面は凍っていた。犯人は現場まで泥を持ってきたのにちがいない。そこにははっきりとした殺意がある。犯行の準備までしているのだから。しかし、どうして泥なのか。人を黙らせるのが目的とすればなんとも扱いにくい道具だ。ぼろきれや雑巾《ぞうきん》、いや、手のほうがはるかに簡単だ。何も答が得られず、遅まきながら、レオはフォードルのアドヴァイスに従うことにしたのだった。死体を自分で見ることに。

死体はどこに保管されているか尋ねると、第三七九病院に行くように言われたのだが、科学捜査研究所や検死医やまともな死体安置所など、レオも初めから期待してはいなかった。〝不法な〟死に対処する特別な施設などあるわけがなかった。不法な死などそもそもありえないのにどうしてそんな施設がありうる？　病院では民警は医師たちの空き時間――手術の十分前や食事休憩時間――をまず調べなければならない。その医師にしたところが自分の専門を超えて訓練を受けているわけではなく、しかるべき教育を受けた者として、何が起きたのか、とりあえず意見を述べるだけのことだ。レオが読んだ検死報告書も、医師とのかぎられた短い時間内でのやりとりを基に書かれたものだった。しかも、もともとのメモがまったく別の人間によってタイプされたのは数日後のことで、その過程で多くの真実が損なわれていることは容易に想像できた。

とはいえ、第三七九病院は国で最も有名な病院のひとつだった。誰にでも無料の治療を施している世界でも有数の病院、ということになっている。チカロヴァ通りの端にあり、きれいに造成された数ヘクタールもの地所が森まで延びていた。レオはいささか感銘を受けた。これはただのプロパガンダのための事業ではない。明らかにかなりの資金が投入されている。政府の高官がわざわざ何百キロも遠くから、このきれいな風景の中での治療を受けにくるというのもうなずけた。もしかしたら、もともとはヴォルガの労働者たちを健康に、生産的に、保つのが目的だったのかもしれないが。

彼は殺人事件の被害者――ここの死体置き場に保管されている少女――の検死の件で医師の助言が欲しい旨《むね》、受付デスクで説明した。受付係の男は見るからに困ったような顔をして、緊急を要することなのかと訊いてきた。もっと忙しくない時間帯に出直すわけにはいかないのかと。レオは思った。この男もまた事件と少しでも関わることを恐れている。

「緊急のことだ」

受付係は相手ができる医師を探しに不承不承席を立った。

レオは受付カウンターを指で叩《たた》いて待った。落ち着かなかった。何度も肩越しに入口のほうを見やった。彼の取っている行動はなんの権限もないものだった。彼が独断でしていることだった。そもそも何をしようとしているのか。彼の本務は容疑者の有罪をより確実なものにするための証拠集めだ。容疑者の有罪を疑うことではない。政治犯を取り締まる威信のある世界から、ありきたりの薄汚れた秘密の犯罪を取り締まる世界に追いやられても、やるべきことは少しも変わらない。彼がフョードルの息子の死を事故死と断じて退けたのは、どんな証拠のためでもない。党の政策が退けることを求めたからだ。彼がこれまで逮捕してきた人々も、ただ与えられたリストにその名が載っていたからだ。閉ざされたドアの向こうで書かれたリストに。それがこれまでの彼のやり方で、捜査のそうした方向を今から変えられると思うほどレオも世間知らずではなかった。彼にそんな権限はなかった。いや、たとえ捜査官として最高の地位にいたとしても、捜査の手続きを逆転させることは誰にもできない。容疑者が選ばれ、コースもすでに設定されている以上。ワーラム・バビニッチが有罪になるのは避けられないことなのだ。有罪となって死ぬことはもう避けられない。この社会のシステムはどんな逸脱も誤謬《ごびゅう》も認めていないからだ。見せかけの効率。それはここでは真実よりはるかに重要なものなのだ。

そもそも彼にどんな関係があるのか。ここはレオの町でもなんでもない。ここにいるのは彼の人々でもなんでもない。犯人を必ず見つけると、被害者の少女の両親に約束したわけでもない。少女のことを知っていたわけでもない。少女の短い人生に心を打たれたわけでもない。あまつさえ、すでに逮捕されている容疑者は社会にとって危険な人物ではないか――赤ん坊を誘拐したのだ。これこそ何もしないに越したことはない、なによりすばらしい理由だ。さらに立派な理由がもうひとつあった。

そもそもおれに何ができる？

受付係の男は四十代前半の医師、チャプキンを連れて戻ってきた。チャプキンは、いかなる書類仕事も生じることなく、いかなる記録に自分の名前が挙がることもないということを条件に、死体置き場までレオを案内することに同意してくれた。が、歩きながら、少女の死体がまだそこにあるかどうか疑わしいとも言った。

「普通、特別に依頼されないかぎり、そんなに長くは取っておきませんからね。いずれにしろ、要求された情報はすべてそちらに提供してるはずですけど」

「あなたが最初の検死をしたんですか？」

「いや。でも、事件のことは聞いてます。容疑者はもう逮捕されたんだと思ってましたよ」

「ええ、容疑は濃厚です」

「失礼なことをうかがいますが、お目にかかったことはありませんよね」

「ええ、最近赴任したばかりなんです」

「どちらからいらしたんですか？」

「モスクワです」

「こっちに異動になった？」

「ええ」

「私もモスクワから異動になったんです。もう三年になります。あなたもきっと落胆なさってることでしょうね？」

レオは何も言わなかった。

「いや、答えなくてけっこうです。私もいっときはひどく落ち込んだものです。私なりに名声を得てましたしね。友人も家族もモスクワにいるんですから。ヴォヴシ教授とは親しい友人なんです。だからここに来るのはどう考えても左《さ》遷《せん》としか思えなかった。もちろん、あとでそれが天の恵みだったことがわかるわけですが」

レオもその名前は知っていた——ヴォヴシ教授。一斉に逮捕された何人もの著名なユダヤ系医師のひとりだ。彼の逮捕も彼の同僚の逮捕もスターリンによるユダヤ人排斥運動の一環で、そもそもあらかじめ計画されたものだった。レオはそのことを新聞で読んでいた。他に影響力を持つ社会的地位にいる主要なユダヤ人をまず排斥してから、傑出していようといまいと、より広範なユダヤ人市民を粛清する。それがスターリンの計画だったわけだが、本人の死によって頓挫《とんざ》していた。

レオの感慨に気づくこともなく、チャプキンは陽気に続けた。

「最初は地方の病院に追われたことを悔やんでました。だけど、第三七九病院は今やこの地区の羨望《せんぼう》の的です。強いて文句を言えば、よくなりすぎたことでしょうね。自分たちの家のかわりに、屋内トイレも給水設備もあってベッドも清潔なうちの病院で夜を過ごしたがる工場労働者がけっこういるんです。まあ、こっちも賢くなって、患者のほんとうの症状は本人が訴えるほど悪くないことが見破れるようにはなりましたが。でも、中にはここで一週間過ごすために自分の指の一部をわざと切り落としたりする者もいるほどです。その唯一《ゆいいつ》の解決策は、病院内の取り締まりを国家保安省に頼むことでした。もちろん、工場労働者に同情しないわけじゃないけど。彼らの住まいがどんなものかはわれわれも知ってますからね。でも、病気のせいで全体の生産性が落ちたりしたら、われわれも職務怠慢で告発される。ここでは健康を保つというのが患者だけでなく、われわれ医師の死活問題でもあるわけです」

「よくわかります」

「こっちに来るまえはモスクワの民警におられたんですね？」

国家保安省の捜査官だったと認めるべきか、それとも嘘《うそ》をついて人民警察官だったと言っておいたほうがいいか。嘘はたやすかった。レオとしてはこの医者の饒舌《じょうぜつ》モードに水を差したくなかった。

「ええ、そうです」

死体置き場は地下にあった。長い冬のあいだずっと凍っている地中深くに設《しつら》えられていた。当然のこととして、廊下は寒かった。チャプキンはレオを床がタイル張りで天井の低い大きな部屋に案内した。一方に小さなプールのような長方形の水溜《みずだ》めがあった。部屋の奥に金属製のドアがあり、その向こうが死体置き場になっていた。

「親族が手配できない場合、われわれが通常十二時間以内に火葬します。結核で死んだ患者は一時間以内。保管しておく必要はあまりありませんからね。ここで待っていてください。すぐ来ます」

チャプキンはドアの鍵《かぎ》を開けて、その向こうに姿を消した。待つあいだ、レオは水溜めのところまで行って、へりからのぞき込んだ。黒っぽいゼラチン状の溶液が溜められていた。自分自身の顔が映っている以外何もわからなかった。さざ波も立っておらず、溶液の表面は真っ黒に見えたが、へりのコンクリートについているしみから、実際には濃いオレンジ色であることがわかった。金属の長い柄のある鉤《かぎ》が脇《わき》に置かれていた。レオはそれを取り上げ、慎重に溶液の表面をつついてみた。シロップのように、いったん形は壊れても、すぐにまたもとのなめらかな表面に戻った。レオは柄付きの鉤を深く沈めた。今度は何かが動いたのが感じられた――何か重いものが。さらに突いてみた。裸の死体が浮かび上がり、ゆっくりと百八十度回転して、そのあとまた沈んだ。チャプキンがストレッチャーを押しながら、死体置き場から出てきた。

「そこにある死体は解剖用のものです。冷凍してスヴェルドロフスクに送るんです。あそこには医科大学がありますから。あなたの言っておられる少女はまだいました」

ラリサ・ペトロワは仰向《あおむ》けになって横たわっていた。青白い肌をしており、青い血管がクモの巣のように薄く広がっているのが見えた。髪はブロンドだった。毛先が不揃《ふぞろ》いになっているところが眼についた。ワーラムが切ったところだろう。口の中に泥はもう詰まっていなかった。取り除かれたのだろう。が、口は今でも開いていた。開いたまま固まっていた。歯も舌も汚れていた。詰め込まれていた泥のせいで茶色に変色していた。レオは言った。

「口の中に泥がはいっていたはずですが」

「そうなんですか？　この子の死体を見るのは初めてなんでね」

「泥が詰め込まれていたはずです」

「咽喉《のど》を調べるときに洗い流したんでしょう」

「その泥は保管されていませんか？」

「そういうことは、まあ、ないでしょうね」

少女は眼を開いていた。色はブルーだった。おそらく母親が、フィンランド国境沿いの町か、バルト海沿岸から、移住させられた女なのだろう。殺人者の顔の像が被害者の眼の表面に映って残るという迷信を思い出し、レオは顔を近づけ、淡いブルーの眼をよく見た。が、そこで急に自分が恥ずかしくなり、上体を起こした。チャプキンが笑みを浮かべて言った。

「われわれもみんなやります。医者もあなた方警察官と同じです。頭では何もないことがわかっていても関係ないんですよね。みんな確かめてみたくなる。それがほんとうなら、あなた方の仕事はうんと楽になることでしょうけど」

「それがほんとうなら、犯人は必ず被害者の眼をつぶすか何かするでしょう」

少なくとも鑑識的な関心からレオは死体の検分をしたことはなかったので、どこから始めればいいのかわからなかった。夥《おびただ》しい刺創はひたすら残忍なもので、狂った人間の仕業としか思えなかった。少女の胴は文字どおり切り裂かれていた。これだけ見れば充分だった。ワーラム・バビニッチは確かにもってこいの容疑者だ。泥を持参していたというのも、彼にしかわからない理由があったということで合点がいく。

レオはもう辞去しようかと思った。が、わざわざ地下まで降りてきたこともあったのだろう、チャプキンのほうはあまり急いでいるようには見えなかった。身を乗り出し、見るかぎり、損傷を受けた肉と組織としかほかに言いようのないものを仔細《しさい》に見ていた。ペンの先を使って、切りさいなまれた胴部を探り、傷を調べていた。

「検死報告書はどんなふうに書かれてます？」

レオはメモを取り出して読み上げた。チャプキンは調べつづけた。

「胃袋がなくなっていることが報告されてませんね。切り取られてる。食道から切断されています」

「どんなふうに切られてるんです？　切り口から見て、手際《てぎわ》は、その……」

「医者の仕業かどうか？」

チャプキンは笑みを浮かべて続けた。

「であってもおかしくはないけれど、でも、手際はあまりよくありません。外科的とは言えない。訓練を受けた者の切り方じゃありませんね。それでも、これが初めてナイフを使って肉を切った者の仕業だとすれば、ちょっと驚きますね。訓練を受けた者がやったような気はしませんが、はっきりとした意図を持って切り取っている。でたらめに切ったのではなく、胃袋を切り取ろうとしたものであることはまちがいありません」

「つまり、この少女は犯人が初めて殺した子供ではない？」

「初めての仕業だとすれば驚きです」

レオは額に手をやった。寒いのに汗をかいていた。ふたつの死――アルカージーとこの少女――には互いになんらかの関係があるとしたら……？

「少女の胃袋というのはどれぐらいの大きさのものなんです？」

チャプキンは少女の胴の上にペンの先で大まかな輪郭を描いてから尋ねた。

「胃袋は犯行現場の近くで見つからなかったんですか？」

「ええ」

あまり考えられないことだが、捜査の途中で紛失したのか、それとも犯人が持ち去ったのか。

レオはしばらく押し黙ってから尋ねた。

「レイプされてますか？」

チャプキンは少女のヴァギナを調べた。

「ヴァージンではありませんね」

「でも、だからと言ってレイプされたことにはならない」

「すでに性体験のある少女だった？」

「そう聞いています」

「少なくとも生殖器には損傷はありません。挫傷《ざしょう》も裂傷もありません。危害は生殖器官には向けられていません。胸にも顔にも傷はない。犯人は胸郭から下、ヴァギナより上の狭い範囲にしか関心を持っていません。腹部——消化器官にしか。一見残虐《ざんぎゃく》に見えますが、むやみにナイフを使ったわけじゃない」

最初、レオは狂った凶行という結論に飛びついた。血も無数の刺創もそのことを物語っているように思えた。が、そうではなかった。抑制された、綿密で計画的な犯行だった。

「死体がここに運ばれたら何か印をつけますか？——ほかの死体とまぎれないように」

「私は聞いたことがないけれど」

「だったら、それはなんでしょう？」

少女の足首にひもが巻かれていた。それはしっかりと足首に縛られ、端がわずかにストレッチャーから垂れていた。貧民の足飾りのようだった。縛られ、皮膚がこすれたところが痣《あざ》になっていた。

ネステロフ署長が戸口に立っていることに最初に気づいたのは、チャプキンのほうだった。いつから立ってふたりを見ていたのか、レオにもチャプキンにもわからなかった。レオは死体から離れて言った。

「ここでの捜査に自分を慣らそうと思いまして」

ネステロフはチャプキンに言った。

「われわれだけにしてもらえますかな？」

「ええ、もちろん」

チャプキンは死体置き場を出るとき、幸運を祈るかのようにちらっとレオを見やった。ネステロフは中にはいってきた。不器用にネステロフの注意をそらそうと、レオは今ここでわかったことをまとめて言った。

「検死報告書には少女の胃が摘出されていたことが書かれていませんでした。われわれとしてはワーラムに問い質《ただ》さなければなりません。どうしてそんなことをしたのか。また、そのあと胃袋をどうしたのか」

「きみはヴォウアルスクで何をしている？」

ネステロフはレオの向かい側に立っていた。少女の死体をあいだにはさんで。

「私はこの地に転属になっただけです」

「どうして転属になった？」

「それは言えません」

「きみはまだ国家保安省の人間なんじゃないのか」

レオは何も言わなかった。ネステロフは続けた。

「しかし、それではどうしてきみがこの事件にこれほど関心を持っているのか説明がつかない。われわれは指示されたとおり、ミコヤンをすでに釈放したんだから」

レオにはミコヤンというのが何者なのかわからなかった。

「ええ、知ってます」

「彼はこの少女殺害にはなんの関係もない」

ミコヤンというのは党の幹部の名にちがいない。上から守られている人間の名に。しかし、売春婦を殴った男がこの少女を殺害した犯人と同一人物ということはあるのだろうか。その可能性は低そうに思えた。ネステロフが続けて言った。

「私はワーラムが妙なことを言ったから彼を逮捕したわけじゃない。赤の広場の行進に参加するのを忘れたから逮捕したのでもない。あの男がこの少女殺しの犯人だから逮捕したのだよ。あいつは危険な男で、ああいうやつは勾留《こうりゅう》しておいたほうがこの町は安全だから逮捕したんだ」

「彼はやってません」

ネステロフは頬を指で掻《か》きながら言った。

「どういう目的できみがここに来たにしろ、このことだけはよく覚えておくことだ。きみはもうモスクワにはいないということだけは。よし、取り決めをしよう。私の部下の安全は私が守っている。だから、彼らが逮捕されたなどということはこれまでに一度もない。これからもない。もしきみが私のチームを危険にさらすような真似《まね》をしたら――もしきみが私の権威を傷つけるような報告をしたら――もしきみが私の命令に背くようなことをしたら――もしきみが訴追を妨げるようなことをしたら――もしきみが私の部下は無能だなどと書いたら――もしきみが私の部下を告発するようなことをしたら――もしきみが今言ったようなことをひとつでもしたら、私はきみを殺すからな」

三月二十日

ライーサは窓枠に手を触れた。開かないように寝室の窓に打ってあった釘《くぎ》はすべて抜かれていた。彼女は振り向き、戸口に向かい、ドアを開けた。廊下に立つと、階下《した》のレストランの騒がしい音が聞こえた。が、バサロフの姿は見えなかった。店が一番混み合う夕刻遅い時間帯なのに。ライーサはドアを閉めて鍵《かぎ》をかけ、窓辺に戻って窓を開け、下を見下ろした。すぐ下は厨房《ちゅうぼう》の差し掛け屋根で、積もった雪にレオが降りた跡が残っていた。彼女はひどく腹を立てていた。どうにかぎりぎりのところで生き延びることができたというのに、レオは今ふたりの命を危険にさらしていた。

ライーサは昨日から第一五一小中学校に勤めはじめていた。四十代後半の学校長ヴィタリ・コズロヴィッチ・カプレルは、ライーサの赴任をなにより喜んでいた。本人が言うには、彼女に多くの授業を肩がわりしてもらえれば、それだけ自分は書類仕事に専念できるということだったが、実際にほかの仕事をするための時間がそれだけできるのか、ただ単に校長の仕事が楽になるだけのことなのか、ライーサにはどちらとも判断がつかなかった。見るかぎり、カプレルは教えるより事務仕事に向いていそうな印象は受けたが。いずれにしろ、ライーサはすぐに仕事が始められるのが嬉《うれ》しかった。まだ数クラスしか教えていなかったが、ヴォウアルスクの子供たちはモスクワの子供たちほど政治に過敏ではないように見受けられた。党の要人の名前が挙がっても、ことさら拍手をしたりはしなかった。また、どれだけ自分が党に献身的か示し合う競争にもさほど熱心ではなかった。つまるところ、モスクワの子供たちよりずっと子供らしかった。国のあらゆる地方からのさまざまな生い立ち、さまざまな家族を持つ子供たちの寄せ集めで、彼らの経験は実にヴァラエティに富んでいた。それは教職員にも同じことが言え、ほとんどの教師が異なる地方からヴォウアルスクにやってきた者たちで、彼女と同じ〝大変動〟を体験しており、そのため彼女には親切だった。もちろん疑惑も覚えただろう。彼女は何者なのか。どうしてここにいるのか。見かけどおりの人物なのだろうか。どう思われようと、ライーサはあまり気にならなかった。それは誰もが抱き合っている疑問だ。むしろ彼女はこの町に来て、初めて新たな人生を始められる可能性を覚えていた。

読書をしたり授業の準備をしたりで、学校には夕刻遅くまで残った。第一五一小中学校は、くさくてうるさいレストランの二階よりはるかに居心地がよかった。このみじめな境遇が、意図された懲罰であることは確かだが、懲罰の標的がレオであるかぎり、彼女にとってそれは手ぬるい攻撃手段でしかなかった。そもそも彼女には並はずれてすぐれた適応能力があった。建物にも町にも所有物にも彼女は執着するということがなかった。そうした感傷は、十代の頃、故郷が破壊されるのを目《ま》のあたりにしたときに、彼女の心から根こそぎ取り除かれていた。戦争が始まってまだまもない頃のことだ。砲弾が降ってきたとき、彼女は十七歳だった。森にはいって食料になるものを漁《あさ》っていた。ひとつのポケットにはキノコ、もう一方にはイチゴを入れて。砲弾は遠くに着弾していた。地響きを幹づたいに感じながら、彼女は一番高い木に登り、鳥のように枝につかまって、数キロ離れた故郷の村がレンガの粉塵《ふんじん》と煙と化すのを眺めた。村そのものが文字どおり空に向けて飛んでいた。人が地面から立ち昇らせた人工の霧の下に地平線が見えなくなっていた。破壊はあまりに迅速で、あまりに広範囲に渡っており、あまりに完璧《かんぺき》だった。彼女としては家族の無事を案ずることさえできなかった。砲撃が終わると、木から降り、ショック状態のまま森の中を戻った。ポケットに入れたイチゴがつぶれ、果汁が染《し》み出した。涙が出た。が、悲しみの涙ではなかった。そのときもそれ以降も泣いたことがない。粉塵のせいだ。刺激性のある粉塵

――それが彼女の家と家族の残骸《ざんがい》だった――に咳《せ》き込みながらも、彼女にはそのときすでに砲弾がドイツ軍側から発せられたものではないことがわかっていた。砲弾はロシア側の前線から飛んできていた。のちに避難民となって、自分たちの国の軍隊が、どんな町も村もドイツ軍の手に落ちるまえに破壊せよという命令を出していたことを知った。すなわち、彼女が子供の頃を過ごした故郷が破壊されたのは……

国家の予防策だったのだ。

国家の予防策。このことばでどんな死も正当化される。ドイツ軍の兵士にパンを見つけるチャンスを与えるより、自国民を殺したほうがより正しい選択というわけだ。それについては良心の呵責《かしやく》もなければ謝罪もない。どんな疑念も許されない。そういう死に異議を唱えることは即、反逆罪となる。その結果、愛や親愛の情について彼女の両親が教えてくれた教訓――愛し合うふたりを見て、ふたりのことばを聞いて、ふたりのそばで暮らして学んだこと――はすべて彼女の心の奥底に追いやられた。そのような振る舞いは異なる時間に属するものになった。家庭を持つこと――自分の居場所を持つという感覚は彼女にとって、子供だけが持つ夢となった。

窓辺から離れ、ライーサは努めて心を落ち着かせようとした。レオはここを離れることの危険性をあげつらって、彼女にここに残るよう懇願した。彼女はその彼の懇願に同意した。賭《か》けるならそれが最善の選択だと思ったからだ。大した選択肢ではなくとも、最善にはちがいないと思ったからだ。それ以外にはどんな理由もない。なのに今、そんなことを言った彼のほうが、ふたりの二番目のチャンスを危うくしようとしているのだ。この新しい町で生き永らえようと思うなら、ふたりともめだってはならず、通常の行為からはずれたことはいっさいしてはならないのに。何も言わず、人を挑発しないことが肝心なのに。ふたりが監視されているのは明らかなのだから。バサロフはまずまちがいなく密告者だろう。ワシーリーはワシーリーでこの町にスパイを置いていることだろう。ふたりをもっと遠くに進ませるために。ふたりの懲罰を追放から強制労働に、さらには処刑に高めるために。

ライーサは明かりを消すと、暗がりに立って窓の外を見た。外には誰もいなかった。ふたりを監視しているスパイがいるとしたら、それはまちがいなく階下《した》だろう。窓が開けられないようにしてあったのもおそらくそのためだ。レオが帰ったら、釘を戻してまた元通りにするのを忘れないようにしなくては、とライーサは思った。ふたりが仕事に出ているあいだにバサロフがこの部屋を点検することは大いに考えられた。ライーサは手袋をはめてコートを着込み、窓から外に出ると、できるだけ音を立てないようにして、凍った屋根に降りた。それから窓を閉め、地面に降り立った。彼女はレオに条件をひとつ誓わせていた――それはこれまでとちがって、ふたりは対等だということだ。なのにもうレオはその約束をたがえた。彼女は思った。自分勝手な理由からわたしの命まで危うくしながら、このわたしがいつもいつもおとなしくしていると思っているようなら――従順で協力的な妻を演じると思っているようなら――それは大まちがいというものだ。

同日

ラリサの死体が発見された場所から半径ほぼ五百メートルの範囲については、公的な捜査がすでにおこなわれていた。レオには殺人事件の捜査の経験はなかったが、その範囲はいささか狭すぎるように思えた。そのとき見つかったのは、死体発見現場からさらに森に四十歩ほどはいったところに捨てられていた彼女の衣服だけだったが、どうしてそれほど離れたところに衣服――シャツにスカートに帽子にジャケットに手袋――がきれいにまとめて置かれていたのか。衣服に血痕《けっこん》はなかった。ナイフが使われた痕跡もなかった。切られても突かれてもいなかった。ラリサ・ペトロワはそこで服を脱がされたのか、自分で脱いだのか。そのあとおそらく逃げようとして、森のへりをめざし、森から出られるすぐ手前で捕まったのか。そうだとすると、彼女は裸で逃げたことになる。犯人は買春をラリサに持ちかけ、自分と一緒に来るよう言いくるめ、人目につきにくい森の中にはいって、ラリサが服を脱ぐなり、彼女に襲いかかった……しかし、そうした推理はこの犯罪にはあてはまらないように思える。すじが通らないディテールがありすぎる——土、摘出された胃袋、ひも。なんとも不可解で、レオはその三つが頭にこびりついて離れなかった。

地元の民警のレヴェルの低さを考えても、ラリサの死に関してこれ以上何かがわかる見込みは少なかった。そのため、レオは第二の犠牲者を見つけたいという矛盾した思いを抱かないわけにはいかなかった。冬のあいだ、森にはいる者はほとんどおらず、ラリサの死体が誰にも見つからなかったように、どんな死体も傷《いた》むことなく何ヵ月も放置されたままになるだろう。レオにはラリサが最初の犠牲者ではないと思う理由があった。チャプキン医師は犯人には自分のやっていることがわかっていると言っていた。実践から学んだ手際《てぎわ》のよさがあると言っていた。その手口は決まった手順を示唆《しさ》し、決まった手順は反復を示唆する。それに、もちろんフョードルの息子の一件がある。その件については、レオは今のところ棚上げにしていたが。

光は月明かりと懐中電灯だけだったが、懐中電灯は慎重に使った。レオの命運は秘密裡《り》にやるという一点にかかっていた。ネステロフの脅しははったりではない。そのことはレオにもよくわかった。しかし、レオの隠密《おんみつ》行動はすでに誰にも知られないものではなくなってしまっていた。森にはいるところを駅員のアレクサンドルに見られてしまったのだ。彼に呼び止められ、もっともらしい嘘《うそ》を思いつくことができず、レオはほんとうのことを話すことを余儀なくされた。少女殺害事件の証拠集めをしているのだと正直に話し、捜査の妨げになるのでこのことは誰にも言わないようにと釘を刺した。アレクサンドルは納得し、捜査がうまくいくことを祈っていると言い、さらに自分の意見も言った。自分はずっと犯人は旅行客ではないかと思っていたと。そうでなければどうして死体が駅の近くにあったのか。地元の人間ならもっと森の深いところに死体を隠すはずだと。レオは死体の遺棄された場所がひとつの手がかりになる可能性には同意しながら、心の中ではこのアレクサンドルという男についても調べる必要がありそうだと思った。人のよさそうな若者だが、邪気《イノセント》のなさそうな外見などほとんど意味がない。そういうことを言えば、この国では無実《イノセンス》そのものにもあまり意味がないわけだが。

民警本部から持ち出した地図を使い、レオは駅のそばの森を四つの区域に分けていた。少女の死体が発見された最初の区域からは何も見つからなかった。区域の大半が何百ものブーツに踏み荒らされていた。血にまみれた雪は残っていても、犯行があったときの痕跡はどう見ても残されてはいなかった。が、見るかぎり、あとの三つの区域は捜査自体なされていないようだった。積もった雪にどんな足跡も残されていなかった。二番目の区域を調べるのにほぼ一時間ほどかかった。その頃には寒さに指がかじかんできた。それでも、雪の利点は足跡を見つけやすいことで、広範囲をざっと見ればよく、比較的速く移動できた。調べがすんでいる場所は自分の足跡でわかった。

三番目の区域をほぼ調べおえたところで、立ち止まった。足音が聞こえたのだ——サクサクと雪を踏む音が聞こえてきた。レオは懐中電灯を消して、木の陰に隠れ、身を屈《かが》めた。しかし、それで身を隠しとおすことはできない——相手はただレオの足跡をたどりさえすればいいのだから。逃げるべきか？　それしかほかに選択肢はなさそうだった。

「レオ？」

彼は立ち上がって、懐中電灯をつけた。ライーサだった。

レオは光を彼女の顔から下にずらした。

「尾《つ》けられてないだろうね？」

「ええ」

「どうして来た？」

「訊《き》きたいから」

「それはもう話しただろうが。少女が殺された。民警は容疑者を捕まえた。でも、おれはそいつが……」

ライーサは苛立《いらだ》った声で彼のことばを制した。

「犯人だとは思わない。そういうことね？」

「ああ」

「そういうことがいつから気になるようになったの？」

「ライーサ、おれはただ……」

「やめて、レオ。正義にしろ名誉にしろ、自分は正しいことをしてるんだなんて言わないで。そんなことを言われたところで、わたしには我慢ができないだけだから。そんなことには眼をつぶって。こんなことをしていたら、いずれひどいことになる。あなたにとって。それはわたしにとってもということよ」

「つまり何もするなと言ってるのか？」

ライーサの怒りが爆発した。

「わたしはあなたのこの個人的な捜査にひれ伏さなくちゃいけないの？　無実の罪を着せられて苦しんでる人なんてこの国のそこらじゅうにいる。でも、わたしには何もできない。自分だけは努めてそういう人にならないようにする以外何も」

「頭を低くして、まちがったことを何もしなければそれで自分たちの身が守れるなんて、きみはほんとうに信じてるのか？　きみは何もまちがったことはしなかった。なのに、国家保安省は反逆者としてきみを処刑しようとした。何もしなければ逮捕されないわけじゃないんだ——それだけはおれもつくづく学んだよ」

「まるで新しいことを覚えた子供ね。あなたが今言ったことは誰でも知ってることよ。どんなこともあてにはならない。そうじゃない、わたしが言ってるのは危険に関することよ。受け容《い》れがたい危険に関することよ。真犯人を捕まえたら、あなたがこれまでに逮捕した無実の人たちのことが帳消しになるとでも思ってるの？　これはどんな少女の問題でもない。あなた自身の問題なのよ」

「きみはおれが規則どおりにしていても嫌なら、正しいことをしても嫌なのさ」

レオは懐中電灯を消した。苛立っているところをライーサに見られたくなかった。しかし、もちろん正しいのは彼女のほうだった。彼女が今言ったことはすべてまちがっていなかった。ふたりの運命はしっかりと縫い合わされている。彼女の同意なしにこの捜査を進める権利は彼にはなかった。そればかりか、モラルの問題を論じられる立場にも彼はいなかった。

「ライーサ、国家保安省がわれわれをこのままにしておくとは思えない。予想を言えば、おれが逮捕されるのはあと数ヵ月のことか、一年後かといったところだろう」

「そこまではあなたにもわからないんじゃないの？」

「いや、彼らは人を放っておいてはくれない。おれを処分するには、彼らとしてもおれに不利な事件を何かでっち上げなければならなくなるかもしれない。もしかしたら、処分するまでもなく、おれが世に埋もれて腐っていくのを待っているのかもしれない。いずれにしろ、おれには時間はそれほどないということだ。でも、その時間をおれはこういうことをして過ごしたいんだ。この事件の真犯人を見つけることで。真犯人は捕まえなきゃならない。おれがしてることがきみの立場を悪くすることはよくわかってる。それでも、きみが生き延びる道はちゃんとある。おれを逮捕する直前になったら彼らは監視を強化するはずだ。そうなったら、きみのほうから出向けばいい。出向いて、おれのことを話すんだ。おれを裏切ったふりをするんだ」

「それまではどうしていればいいの？　あの部屋でただ待ってるの？　あなたのために嘘をつくの？　あなたをかばうの？」

「すまない」

ライーサは首を振り、踵《きびす》を返し、町のほうに戻っていった。ひとり残され、レオは懐中電灯のスウィッチを入れた。力が体から抜けてしまっていた。一歩一歩が途方もなく重く感じられた。事件のことがもう考えられなくなっていた。これはただのおれのエゴか？　おれはなんの意味もないことをしているのか？　まだそれほど遠くへ行かないうちに、雪を踏む足音がまた聞こえてきた。ライーサが戻ってきたのだった。

「この事件の犯人はまえにも同じようなことをしていると思うのね？」

「ああ。だから、その犠牲者を見つければ、捜査は再開される。ワーラム・バビニッチに不利な証拠はこの少女に関するものだけだ。同じ事件がほかにも起こっていたとなれば、彼に対する容疑は晴れる」

「ワーラムという男の子には学習障害があるって言ったわね。どんな罪をなすりつけるにももってこいの相手だと思うけど。犠牲者がほかにもいても、結局、その男の子のせいにされるだけじゃないの？」

「ああ、確かにその危険はある。だけど、第二の犠牲者を見つける以外、おれには捜査を再開させる方法がない」

「だったら、第二の犠牲者が見つかったら、あなたは捜査を続ける。見つからなかったらあきらめる。それは約束して」

「わかった」

「いいわ。じゃあ、わたしも行く」

　ぎこちなく不確かな思いのまま、ふたりはさらに森の奥へと向かった。

ほぼ三十分後、並んで歩いていたライーサが前方を指差した。ふたりの行く手に二組の足跡ができていた。大人と子供が並んで歩いた跡のように見えた。足跡に乱れはなかった。子供は引きずられているわけでもなんでもなかった。大人の足跡はきわめて大きく深かった。背が高く、体重のある男の足跡だ。子供の足跡は浅く、かすかに見える程度だった。まだ幼くて、体も小さな子供のように思われた。

ライーサは彼のほうを見た。

「どこかの村までずっとあとをたどるだけのことになるかもしれない」

「かもしれない」

ライーサは即座に理解した。それでもレオは最後まであとをたどるつもりだ。しばらくたどっても、そのふたつの足跡に乱れはなかった。ライーサの言ったとおりかもしれない。レオもだんだんそういう気がしてきた。事件性など何もないものかもしれない。そこでいきなり彼は立ち止まった。雪がたいらに固められたところがあるのが前方に見えた。誰かがそこに寝そべったのか。心臓の鼓動が一気に高まった。レオはさらに歩いた。足跡が乱れていた。まるでふたりがそこで争ったかのようだった。大人の足跡も子供の足跡もその場から離れていた。逆方向に。しかもそれまでの足跡とちがって、歩幅が不規則になって乱れていた。子供の足跡は走った跡のように思われた。そのあとをさらに追うと、明らかに子供が倒れたと思われる場所にたどり着いた。手形がひとつくっきりと残っていた。が、そこからまた走り、また倒れていた。そこで何があったのか、誰と何を争っていたのかまではわからなかった。ほかに足跡はなかった。いずれにしろ、子供はまた立ち上がり、走っていた。その必死な様子が雪に残された跡からも想像できた。大人の足跡はまだどこにも見えない。それがさらに数メートル行ったところに現れた。木の陰から出たところに深いブーツの跡が残っていた。その足跡には妙なところがあった。あちこちに向けてジグザグに走っている。まっすぐに子供を追っていないのだ。わけがわからなかった。いったん子供から離れ、そのあと気を変え、狂ったようにあとを追うというのは。足跡の角度から見ると、もう一本の木をいくらか過ぎたところで子供は捕まったようだった。

レオは、立ち止まってふたつの足跡が交差しているあたりを見ているライーサの肩に手を置いて言った。

「ここにいてくれ」

彼は木のまわりをまわり、まえに進んだ。まず血に染まった雪が見えた。そのあと剝《む》き出しの両脚、さらに内臓を抜かれた胴体が見えた。少年だった。十三歳か、十四歳《とし》か。歳のわりに小さく、瘦《や》せていた。ラリサと同じように仰《あおむ》向けになって、空を見つめていた。口の中に何かはいっていた。レオの視野の隅で何かが動いた。振り向くと、ライーサがうしろに立っていた。少年の死体をじっと見つめていた。

「大丈夫か?」

ライーサはゆっくりと口に手をやり、どうにかうなずいてみせた。

レオは少年の死体の脇《わき》に膝《ひざ》をついた。足首にひもが巻かれていた。その端は短く切られ、雪の上に少しだけ延びていた。ひもがこすれたところの皮膚が剝けて赤くなり、肉まで切れていた。意を決して、レオは少年の顔を見た。泥が口に詰められていた。そのため少年はまるで叫んでいるかのように見えた。ラリサのときとちがって、体は雪に覆《おお》われていなかった。おそらくラリサのあとに殺されたのだろう。もしかしたらここ数週間のうちに。レオは上体を屈め、少年の口に手を伸ばすと、黒っぽい泥を少しだけ取り出し、親指と人差し指でこすり合わせた。ざらざらとして乾いていた。泥らしくなかった。大きな不揃《ふぞろ》いな塊になっていた。指に少しだけ力をこめると、もろくも崩れた。泥ではなかった。それは木の幹から剝《は》いだ樹皮だった。

新潮文庫最新刊

庄野潤三著
けい子ちゃんのゆかた
孫の成長を喜び、庭に来る鳥たちに語りかけ、隣人との交歓を慈しむ穏やかな日々。老夫婦のほのぼのとした晩年を描く連作第十作目。

有吉玉青著
渋谷の神様
この街で僕たちは、目には見えないものだけを信じることができる——「また頑張れる」ときっと思える、5つの奇跡的な瞬間たち。

谷村志穂著
冷えた月
海難事故が、すべての始まりだった。未亡人のもとに通いつめる夫。昔の男に抱かれる妻。漂流する男女は、どこへ辿りつくのか？

平山瑞穂著
シュガーな俺
著者の糖尿病体験をもとに書かれた、世界初の闘病エンターテインメント小説。シュガーな人にも、ノンシュガーな人にもお勧めです。

池波正太郎
山本周五郎
菊地秀行
乙川優三郎
杉本苑子著
赤ひげ横丁
—人情時代小説傑作選—
いつの時代も病は人を悩ませる。医者と患者を通して人間の本質を描いた、名うての作家の豪華競演、傑作時代小説アンソロジー。

松本健一著
司馬遼太郎を読む
司馬遼太郎はなぜ読者に愛されるのか？　司馬氏との魅力的なエピソードを交えながら、登場人物や舞台に込められた思いを読み解く。

チャイルド44(上)

新潮文庫　ス－25－1

Published 2008 in Japan
by Shinchosha Company

平成二十年九月一日　発行
平成二十一年九月二十五日　十　刷

訳者　田《た》口《ぐち》俊《とし》樹《き》

発行者　佐藤隆信

発行所　株式会社　新潮社

郵便番号　一六二―八七一一
東京都新宿区矢来町七一
電話　編集部(〇三)三二六六―五四四〇
　　　読者係(〇三)三二六六―五一一一
http://www.shinchosha.co.jp

価格はカバーに表示してあります。

乱丁・落丁本は、ご面倒ですが小社読者係宛ご送付ください。送料小社負担にてお取替えいたします。

印刷・株式会社光邦　製本・憲専堂製本株式会社

ISBN978-4-10-216931-5 C0197